HEYNE BÜCHER

HAFFMANS KRIMINALROMANE
BEI HEYNE

D1926426

JÜRGEN ALBERTS

Die Chop-Suey-Gang

KRIMINALROMAN

ORIGINALAUSGABE

WILHELM HEYNE VERLAG
MÜNCHEN

HAFFMANS KRIMINALROMANE BEI HEYNE
Herausgegeben von Gerd Haffmans und Bernhard Matt
Nr. 05/87. Im September 1994.

Dieser Titel erschien bereits mit der Band-Nr. 02/2263
in der Reihe BLAUE REIHE

Printed in Germany 1994
Umschlagillustration: Andrea Schmidt, München
Umschlaggestaltung: Atelier Ingrid Schütz, München
Druck und Bindung: Ebner Ulm

ISBN 3-453-07931-0

1

Xiao Chens Hand zitterte. Er hielt den Revolver in seiner Linken, ohne zu zielen.

»Dreh diche um«, sagte er nervös.

Joe Davids hob die Arme, als er den Chinesen erblickte.

Es war nicht der richtige Ort für ein Duell, sie standen in der Herrentoilette des Peking-Restaurants.

»Das ist kein Spielzeug«, Davids grinste.

»Iche weiß«, erwiderte Xiao Chen.

Nur einmal hatte er den Besitzer wütend gesehen, da waren seine Augen wirklich gelb geworden. Jetzt hatte er den Eindruck, daß der kleine Chen eher ängstlich wirkte. Der Revolver war ein viel zu groß geratenes Spielzeug.

Davids ließ die Arme sinken, schüttelte sein Glied mehrfach, bevor er es in die Hose zurückschob.

»Wo haste den her?«

»Besorgte, war ganz einfach«, Xiao Chen hielt ihm die Waffe hin.

Joe Davids ging zum Spülbecken und wusch sich die Hände.

»Waffenschein?« fragte er routinemäßig.

»Ne, brauchte man den?«

»Du bist hier nicht in den USA, Xiao Chen«, Davids trocknete sich die Hände ab, dann griff er zur Waffe des Chinesen.

Ein Korth-Revolver, seltenes Stück, Präzisionswaffe, Kaliber 38, Combat special, double action.

»Und wen willste jetzt umlegen?«

»Nur Schutz.«

»Können wir nicht woanders reden, hier stinkt's.« Joe Davids ging zur Tür.

»Biste verrückt, die Gäste.« Der Besitzer hielt ihn auf. Er stemmte sich gegen Davids. »Iche kriege Besuch, heute nacht, du mußt bleiben, iche brauche diche.«

»Wer, was, Besuch ... soll ich Zeuge sein, wie du dein Schießeisen betätigst?«

»Bitte, bleibe!«

In diesem Moment wurde die Toilettentür geöffnet, ein dicker Mann mit Vollbart, eine Glasnudel dekorativ am Schnäuzer, rief: »Was ist das hier, 'ne schwule Stehparty?«

Xiao Chen ließ den Revolver verschwinden, sagte: »Jeder muße mal ...« Dann drängte er sich an Davids vorbei und verließ die mickrige Herrentoilette. Langsam ging der Polizist zu seinem Platz zurück. Er hatte seinen chinesischen Freund noch nie so erlebt, so verstört, trotz der Waffe, so aufgelöst und zittrig, seine Stimme, die sonst eher melodiös war, abrupt, stockend. Seit sie sich vor einigen Monaten kennengelernt hatten, war Davids ein Freund der chinesischen Küche geworden. Manchmal ließ der Besitzer ihm besondere Gerichte hinstellen, mit einem Augenzwinkern, und manchmal wußte Davids nicht, was er aß, aber es schmeckte immer hervorragend. Er vergaß regelmäßig die Gerichte, wenn Xiao Chen ihm erklärte, was man speziell für ihn bereitet hatte. Sein Interesse an Essensfragen war so groß wie seine Zuneigung zu seinem Beruf. Die hatte in den letzten Jahren ihren Nullpunkt erreicht.

Joe Davids trank sein Bier, hob die Hand, was der Kellner als Bestellung begriff.

Es war kurz nach elf, eigentlich hätte er nach Hause gehen müssen, aber die Bitte Xiao Chens ließ ihn bleiben.

Er fühlte nach seinem Schulterhalfter. Seine Dienstpistole lag jedoch auf der Kommode neben der Tür, wo er sie bei Betreten der Wohnung stets ablegte. Nur das Halfter vergaß er meist auszuziehen. So einen Korth müßte man haben, dachte er.

Es gab einige Kollegen, die sich aus Spaß privat ein solches Schießgerät leisteten, manche, die das Geld besaßen, ließen sogar den Griff gravieren. Die Motive waren Hirsche und Frauen oder, was auch vorkam, beides zusammen. Doch so gut kannte er Xiao Chen, daß er wußte, zum Spaß hatte er den Revolver nicht angeschafft.

Wenigstens würde Pinneberger morgen nicht da sein, und es fiel nicht auf, wenn er etwas später zum Dienst kam. Ihr Verhältnis war zwar nicht angespannt, wie zu manchem anderen Kollegen, aber Pinneberger hatte sich allzu häufig beschwert, daß Oberkommissar Davids den Dienstbeginn mehr als vagen Hinweis verstand, statt tatsächlich pünktlich zu erscheinen. Pinneberger hatte den Mund nicht halten können, und so machte sich diese läßliche Sünde auf den Dienstweg, was zu einem Anpfiff von Kriminaldirektor Lang führte.

»Bleibste du?« fragte Xiao Chen.

»Sicher, wenn du mich so freundlich bittest«, Joe Davids tippte auf die ausgebeulte Jackentasche.

Xiao Chen lächelte, dann ging er wieder seiner eigentlichen Tätigkeit nach. Er hatte das Lokal von seinem Bruder übernommen, dem die Hansestadt nicht gefiel und der lieber in Süddeutschland ein Lokal eröffnen wollte. Chen zahlte monatliche Raten an ihn, die Übergabe hatte keine Schwierigkeiten bereitet. Er war jeden Tag zur Stelle, vertrat die Meinung, wenn er nicht selbst anwesend sei, dann laufe das Geschäft nicht so gut. »Die klauen wie die Tiger«, hatte er mal zu Davids gesagt und damit seine beiden Kellner gemeint.

Der kleine Chen war erst sechs Jahre im Land, aber er hatte einen untrüglichen Riecher für deutsches Publikum. Er konnte servil sein, wenn ein Gast mit großem Geld und lauten Gesten sich hervortun wollte, konnte bescheiden sein, wenn die Küche gelobt wurde, auch wenn er von dieser europäisierten Art des chinesischen Essens nichts hielt. Das hatte er Davids oft genug zu verstehen gegeben. »Weißte, was das hier ist, ein billiger Fraß, sagte ihr doch«, Xiao Chen hatte dabei gelächelt, nicht mal überheblich, »und was das Tollste iste, was ihr am meisten bestellte, gibte es gar nichte, Chop Suey, was soll das sein? Wir Chinesen kennen nicht mal das Wort.« Und dann hatte er Davids ausführlich erklärt, daß ein Wort wie ›Chop‹ in der chinesischen Sprache gar nicht gebildet werden kann.

Der neue Besitzer konnte aber auch elegant auftreten, eine ganz andere Rolle, wenn eine Hochzeit gefeiert oder eine große Tafel gehalten wurde, die einen solchen Besitzer sehen wollte. Dann war in seinem Element, trat auf und ab, gab leise Anweisungen, um später den Beifall der Gäste zu erhaschen. Nur seine steife rechte Hand versteckte er dann hinter seinem Rücken.

Joe Davids wurde müde.

Wenn er um zehn nicht den Heimweg angetreten hatte, kam er erst weit nach Mitternacht ins Bett.

Zwei Stunden später waren sie allein im Lokal. Die meisten Lichter gelöscht, nur neben der Kasse brannten drei mit rötlichen Schirmchen verhüllte Glühbirnen.

Sie sprachen nicht.

Obwohl sie ganz dicht beieinander saßen.

Joe Davids konnte hören, wie Xiao Chen manchmal die Luft anhielt, sein Atem stockte.

»Ich werde diche als meinen Geschäftspartner vorstellen«, hatte er gesagt. Das war schon eine Zeitlang her.

Joe Davids dachte nicht daran, nachzufragen, weil er wußte, der kleine Chen würde ihm keine genaue Auskunft geben. Er hatte in den letzten Monaten erfahren, daß sein chinesischer Freund ihn offen anlog, selbst dann, wenn jeder von beiden wußte, daß es sich um eine Lüge handelte.

Abwarten, dachte Davids, es wird schon was passieren.

Und wenn nichts passiert, um so besser.

Xiao Chen starrte geradeaus. Keine Regung.

Er mußte den Revolver auf den Knien haben, denn Davids konnte sehen, wie die Stoffserviette auf dem Schoß eine Ausbuchtung hatte.

Wahrscheinlich werde ich ihn davon abhalten zu schießen, Davids dämmerte es, warum der Chinese ihn gebeten hatte, dazubleiben. Er will mich nicht als Zeugen haben, sondern als jemand, der ihn daran hindert, eine Dummheit zu begehen.

Joe Davids war gut ausgebildet. Seit er vor zwei Jahren aufgrund einer Ermittlung zum Sondereinsatzkommando ging, mit diesen rauhen Burschen trainierte, hatte er seine Anstrengungen verdoppelt, körperlich fit zu sein. Gelegentlich lief er zehn Runden im Bürgerpark, ganz gleich, ob es kalt und regnerisch war, fuhr fünfzig oder mehr Kilometer mit dem Rad, wenn er einen Tag freihatte, und besuchte nacheinander Kurse für Jiu-Jitsu, Karate und Kung Fu-Techniken.

Sollen sie doch kommen, dachte er, wer immer es ist.

Kurz nach eins betraten drei Männer das Peking-Restaurant.

Sie sprachen sehr leise mit dem Besitzer, der sich nicht von seinem Platz rührte.

Xiao Chen nahm die Brieftasche heraus, zupfte einige Tausender hervor und hielt sie über den Tisch.

Einer der Männer zählte nach.

Joe Davids auch, es waren sieben Scheine.

Dann drehten sie sich um, ohne noch etwas zu sagen.

»Sie haben nichte mal nach dir gefragt«, Xiao Chen lachte auf. Ein spitzes Lachen.

So hell wie ein Glöckchen.

2

»Ich muß diese Kurse besuchen, das weißt du ganz genau, sonst kann ich mein Leben lang den trotteligen Oberkommissar spielen«, Fritz Pinneberger klappte die Reisetasche zu.

In der Feldstraße war schlechte Stimmung. Und das seit Stunden. Marianne Kohlhase hatte sich auf den gemeinsamen Urlaub gefreut, hatte die Reise detailliert geplant, und dann bekam ihr Freund den Marschbefehl: Seminar für polizeiliche Datenverarbeitung in Siegen.

Pinneberger hatte sich verteidigt, sprach von interessanten, neuen Möglichkeiten der Fahndung, von Prozessen, an denen er nicht vorbeigehen dürfe. Wenn er sich weigere, an solchen Fortbildungsveranstaltungen teilzunehmen, würde das übel vermerkt. »Du weißt ja, daß ich nicht gerade gut angesehen bin«, fügte er hinzu und zeigte mit dem Daumen nach oben. Er hatte sich für das Seminar einen leichten Sommeranzug gekauft, italienischer Schnitt, wollte nicht in seinem sonst so saloppen Aufzug erscheinen. Sogar die Haare hatte er sich kürzer schneiden lassen, was Marianne zu der Bemerkung veranlaßte: »Kurze Haare, kurzer Verstand.«

Seitdem sie ihr Examen in Sozialpädagogik gemacht hatte, war sie arbeitslos, was aber nicht hieß, daß sie nicht arbeitete. Sie hatte drei Jobs: Einmal servierte sie wieder in der ›Roten Spinne‹, mehrmals in der Woche, dann half sie freitags und samstags in einem Klamottenladen aus, und dann, ihre Lieblingsbeschäftigung, sie führte für ein Professorenehepaar Windhunde spazieren. Da war sie an der frischen Luft, und dieser Zeitvertreib wurde am besten bezahlt. Es war ein Kunststück gewesen, alle diese Verpflichtungen mit geeigneten Stellvertreterinnen zu besetzen, aber für die gemeinsame Reise war ihr das gelungen. Und nun kam ihr Polizeifreund und machte einen Strich durch die Reiseplanung. Sie war sauer.

»Ich reiß' mir ein Bein aus, um das alles hinzukriegen, und du kannst plötzlich nicht. Scheiße ist das, verdammt noch mal«, sie war wütend.

Gleich wird sie die Tür schlagen, dachte Pinneberger, der einen Blick in den großen Spiegel warf. Echt fesch sah er aus. Würde seinen Vorgesetzten gut gefallen. Aber diesen Anblick wollte er denen nicht gönnen. Die Tür wurde zugeschlagen.

Fritz Pinneberger, der im letzten Monat seinen 35. Geburtstag feierte, wartete eine Minute, bis er sie wieder öffnete.

»Marianne, ich hab' einen Vorschlag. Ich fahr' noch schnell ins Präsidium und sag' Bescheid, daß wir nach dem Seminar loswollen, was hältst du davon?«

Marianne stand am Fenster. So wie Matthies, sein früherer Chef. Die Hände auf dem Rücken.

Vorsichtig drehte er sie um.

Ihre Augen waren feucht.

Das unterschied sie vom Kriminalkommissar a. D. Aber den hatte er auch nie rumgedreht.

»Das wird nicht leicht sein, alles wieder zu verschieben«, sagte sie leise.

»Und mein Vorschlag?«

Er strich über ihr langes Haar, das in blonden Wellen auf die Schultern fiel.

»Geht das denn? Ich meine, die haben dir doch den Urlaub gestrichen, sozusagen...«

Pinneberger schluckte, jetzt mußte er ihr erzählen, warum man ihn zu diesem Seminar abkommandierte. Es war ein Platz freigeworden, und da solche Seminare mit immer der gleichen Teilnehmerstärke durchgeführt werden mußten, hatte man ihn dort angemeldet. Dazu gab es das Beamtenverhältnis, daß die Hierarchie mit den Untergebenen ungehindert umspringen konnte. Was war da schon eine geplante Reise nach Italien?

»Und du hast dir das gefallen lassen?« fragte Marianne ungewöhnlich laut, denn ihr Kopf war dicht an Pinnebergers frisch frisiertem Schädel. »Ich werde mich nicht an dieses kurze Haar gewöhnen.«

»Was sollte ich denn machen?«

Da war der Streit wieder.

Genauso heftig wie vorher.

Pinneberger wartete darauf, daß wieder eine Tür zuflog.

»Also willst du nach Italien oder nicht?« schrie er.

»Natürlich.«

»Und was machen dann zwei Wochen aus?«

Marianne sah ihn an: »Ich habe jetzt frei, verstehst du das nicht?«

Pinneberger blökte los: »Und ich in zwei Wochen, klar?!«

»Ich hab' mich so darauf gefreut.«

»Und in zwei Wochen freust du dich nicht mehr?«

Seitdem sie zusammen waren, hatten sie eine Technik des Streitens entwickelt, die im Austausch von kurzen Sätzen bestand. Während andere Paare sich meist mit längeren Ausführungen gegenseitig bekämpften, hielten sie kurze Anwürfe für die ihnen angemessene Form.

»Nicht mehr so doll.«

»Kannst du das nicht abstellen?«

»Was?«

Jetzt stockte der Oberkommissar, der seit Jahren auf seine Beförderung wartete.

Marianne setzte nach: »Siehst du, du weißt nicht, was du sagen wolltest. Weil du nichts zu sagen hast.«

Immer, wenn sie nicht mehr weiter weiß, dann wirft sie mir meinen Beruf vor, dachte er, sie hat sich nie daran gewöhnen können, daß ich ein Bulle bin.

Er ging zum Telefon, ließ sich mit Kriminaldirektor Lang verbinden. Es dauerte eine Zeitlang, bis er durchgeschaltet wurde.

»Hier Pinneberger, ich wollte nur mitteilen, daß ich meinen Urlaub nach dem Seminar in Siegen nehmen werde. Nur so können wir die Storno-Gebühren unserer Reise umgehen. Das wollte ich kurz mitteilen. Schönen Tag noch.«

Er legte auf.

Marianne kam auf ihn zu.

»Welche Storno-Gebühren?« fragte sie, »wir haben doch gar nichts fest gebucht!«

Er sah sie streng an.

»Was meinst du, wie hoch die Kosten sind, die du verursachst, wenn ich nicht mit dir in Urlaub fahre. Das kann sich die Polizei nicht leisten.«

Das Telefon klingelte.

»Geh nicht ran«, sagte Pinneberger, »das wird der Chef sein, der begriffen hat, was ich ihm mitgeteilt habe.«

Sie ließen das Telefon klingeln.

Klaus Grünenberg haßte diese feierlichen Momente, aber da er im Mittelpunkt der kleinen Festivität stand, konnte er schlecht ausweichen.

»Ich will es ganz offen sagen, Herr Grünenberg, wir hatten nicht immer das beste Verhältnis zueinander, das wissen Sie selbst, und dennoch schätze ich Sie als Journalist von ganz besonderer Bedeutung, Sie haben mehr als einmal dafür gesorgt, daß das Recht auf freie Meinungsäußerung voll inhaltlich zum Zuge kommt.«

Aus dem Munde des Verlagsleiters klingen diese Worte wie Falschgeld, wie faule Äpfel, dachte Grünenberg. In seinem Kopf tauchten die Bilder ihrer Auseinandersetzungen auf: einmal hatte er ihm einen Artikel vorgelesen, den man ihm heimlich umgeschrieben hatte. Da hatte der Verlagsleiter nicht reagiert, und von freier Meinungsäußerung war auch nicht die Rede gewesen. Ein anderes Mal war er in die Rätselecke versetzt worden, weil dem Chef ein Kommentar nicht paßte. Voll inhaltlich zum Zuge. So, so.

»Aber wir wollen in dieser Stunde nicht an die mißvergnügten Zusammentreffen denken, sondern an die Aufgaben, die vor Ihnen liegen, lieber Herr Grünenberg. Journalismus ist ja nicht, wie manche Leute immer meinen, ein Geschäft wie Sockenverkaufen oder Honigschleudern, wir stellen eine ganz empfindliche Ware her und verbreiten sie auf geeignetem Wege. Das erfordert Fingerspitzengefühl und Bereitschaft zum Zuhören, zum Nachdenklichwerden, gerade auf dem Posten, den Sie nun bekleiden werden.«

Wo hat er nur dieses Sülzen gelernt? Grünenberg sah den bisherigen Chef des Lokalressorts an, der keine Miene verzog. Sein Vorgänger ging in Pension, und deswegen veranstaltete der Verlagsleiter Abschied und Willkommen in einem Aufwasch. Der Lokalchef hatte sein bestes Stöffchen aus dem Schrank geholt, am Revers prangte das kleine silberne Parteiabzeichen und darunter das ebenfalls silberne Sportabzeichen, das er vor seinem beruflichen Aufstieg erworben haben mußte. Grünenberg war im Pullover angetreten.

»Immer wieder werden wir von der Presse gefragt, wer uns das Recht zu kritisieren gibt, woher wir die Befugnisse nehmen, auch einmal unbequeme Fragen zu stellen. Denn Sie, Herr Grünenberg, sind ja im Unterschied zu Ihrem Vorgänger jemand, der von diesem Recht Gebrauch machen will, das will ich offen benennen. Manchmal spricht man von der vierten Macht im Staat, die wir darstellen sollen. Aber es gibt eine ganze Menge Politiker, die uns diesen Anspruch streitig machen wollen.«

Insbesondere in der eigenen Partei, dachte Grünenberg, der langsam das Gefühl bekam, er müsse hier seine journalistische Konfirmation nachholen. Die Beförderung war für ihn völlig überraschend gekommen, wie ein Sommerschauer, er hatte sie anfangs sogar für einen Scherz gehalten, als Gerichtsreporter Mammen in seiner Redaktionsstube mit einem kleinen Tänzchen auftrat, einen artigen Knicks machte und sagte: »Du wirst Chef, Klaus.« Zwar wußte er, daß der Ressortleiter Lokales in Ruhestand ging, aber daß er dessen Nachfolge antreten würde...

»Wir haben mit unserer Zeitung immer den Grundsatz beherzigt, niemandem weh und allen wohl, das soll auch in Zukunft so bleiben. Wenn wir kritisieren, dann stets im Interesse der guten Sache, niemals Personen angreifen, denen daraus Schaden entstehen könnte, aber immer für die Leser eintreten. Das ist eine Gratwanderung, meine Herren, das weiß ich selbst am besten, wir beschreiten mutig diesen gradus ad parnassem.«

Grünenberg war sich sicher, daß der Verlagsleiter längst den Gipfel erklommen hatte und entschieden für die seit Jahrzehnten im Stadtstaat herrschende Partei eintrat, aber wie schön solche Worte doch klangen. Sie standen in dem weitläufigen Büro des Verlagsleiters, das außer ein paar ausgelegten Exemplaren ihrer Tageszeitung und einem kleinen Block auf dem gläsernen Schreibtisch kein weiteres Stück Papier beherbergte. Der Blick über die Stadt mit ihren kupfer-grünen Türmen, der Durchblick zum Fluß, die doppelspurige Straße, die sich wie ein Ungetüm durch die Häuser preßte.

»Ich denke, wir werden auch in Zukunft eine gute Zusammenarbeit pflegen, und manches Mal auf Ihren bewährten Rat zurückgreifen müssen, denn in Pension gehen, heißt ja noch längst nicht, keinen Kontakt mehr zum langjährigen Arbeitsplatz zu haben. Nicht wahr, lieber Bollmann.«

Der Ressortleiter Lokales nickte.

Grünenberg fühlte sich unbehaglich, aber noch weniger mochte er in der Haut seines früheren Lokalchefs stecken. Bin gespannt, was er zum Abschied überreicht bekommt.

Bollmann hob sein Glas. »Ich hatte keine schlechte Zeit hier, fast vierzig Jahre sind es geworden, die ich diesem Haus zur Verfügung stand, und ich muß sagen, etwas bewegt es mich doch, daß nun die Zeit zum Abschied gekommen ist. Ich hoffe nur, Herr Grünenberg, daß wir bei unseren gelegentlichen Treffen bleiben.«

Bollmann sah ihn an.

Es war Grünenberg äußerst peinlch, daß sein Lokalchef auf ihren wöchentlichen Zug durch die Kneipengemeinde zu sprechen kam. Wenn der Verlagsleiter davon wußte, gab das keinen Pluspunkt in der Akte.

Der Verlagsleiter, der ziemlich genau in der Mitte zwischen beiden stand, schaute genüßlich von einem zum anderen.

»Wir sollten etwas trinken, und dann werde ich das Geschenk überreichen.« Die Gläser stießen aneinander.

Was für ein blödsinniger Augenblick, dachte Grünenberg, womit hab' ich es verdient, mit dem Verlagsleiter anzustoßen. Er freute sich auf die Sause mit den Kollegen aus der Redaktion, die für den frühen Abend anberaumt war. Aber jetzt erstmal das feine Getue.

Die drei Herren sahen sich an.

Bedeutungsvoll.

Obwohl alle Bedeutung von diesem Augenblick gewichen war.

Der eine war Chef und blieb es. Der zweite war Unterchef und ging. Der dritte wurde Lokalchef.

»Ich habe sehr lange überlegt, was wir Ihnen schenken können. Und dann brachte mich meine Frau auf einen Einfall, den ich sofort in die Tat habe umsetzen lassen.«

Der Verlagsleiter ging zum Wandschrank und holte eine große Metallplatte heraus, die leicht golden glänzte.

»Nicht, daß Sie glauben, wir schwimmen im Gold, lieber Bollmann, aber das sind Sie dem Hause wert. Wissen Sie, was das ist?«

Bollmann las.

Dann schüttelte er den Kopf.

»Es ist die Mater Ihrer ersten Seite, die Sie vollverantwortlich als Lokalchef gestaltet haben. Ich habe mir die Zeitung heraussuchen und die Titelseite noch mal setzen lassen und das Ganze dann in Blei-Guß mit einem feinen Goldüberzug herstellen lassen.«

Bollmann nahm das schwere Geschenk in Empfang.

Grünenberg wußte nicht, ob er jetzt gerührt oder belustigt sein sollte. Ein außergewöhnliches Souvenir war es auf jeden Fall.

Bollmann stammelte seinen Dank, fast unbeholfen für jemand, der sein Lebtag mit Worten umgegangen war.

»So etwas werden Sie auch erhalten können, Herr Grünenberg, wenn Sie wie Meister Bollmann auf Ihrem Posten stehen.«

So wurde aus dem Paradiesvogel Grünenberg, der sich mal mit lyrischen Ergüssen und unbequemen Schreiben einen eigenen Namen machte, der neue Lokalchef.

Die Aussicht auf das wertvolle Geschenk stimmte ihn nicht gerade fröhlicher.

Wolfgang Lindow räkelte sich gemütlich in seinem Bürostuhl. Er war stolz auf die Urkunde, die man ihm überreicht hatte, auch wenn sie vom deutschen Philatelistenverband und nicht aus dem Polizeipräsidium kam.

Der Hauptkommissar ließ sie den jungen Kollegen ausführlich studieren. ›Ehrenurkunde‹ stand in geschwungenen Lettern auf dem weißlichen Karton.

›Für besondere Verdienste verleihen wir Kriminalhauptkommissar‹, und dann der Name, in königsblauen Buchstaben, gesperrt geschrieben, ›den Titel: Sammler ehrenhalber‹.

Seit Lindow sich mit Sammeln von Briefmarken mit Polizeimotiven beschäftigte, hatte er neben der Tätigkeit im Wirtschaftsressort ein zweites Berufsfeld gefunden, das ihm diese Urkunde eintrug.

Er war der einzige Sammler in der Bundesrepublik, der mit diesem Spezialgebiet aufwarten konnte. Schon hatten sich alle einschlägigen Zeitschriften mit ihm befaßt, oft erschienen Artikel mit seinem Bild und natürlich farbigen Abbildungen der schönsten Stücke seiner Sammlung. Wichtigster Wert war eine Briefmarke aus Südafrika, die zeigte, wie die weiße Polizei gegen schwarze Demonstranten vorging. Mit Handgranaten, deutlich zu erkennen.

»Sammler ehrenhalber«, sagte Lindow gedehnt, »kein schlechter Titel, was meinst du, Joe?«

Davids war froh, daß diese Urkunde ihm Zeit verschaffte, noch mal über seinen Plan nachzudenken.

In seinem Kopf war Tumult. Er hatte Xiao Chen versprechen müssen, mit niemandem und schon gar nicht im Polizeipräsidium darüber zu reden, was er mitangesehen hatte. Schutzgelderpressung, räuberische Erpressung, er kannte die Straftatbestände, aber der Chinese war sein Freund. Seit ein paar Wochen sogar sein bester Freund. Wenn er jetzt Lindow einweihte, dann mußte er sehr vorsichtig sein.

»Was meint Lang dazu?« fragte Davids mit einem Lächeln auf den Lippen.

»Unser Kriminaldirektor ist natürlich mächtig stolz, einen so verdienten Beamten, hat er gesagt, und auf einem so ungewöhnlichen Gebiet. Er hat seinen Pressemenschen angewiesen, noch eine Extra-Meldung über mich herauszugeben.«

Wolfgang Lindow grinste. Jetzt erst bemerkte Davids, daß der ganze Rummel um die Briefmarkensammelei den doppelt so alten Kollegen eher amüsierte. »Briefmarken, das sind die Kunstwerke des kleinen Mannes, hab' ich mal formuliert, und da ist auch was dran«, sagte Lindow, jetzt lachte er.

Davids wollte das Büro schon wieder verlassen, nachdem er die Urkunde vorsichtig auf den Schreibtisch zurückgelegt hatte, als Lindow sagte: »Du bist doch nicht wegen diesem lächerlichen Stück Papier hergekommen, Joe. Oder irre ich mich da?«

»Nein, nein«, platzte Davids heraus, »ich wollte mir dir mal...«

»Laß hören, beruflich oder privat?«

Lindow setzte sich gerade, aufmerksam, fast eine Spur zu ernst.

»Gehört eigentlich Schutzgelderpressung in dein Ressort?«

Ihm war nichts anderes eingefallen, und er konnte den Satz auch nicht ungesagt machen. Davids war verstört. Genau diese Situation hatte er vermeiden wollen. Aber die blöde Urkunde hatte sein Konzept durcheinandergebracht.

»Weiß ich gar nicht. Wieso fragst du?«

Lindow kratzte sich am Kopf.

»Nur so. Ich hab' da was läuten hören...«

Joe Davids stand wie ein Schuljunge vor dem Schreibtisch, in Erwartung der gerechten Bestrafung.

»Schutzgelderpressung. Ich kenne gar keinen Fall. In unserer Stadt?«

»Nein, nein«, wiegelte Davids ab, der krampfhaft überlegte, wie er aus diesem Raum hinauskam.

»Joe, mir fehlt für Rätselspiele die Zeit. Was weißt du, oder was hast du läuten gehört?«

»Ich wollte mich mal erkundigen, weiß zu wenig, um damit etwas anfangen zu können.«

Wolfgang Lindow schüttelte den Kopf.

»Organisiertes Verbrechen, davon reden die vom BKA gelegentlich. Aber eigentlich ist das mehr Italien, Mafia und so. Soll in Hamburg mal einen Fall gegeben haben, mit Restaurants, ach ja, da wollte einer sogar auspacken vor Gericht, aber dann hat er während der Verhandlung gekniffen. Ganz schwieriges Pflaster. Und für uns ist meistens auch nichts drin.«

»Wieso?« unterbrach ihn Davids, der froh war, daß Lindow seine Nachfragen eingestellt hatte.

»Die halten die Klappe, ganz einfach. Wo kein Kläger… zahlen lieber, ist doch klar. Keiner weiß was, keiner hat was gesehen, keiner redet. Wo sollten wir da eingreifen?«

»Ich verstehe.« Der Oberkommissar nickte verständnisvoll. Was für ein modernes Büro Lindow hatte im Gegensatz zum altmodischen Mobiliar der Mordkommission. Und dabei war er damals strafversetzt worden.

»Ach ja, Wuppertal, da ist so eine Bande am Werk gewesen, ich glaub', letztes Jahr, oder schon 78 war das, fünfzig Mann solln das gewesen sein, jugoslawisch-italienische Zusammenarbeit, überregional organisiert, die flogen mal einen Killer ein, der nach der Tat sofort das Land wieder verließ. Es ging um räuberische Erpressung.«

Joe Davids zog an seiner blaßblauen Krawatte. Ihm war klar, daß er keine weitere Frage stellen würde, sonst müßte er alles verraten, und er hatte Xiao Chen versprochen, nichts zu sagen.

»So, nun hab' ich mein Gedächtnis befragt, jetzt bist du dran, also komm, Joe, es gibt doch einen Grund für dein spezielles Interesse, oder?«

3

In diesem April zeigte die Hansestadt mal wieder, was sie aus einem Frühlingstag machen konnte: Schmuddelwetter, diesmal in der nassen Variante, und kühl war es dazu.

Den ganzen Tag lang hatte sich Davids mit dem Mordfall Scholz befassen müssen, dreihundert Spurenhinweise und nicht ein brauchbarer Anknüpfungspunkt.

Ein Mann war in seinem Auto ermordet worden, der Wagen abgeschlossen, keine Spuren von gewaltsamem Eindringen, der Schlüssel steckte im Zündschloß, der Obduktionsbefund ließ auf Vergiftung schließen. Der Wagen stand in der Innenstadt.

Als hätte ihm diese schwierige Aufgabe nicht gereicht, bekam er nachmittags um drei, kurz vor Dienstende, den dienstlichen Auftrag, bei einer abendlichen Durchsuchung im Viertel anwesend zu sein. Er hatte um 22 Uhr anzutreten.

Joe Davids war sauer. Nicht so sehr, weil er Xiao Chen absagen mußte, sondern weil diese Doppelschichten zunahmen.

»Was soll ich denn dabei, wenn ihr Razzia fahrt?« hatte er nachgefragt.

»Man kann nie wissen«, kam die knappe Antwort.

Davids wußte, daß der Landeskriminalrat hinter diesen, wie er sie nannte, Überraschungseinsätzen stand. Denn seine Kampagne ›Dealer sind Mörder‹ war auf Kritik gestoßen, sogar in den eigenen Reihen. Jetzt hoffte er, durch Großeinsätze ein paar von diesen Herrschaften zu fangen.

Kurz vor 22 Uhr stand er auf dem Ostertorsteinweg zusammen mit fünfundsiebzig Beamten, direkt neben dem Wagen des Einsatzleiters, in dem auch der Landeskriminalrat saß, verdeckt hinter einer kleinen Gardine.

»Rapka, Kuhlebert, sperren Sie die Hinterfront ab. Und wehe, wenn da jemand rauskommt! Und dann ein bißchen plötzlich.«

Der Einsatzleiter gab seine Befehle so laut, daß die ganze Straße mithören konnte.

Die beiden Streifenwagenpolizisten setzten sich in Trab, langsam, als hätten sie die Anweisung nicht gehört.

Der dicke Rapka griff sicherheitshalber noch mal zur Pistole, sie saß stramm an der Koppel.

Der hochaufgeschossene Kuhlebert sah stur geradeaus.

Sie schlenderten um den Häuserblock, nahmen den Durchgang einer Passage und stellten sich auf.

»Kommt doch sowieso keiner«, sagte Rapka, »ich würde zu gern wissen, wie so ein Laden von innen aussieht.«

»Geh doch rein!« erwiderte Kuhlebert, der mit seinen zwanzig Jahren zwar diesen Teil der Stadt nicht mochte, aber gelegentlich mal so einen Schuppen betrat.

»Biste verrückt, als Polizist«, Rapka schüttelte den Kopf.

»Ja, mit gezogener Pistole, Hände hoch, alles an die Wand, und dann sich mal ganz ruhig umsehen.«

Kuhleberg wußte, was er an seinem Kollegen hatte: den altmodischsten Gesprächspartner, den ihr Revier bieten konnte. Und planmäßig fuhr Rapka aus der Haut, er solle diesen Quatsch lassen, schließlich seien sie im Dienst.

Joe Davids vertrat sich die Füße.

Er stand rum. Blickte in die Straße, während im Lokal ein mächtiges Gezeter losging.

»Was soll ich denn tun?« fragte er den Einsatzleiter.

»Abwarten«, gab der zurück, »stören Sie jetzt nicht. Ich hänge am Kabel.« Über Kopfhörer hatte der Einsatzleiter Verbindung mit einem Polizisten, der aus dem Lokal einen Lagebericht gab.

Joe Davids steckte seinen Kopf in den Einsatzwagen.

Der Landeskriminalrat legte den Finger auf den Mund und grinste ein wenig. Auch er hörte mit.

Es hatte etwas von einem Indianerspiel mit elektronischem Gerät, zwei hochbesoldete Männer auf der Lauer.

Ein Polizist riß die eichene Lokaltür auf.

»Drei Mann durch den Hinterausgang verschwunden.«

Sofort sprach der Einsatzleiter Rapka an. »Bitte kommen.«

»Ja, Rapka.«

»Melden Sie sich das nächste Mal anständig, Kollege. Haben Sie die drei Männer gesehen, die durch den Hinterausgang entwischen wollen?«

»Hier ist alles ruhig«, erwiderte Rapka.

»Das kann doch nicht sein.«

»Kommen Sie her und überzeugen Sie sich selbst.«

Der Einsatzleiter schickte Davids los: »Tempo, Mann, das sind die Gesuchten, bestimmt!«

Joe Davids lief los, wenigstens eine Betätigung bei diesem Einsatz. Drei Minuten später fand er die beiden Streifenbeamten, die an die Hauswand gelehnt rauchten.

»Seid ihr noch ganz dicht? Ihr sollt den Hinterausgang observieren, verdammte Scheiße, und der ist dahinten!«

Davids rannte weiter.

Standen die beiden Schupos an der falschen Ecke.

Immerhin liefen sie jetzt hinter ihm her.

Die drei Männer konnten sich überall verstecken, war gar keine Schwierigkeit. Jedes dieser Häuser hatte einen Keller, eine offene Tür, und schon waren sie verschwunden.

Da hätte eine Hundertschaft nicht ausgereicht.

Joe Davids gab auf.

Er blies die Jagd ab.

»Volltrottel«, zischte er.

»Langsam, langsam, Herr Obermotz«, erwiderte Rapka keuchend, »wenn keine klaren Befehle kommen, dann ...«

»Aber Sie wußten doch, welches Lokal wir einsatzmäßig im Auge hatten?«

»Die sind rückwärtig nicht bezeichnet, nicht wahr?« Diesmal entschuldigte sich Kuhlebert.

Joe Davids wußte genau, worauf die beiden hinauswollten.

Er hatte keine Lust, sich mit ihnen anzulegen. Sie kamen ihm irgendwie bekannt vor, aber er konnte sich nicht erinnern, wo er dieses Gespann schon mal getroffen hatte.

»Ich halt' die Klappe, o. k.?«

»Recht so«, gab Rapka zurück.

Dann liefen sie zurück zum Einsatzwagen.

Polizeipräsident Mantz saß zur gleichen Zeit in seinem Büro und pfiff leise vor sich hin. Die Passage, die er gerade diktiert hatte, gefiel ihm gut. Irgendwie, dachte er, hätte ich auch eine Karriere als Schreiberling machen können.

›Gerade im Ordnungsbereich verlassen wir immer mehr den gesetzlichen Spielraum. Zweifellos sind Ordnungsnormen zeitlich und örtlich wandelbar. Nur diese Wandelbarkeit kann von den zuständigen Behörden nicht hingenommen werden, wo die Ordnungsnorm gesetzlich ihre Ausprägung gefunden hat. Hier wird nur auf einige Probleme hingewiesen. Ungelöst ist z. B. immer noch die Frage des Aufstellens von Stellschildern (ökonomischer, wirtschaftlicher, politischer, kultureller Inhalt). Verwiesen wird ferner auf die Tatsache, daß in der Hansestadt ca. 4 Tonnen Hundekot täglich niedergehen, ohne daß es möglich ist, auch nur annähernd die damit verbundenen Widrigkeiten abzustellen. Die Modeerscheinung, Straßenfeste abzuhalten, bringt insbesondere alternativ lebende Gruppen dazu, die Straße für sich in Anspruch zu nehmen. Zu den Stra-

ßenfesten geht die Anregung in der Regel nur von einer kleinen Gruppe aus, die in einer Unterschriftensammlung die umliegenden Bürger zum Mitmachen auffordert. Diese wiederum scheuen sich, ihre eigene Unlust zum Ausdruck zu bringen, machen gute Miene zum bösen Spiel und unterschreiben Anträge, die dann an die Behörde gerichtet werden, von der erwartet wird, daß sie dann dieses Straßenfest in der Weise schützt, daß zumindest der Verkehr aus der Straße herausgenommen wird.‹

Mantz sah von seinen Notizen auf, weil er eine Sirene hörte. Es war nie zu unterscheiden, ob es ein Rettungswagen des Krankenhauses oder ein Streifenwagen war. Auch da mußte er Abhilfe schaffen, die konnten doch nicht mit den gleichen Signalen operieren.

Er stopfte seine dritte Pfeife an diesem Abend, nicht ohne die Hälfte auf seiner Hose zu verstreuen, und lehnte sich zurück.

Der ganze Tag war mit Besprechungen vergangen. Aber eine davon machte ihm wirklich zu schaffen.

Anfang Mai stand das Gelöbnis der Rekruten an, im Weser-Stadion. Mit Bundespräsident und anderen hohen Tieren. Ganz große Sache. Und er wußte, daß eine Menge Arbeit auf sie zukam.

Als der Polizeipräsident im Februar davon erfuhr, hatte er überlegt, ob er in diesem Jahr ganz außerplanmäßig seinen Urlaub im Mai nehmen sollte. Aber der Bürgermeister hatte allen deutlich zu verstehen gegeben, daß er jeden Mann an Bord wünsche. Und wenn es auf einer Krankentrage sei.

In der Besprechung am Nachmittag war deutlich geworden, daß bereits Erkenntnisse vorlagen, die auf Störung der Veranstaltung hinausliefen. Der Verfassungsschutz sprach von extremistischen Kreisen, die Störabsichten hätten, verschiedene Flugblätter und Informantenberichte wurden zitiert. Glücklicherweise zeichneten sich mehrere Demonstrationszüge ab und mindestens zwei separate Kundgebungen. Die Vertreter des 2. Feldjägerbataillons 720 waren empört, erregten sich über diesen zentralen Angriff auf die Bundeswehr, da mußte Mantz abwiegeln. Die Herren Militärs waren der Meinung, daß sie durchaus zwei bis drei Züge ausrücken lassen könnten, um das Weser-Stadion abzuriegeln. Der Polizeipräsident erwiderte: »Das ist nun doch unsere Aufgabe, meine Herren.«

Die Sitzung war hektisch verlaufen, unangenehm. Nicht die gewohnte Ruhe, in der Mantz seine Entscheidungen zu treffen liebte.

Aus der Bundeshauptstadt war eine fernschriftliche Mitteilung eingetroffen, die ebenfalls diskutiert werden mußte: ›Da es unter den sich abzeichnenden Umständen voraussichtlich unumgänglich wird, zu der Veranstaltung im Weser-Stadion die Bürger Bremens in großer Zahl einzuladen, den Zugang zum Stadion jedoch aus Sicherheitsgründen durch Ausgabe von Eintrittskarten unter Kontrolle zu nehmen …‹

Mantz gefielen diese Hinweise überhaupt nicht. Die Militärs machten den Vorschlag, zwei bis drei Züge in Zivil antreten zu lassen, in den besten Ausgehanzügen, die dann ein großes Publikum spielen, das sich für das Rekrutengelöbnis und damit für die Vaterlandsverteidigung interessiert. Mantz wollte den Vorschlag prüfen. Aber um die Eintrittskarten würden sie nicht herumkommen. Er wollte das mit der Senatskanzlei besprechen.

Als die Sitzung nach vier Stunden endlich geschlossen wurde, war Mantz zu erschöpft, um nach Hause zu gehen. Er zog sich in sein Büro zurück.

Ruhe, das war das einzige, was ihm helfen konnte.

Und dann lag da auch noch die Arbeit an dem Grundsatzpapier.

Deswegen war er so erfreut, daß er trotz des hektischen Tages ein paar Sätze formulieren konnte.

Es sollte sein großer Auftritt werden.

›*Statistisch wird in der Hansestadt jeder 10. Einwohner Opfer einer Straftat. Nur jede 3. bis 4. Straftat findet ihre Aufklärung, ihre Sanktionierung liegt jedoch wesentlich darunter. Daraus folgt, daß bei den Kriminellen nicht mehr der Eindruck entsteht, für die Sünde verfolgt zu werden, sondern die Sünde wird eher als gute Tat und die Nichtbestrafung als Lohn empfunden.*‹

Mantz diktierte mitten in sein Papier eine Anweisung an seinen Pressesprecher Harms: »Bitte prüfen, ob das mit der ›Sünde‹ so durchgehen kann.«

An diesem Abend war die ›Rote Spinne‹ so gut besucht wie selten. Marianne Kohlhase stand hinter dem Tresen und rechnete.

Sie konnte an diesem Abend einen Blauen als Reingewinn einstecken. Die Aussichten waren gut.

Eher langweilig dagegen die Aussicht, daß das Geknutsche zwischen den vier ältlichen Herren und den Animiermädchen sich noch sehr lange hinzog und dabei immer weniger konsumiert werden würde.

Dieser Job, der an manchem Abend so einträglich sein konnte, kostete sie stets den ganzen nächsten Tag, denn sie schlief bis mittags, um dann ziemlich dumpf im Kopf aufzuwachen. Immerhin mußte sie in ihrer Funktion nicht mit diesen beschwipsten Herren sabbeln, das war ein Vorteil. Aber mit einem Diplom als Sozialpädagogin stand ihr so ein Privileg auch zu. Ihr früherer Chef, der sie während des Studiums schon angeheuert hatte, reagierte auf das Examen mit einer klassischen Bemerkung: »Geld stinkt nicht.« Und nahm sie wieder als Barfrau ohne Ausziehverpflichtung in seine Dienste.

»Noch einen Gin Fizz«, kam es vom zweiten Tisch.

»Und 'nen Korn«, fügte die entsprechende Dame hinzu.

Marianne goß reichlich Zitronensaft in die trübe Pfütze, die sich hier Gin nannte, das Getränk zu 52 DM, nahm ein Schnapsglas und füllte aus der Spezialflasche Wasser ein.

Nur einmal war ihr das Mißgeschick passiert, daß sie einem Gast statt Korn aus dieser Spezialflasche einschenkte. Der beschwerte sich lautstark, aber zahlte dann trotzdem. Weil auf der Flasche BB stand, was die Bezeichnung des Korns war, und weil er schon so viel getrunken hatte, daß er nicht mehr so recht zwischen Wasser und Korn unterscheiden konnte. Die Tür flog auf.

»Alles Hände hoch und umdrehen.«

Mit einem Mal standen zehn maskierte Männer in der ›Roten Spinne‹, an der grünen Uniform war ihre Herkunft zu erkennen.

Die Animiermädchen schrien auf und rafften ihre T-Shirts, um die Busen zu verdecken.

Die Herren zückten umständlich ihre Papiere.

Zwei Polizisten hielten die Pistolen im Anschlag.

»Gibt's hier einen Hinterausgang?« fragte einer von ihnen.

»Nein«, erwiderte Marianne, die liebend gern jetzt ihren Fritz dabeigehabt hätte. Pinnebergers Verhältnis zu ihr war zwar im Kommissariat bekannt, und durchaus nicht gern gesehen, aber jetzt hätte er ihr helfen können.

Mußte ja unbedingt zu seinem blöden Lehrgang nach Siegen fahren, dachte sie.

»Toiletten?«

»Ist niemand drin«, antwortete Marianne, die nach ihrem Personalausweis kramte. Irgendwo mußte dieses graue Miststück doch stecken.

Zwei Beamte preschten vor und stießen die Toilettentüren auf.

»Rauskommen«, riefen sie, fast gleichzeitig.

Niemand kam.

»Hab' ich doch gesagt, sind leer«, langsam gewann sie ihre Ruhe wieder.

»Klappe«, sagte einer der Beamten.

Marianne Kohlhase reichte ihren Ausweis über den Tresen.

Sie wartete auf eine dumme Bemerkung bezüglich ihres Polizei-Freundes.

Draußen lärmte eine Sirene.

»Sind die verrückt geworden, machen doch die ganzen Typen aufmerksam. So'n Scheiß.«

Der Einsatzleiter konnte sich nicht einkriegen.

Er saß mit dem Landeskriminalrat im Bus. Sie hatten trotz Großeinsatz mit einem Zug Bereitschaftspolizei, Hundeführern, Verwaltungspolizisten und Angehörigen des Mobilen Einsatzkommandos nur wenig entdekken können. 36 Personen, bei denen die Identität ungeklärt war, darunter 27 Frauen, 2 Türken und ein Ghanaer ohne Aufenthaltsgenehmigung. Rauschgift im Wert von 1500 DM. Trotzdem hatte der Landeskriminalrat schon vor einer halben Stunde sein Resümee für die morgige Pressekonferenz formuliert: »Die Aktion war ein Erfolg, weil nun die Dealer-Szene verunsichert ist. Wir werden mit solchen Überraschungseinsätzen fortfahren.«

Die Sirene ließ sich nicht abstellen.

Die Verwirrung unter den Beamten war groß.

Der Einsatzleiter versuchte, Funkverbindung zum Präsidium aufzunehmen.

Dann sahen sie, was geschehen war.

Das China-Restaurant Nanking stand in Flammen.

Die hellen Feuerzungen traten aus dem zweistöckigen Haus.

»Es brennt«, bemerkte einer der Beamten.

Joe Davids sprang aus dem Einsatzbus.

Dann kam die Feuerwehr.

»Absperren«, schrie der Einsatzleiter in sein Mikrofon. Sofort bildeten die Polizisten einen Riegel.

Marianne lief auch auf die Straße. Sie sah, wie die Vorderscheibe des Restaurants zerplatzte. Das Haus lag nur drei Gebäude neben der Bar. Hoffentlich war die Feuerwehr schnell genug.

»Was machst du denn hier?« fragte Davids, als er Marianne sah.

»Ich arbeite hier. Und du?«

»Im Einsatz, siehste doch. Die ganze Nacht um die Ohren schlagen, nur weil jemand beweisen will, wie effizient er in der Bekämpfung von Rauschgiftkriminalität ist.«

»Toller Job«, erwiderte Marianne und lud ihn nach dem Löschen auf einen Drink ein. Sie habe da etwas ganz Spezielles.

4

Kriminaldirektor Lang bat sich Ruhe aus, er könne nicht einsehen, warum die morgendliche Besprechung in einem solchen Durcheinander stattfinden müsse.

Der Nachfolger von Matthies, der lange Jahre für Personalfragen zuständig war und dessen kriminalistische Karriere nur wenig Erfolge aufzuweisen hatte, war zur Unzeit auf diesen Posten gehievt worden.

Sein grauer Anzug, von dem er offensichtlich gleich zehn von der Stange gekauft haben mußte, denn sie saßen seit Jahren tadellos, die leicht grünkarierte Fliege, das rundliche, meist gerötete Gesicht, ließen niemand auf die Idee kommen, daß er einer Truppe von Kommissaren aus den verschiedensten Ressorts vorstehen würde. Er sah eher aus wie ein Studienrat, der zu spät zu seiner eigenen Beförderung erschien. Thema Nummer eins war der nächtliche Brand.

An die Wand wurden einige Dias projiziert. Das ›Nanking‹, man hatte sogar eine Aufnahme, wie es früher aussah. Die rotgestrichenen Balken, die chinesischen Goldbuchstaben aus dickem Gips, die drei roten Kugelleuchten mit Fransen und vor der Tür der kaiserliche Löwe, der die rechte Tatze auf die Kugel stützt. Imitierter Marmor.

»Gegen vier Uhr früh kam die Meldung, daß ein Mann dort verbrannt ist. Völlig verkohlt, aber was noch seltsamer ist, beide Hände fehlen. Die Feuerwehr hat mal wieder so gründlich ihr Wasser verspritzt, daß vom Tatort gar nichts zu erkennen ist.«

Lang gab ein Zeichen, daß nun die Aufnahmen vorgelegt werden sollten. An der Projektionswand erschienen Blitzbilder von einem kaum zu erkennenden Körper.

»Ich denke, wir werden zunächst beim Personal zu suchen haben, wer von denen vermißt wird. Aber ich will den Ermittlungen nicht weiter vorgreifen.«

Lindow meckerte leise: »Das würde auch gar nichts bringen.«

In das Dunkel hinein schlich Joe Davids, der an diesem Morgen total verpennt hatte, die Nacht war lang geworden, und er meinte, ein bißchen mehr Ausschlafen könne seinem Aussehen guttun.

Niemand bemerkte ihn.

Bei seinem Nebenmann erkundigte er sich, um welche schöne Leiche es sich handelte.

Dann wurde er aufgeregt.

»Wir werden wohl weiter nach den beiden Händen suchen, denn die sind augenscheinlich abgehackt worden.«

Auch da gab es ein paar Nahaufnahmen.

Jetzt muß ich schnell sein, dachte Davids.

Kriminaldirektor Lang machte eine Pause: »Noch Fragen zu dem Fall?«

Davids meldete sich: »Ich war gestern gegen Mitternacht am Tatort, Einsatz mit dem LKR, Drogenfahndung, als das ›Nanking‹ brannte. Von einer Leiche war da nichts bekannt.«

»Ach, der Kollege Davids, besser zuhören! Ich sagte, die Leiche ist gegen vier Uhr früh entdeckt worden. So, wer übernimmt die Sache: Ich schlage vor, daß Hauptkommissar Schmückel die Leitung der Kommission übernimmt, damit wir recht schnell Licht in die Sache bekommen.« Kriminaldirektor Lang nannte weitere Namen.

Davids war nicht dabei.

Er meldete sich ein weiteres Mal: »Ich würde auch gerne mitforschen...«, er lachte ein wenig verlegen.

»Sie haben den Fall Scholz nachzubereiten, Herr Oberkommissar, und bevor ich da nicht brauchbare Hinweise bekomme, kann ich Sie nicht anderweitig einsetzen.«

Man sollte früher aufstehen, dachte Davids in diesem Moment. Den Rest der Besprechung döste er.

Kaum hatte er eine halbe Stunde später sein Büro erreicht, klingelte das Telefon.

Es war Wolfgang Lindow.

»Sag mal, Joe, warum wolltest du denn so dringend an diese handlose China-Leiche ran?«

»Och«, gab Davids zurück, »so was ist immer von Interesse.«

»Ganz allgemein oder speziell?« fragte Lindow.

»Ich hab' 'nen Faible für verbrannte Leichen, das solltest du doch wissen, war ja auch kurzfristig an dem verbrannten Spitzel dran, du erinnerst dich.«

Lindow ließ nicht locker: »Ich kann ja schließlich zwei und zwei zusammenzählen, wenn ich was von Schutzgelderpressung höre, und dann brennt da so ein China-Schuppen, womöglich mit dem Besitzer drin, dann mach' ich mir einen Reim drauf. Du nicht?«

»Nein«, sagte Davids gedehnt. Er sah, daß die Blumen auf der Fensterbank dringend Wasser brauchten. Das würde ihm Pinneberger nie verzeihen, wenn er seine zwei Steppengräser vertrocknen ließ. Der einzige Schmuck in dieser grauen Aktenstube.

»Ich wollte dir nur ganz freundschaftlich raten, keine Erkenntnisse zurückzuhalten, Joe. Und noch einen wunderschönen Arbeitstag.« Lindow hatte aufgelegt.

Joe Davids hielt den Hörer in der Hand. Ich hab' doch gar nichts vom Chinesen erzählt, dachte er. Aber dann war er sich nicht mehr sicher.

Zwei Stunden später gelang es ihm, Xiao Chen zu wecken.

»Iche weiße schon, schlimme Sache«, gähnte er.

»Meinst du, es hat was mit denen, ich meine, den drei Männern zu tun?«

»Quatsche, das iste ganz zufällig«, erwiderte Xiao Chen.

Aber in seiner Stimme hörte Davids einen Unterton, der ihm gar nicht behagte.

»Heute abend bei Madame Lothar?« fragte er.

»Ach ja, hatte iche ganz vergessen, klar, iche komme«, der kleine Chen war jetzt hellwach.

Als Joe Davids sich wieder über die Akte Scholz hermachte, fiel ihm ein, daß der chinesische Freund ihm ein paar Zeichen verraten hatte, die von der Triade benutzt wurden. Handzeichen, Fingerhaltungen, die anzeigten, wer welchen Rang besaß, wieviel Geld zu zahlen hatte, ob er einverstanden war mit der Zahlung, und es gab auch ein Zeichen dafür, daß jemand das Schutzgeld korrekt bezahlt hatte: Mittel- und Ringfinger wurden über die jeweils angrenzenden Finger gepreßt.

Am Abend wollte er den kleinen Chen damit erschrekken. Vielleicht wußte er dann mehr.

Fritz Pinneberger gähnte. Es war der zweite Tag des Seminars, aber bisher hatte er noch nichts Neues in Erfahrung bringen können.

Dieses Siegen in Westfalen war ein richtiges Provinznest, da sehnte er sich schon nach kurzem Aufenthalt in die Hansestadt zurück. Ein bißchen Industrie, ein bißchen Kultur, ein bißchen Einkaufsstraße, von jedem ein bißchen und alles glattgestrickt. Nur die Wälder ringsum und die Hügel, die machten Pinneberger Freude. Er wollte sie in der Freizeit erkunden.

Vormittags drei Stunden, nachmittags drei Stunden und abends gelegentlich Vorträge. Als er bei der Einweisung das Programm sah, wurde ihm leicht schwindlig. Es blieb ja nicht einmal Zeit, sich richtig und ausführlich zu betrinken. Das war bisher auf solchen Seminaren immer garantiert gewesen. Dafür gab es am letzten Tag einen Brauerei-Besuch. Mal abwarten.

An diesem Morgen sprach ein Kriminalrat aus Wiesbaden zu der wichtigen Frage: ›Was wird aus Inpol?‹ Und Pinneberger konnte nach den vorhergehenden Erfahrungen schon sagen, wie dessen Klagen lauten würden: zuviel Datenschutzbestimmungen, zuwenig Befugnisse zum Datenaustausch, zu langsame Entwicklung des Inpol-Systems im Verhältnis zu den anderen nicht kompatiblen Systemen.

Einen Scherz hatte sich der Kriminalrat zu Anfang erlaubt: »Und da haben wir beim BKA immer gesagt, so, der kommt jetzt in den Kahn, gemeint war, der Kriminalaktennachweis, der ja bekanntlich KAN abgekürzt wird.« Und dann hatte das schmächtige Kerlchen richtig gelacht, über seinen eigenen Scherz.

Auf jeden Fall war Pinneberger der Schickste unter den zwanzig anwesenden Kollegen. Sein italienischer Anzug machte etwas her und immer, wenn er gefragt wurde, wo man so ein Stück zu kaufen bekomme, hatte er stolz gesagt: »Bei uns gibt's da einige ganz gute Boutiquen.«

»Das Wichtigste ist ja, daß wir erst mal Vertrauen zu der neuen Technik schaffen, denn solange wir in unseren eigenen Reihen Angst vor der Bedienung der Geräte haben, und lachen Sie nicht, ich kenne eine Menge Kollegen, die sich hinter dem Argument, Computer seien ihnen ungeheuer, verstecken, also wir müssen das Vertrauen haben, und dann auch das Vertrauen in die Bevölkerung ausstrahlen. Es muß der Öffentlichkeit begreiflich gemacht werden, daß elektronische Informationssysteme zur besseren Sicherung da sind und keineswegs um zu überprüfen, wer wann welche Reise in welches Land angetreten hat.«

Oh, dachte Pinneberger, das war also schon etwas Neues, denn gerade diese Art der Kontrolle wurde doch angestrebt. Die langjährige Diskussion über das Ausweichen von Straftätern über die Grenzen, um der Verfolgung zu entgehen, die Schießerei mit Terroristen an der holländischen Grenze, da gab es nur eine einhellige Meinung im Präsidium: Jedes Verlassen des Landes muß überprüfbar sein. Die Gewerkschaft der Polizei hatte deswegen auch dem maschinenlesbaren Personalausweis im Prinzip zugestimmt.

»Herr Pinneberger, Telefon.«

Der Oberkommissar schreckte hoch.

»Ja, ich komme«, stotterte er. Er sah auf die kleinen Strichmännchen, die er während des erhellenden Vortrags aus Wiesbaden zu Papier gebracht hatte, und drehte das Blatt um. Hoffentlich gab es den Vortrag gedruckt, denn diese Aufzeichnungen konnte er unmöglich bei seiner Dienststelle abgeben.

Es war Marianne, die anrief.

»Genau im richtigen Moment, ich wär' sonst eingeschlafen«, sagte Pinneberger, »hoffentlich hast du dich ganz offiziell gemeldet.«

»Ja, wie immer, mit Ortsangabe und Anliegen, Polizeipräsidium und es ist dringend...«

»Gut, das macht hier Eindruck, brauchen ja nicht zu wissen, wer da anruft.« Pinneberger holte sich einen Plastikstuhl in die kleine Telefonkabine, die völlig verräuchert war.

»Ich war gestern nacht mit einem Mann zusammen«, begann Marianne zögernd.

»Ach ne, und ich hab' mich auf deinen Anruf gefreut«, Pinneberger setzte sich erst gar nicht. »War's schön?«

»Hm, ja, ja, war schön.«

»Und warum muß ich das jetzt wissen?« Er sah auf seine hellen Schuhe und dachte an den geplanten Italien-Urlaub.

»Nur so.«

»Willste was beichten, am Telefon geht so was leichter, he?«

»Ja, vielleicht«, sie zögerte, dann lachte sie los, »willst du gar nicht wissen, wer es war?«

»Tut das was zur Sache?« fragte Pinneberger, der hoffte, daß dieses Gespräch nicht abgehört wurde. Die Mittel dazu hatten sie in dieser Polizeischule.

»Ich war mit Joe zusammen.«

»Welchem Joe? Da mußt du schon ...« Pinneberger atmete tief durch. »Ach so, was solln der Blödsinn, mit Joe, mit dem kannst du jede Nacht verbringen ...«

Am liebsten hätte er eingehängt. Ihn so zu erschrekken!

»Sonst was Neues?« fragte er. »Vielleicht ein blauer Brief vom Lang, daß mein Urlaub nicht bewilligt wird?«

»Nein, der Briefkasten ist leer. Und du hast mir auch noch nicht geschrieben.«

»Aus diesem Nest ist jede Postkarte zuviel.« Fritz Pinneberger klagte über die Kleinstadt.

»Soll ich dich mal besuchen am Wochenende?«

»Keine schlechte Idee. Wär ein bißchen Abwechslung zwischen all den Computerheinis hier. Aber wir treffen uns außerhalb. Brauchen die ja nicht mitzukriegen.«

»Dann wird's um so schöner. Geheimtreffen. Hast du nicht was von großartigen Wäldern erzählt?«

Als Fritz Pinneberger wieder den Seminarraum betrat, war die Verdunklung heruntergelassen. Auf einem überdimensionalen Bildschirm lief ein Dokumentarfilm, der den Einsatz von Elektronik in den USA und Japan zum Gegenstand hatte. Die Vorbilder.

Beifälliges Murmeln in der Runde.

Zwischendurch rief der Kriminalrat aus Wiesbaden: »Das ist noch ein langer Weg bis dahin, meine Kollegen.«

Matthias wies die letzten Besucher ab: »Wir sind ausgebucht, heute abend.« Mit schnellem Schwung zog er die Tür des ›Mic Mac‹ zu.

Kurz vor Mitternacht, und die Show von Madame Lothar konnte beginnen.

Die voluminöse Eingangsmusik, mit Bläsern und Trommeln, dann seine Stimme: »Willkommen im Wunderland der Madame Lothar«, und dann er selbst.

Ein kräftiger Mann im rosa Fummel, mit großer Boa und noch größerem Hut, ein strahlendes Lächeln und ein warmes Gesicht, ein Hüftschwung auf die Mini-Bühne, den Beifall abwartend, bis er mit dem ersten Lied einsetzte: »O baby let me hold you, o baby let me love you.«

Joe Davids stand neben Xiao Chen und hielt seine Hand. Sie mochten beide diesen älteren Herrn, der sich in Frauenkleidern auf die Bühne wagte, der parodierte, Travestie in großer Form, der lachte und anzügliche Witze über sich und seine schwulen Freunde machte. »Hast du Gerhard kennengelernt?« – »Welchen Gerhard?« – »Na ja, Gerhard, den kennst du doch, dem sein Samen schmeckt doch so bitter!«

Gejohle im ›Mic Mac‹.

Und dann: »Aber der Nowak läßt mich nicht verkommen.« Madame Lothar diesmal im grau-braunen Damenmantel der 50er Jahre, mit Kapotthütchen und Handtäschchen, das ganze für acht Mark beim Trödler erstanden: »Ich hab' ihm dann die Gurgel durchgebissen, aber der Nowak muß mich erst vermissen.«

Als sie sich kurz nach elf trafen, wollte Davids erst nicht mehr auf das abgebrannte China-Restaurant zu sprechen kommen.

Xiao Chen war außer sich vor Angst.

Den ganzen Tag habe er nichts anderes gemacht, als

vorsichtig bei den anderen Besitzern nachgefragt, ja, auch sie zahlen an die Triade, aber ›Nanking‹ habe sich geweigert.

Der Warnschuß.

Sichtbar für jeden.

Fünfzig Restaurants mit chinesischer Küche gab es in der Hansestadt, wenn die alle monatlich einige Tausender lockermachen müßten, das sei ein sauberes Geschäft.

»Aber wir müssen etwas tun, verdammt, Xiao Chen, willst du denn ewig blechen?«

»Um dann so zu enden wie der Kong Lee, ne. Iche nicht«, hatte der bleiche Besitzer geantwortet.

Er hatte keine Waren eingekauft, nichts vorbereitet, und am Abend den Laden einfach geschlossen: Trauerfall, stand an der Tür.

»Aber was wollt ihr machen, jetzt gibt's einen Toten?«

»Wollte ihr mehr davon?« Xiao Chen zitterte.

Joe Davids wollte ihn nicht quälen, aber er konnte nur mit Hilfe seines chinesischen Freundes weiterkommen. Und der mauerte.

»Und jetzt, meine Damen und Herren, im Wunderland der Madame Lothar, die singende Schwester, Soeur Sourire, mit ihrem einmaligen Welterfolg: Dominique.«

Madame Lothar in der Nonnenkutte, nur das knubbelnasige Gesicht zu erkennen, er parodierte mit einer solchen Überzeugung, daß die Anwesenden beim Refrain klatschten. Joe Davids versuchte, sich auf die Show zu konzentrieren, aber immer wieder fiel ihm das ängstliche Gesicht Xiao Chens ein.

Es schmerzte ihn.

Er hatte ihm davon erzählt, daß er nicht mit der Aufklärung des Mordes an Kong Lee beauftragt worden sei, aber er werde sich natürlich informieren, vielleicht könne er ein paar Hinweise geben, in welcher Richtung zu suchen sei.

»Biste du verrückte, dann machen die uns alle, Joe«, jeder Versuch, den Davids unternahm, wurde abgeblockt.

Joe Davids wußte, woher diese Angst kam. Deswegen stellte er seine Fragen ein.

Im Kopf spielte er alle Möglichkeiten durch, wie er seinem Freund helfen konnte. Aber ihm fiel keine Lösung ein. Nicht ohne seine Hilfe und schon gar nicht gegen ihn. Aber er wollte sich morgen bei Schmückel erkundigen, das stand für ihn fest.

»Kommst du nachher mit zu mir?« fragte Chen leise.

Davids nickte.

Sie umarmten sich.

»Es ist so wunderbar, das bißchen Leben«, sang Madame Lothar, seine Stimme rostig am Mikrofon, verraucht wie eine Barsängerin, raunzend wie ein junger Hund, offen und sentimental.

Dann riß er sich die Perücke ab und warf sie Matthias zu.

Er stand im grünen Taft-und-Tüll-Kleid, die Haare millimeterkurz, die geschminkten Augenbrauen fielen nicht mehr ins Gewicht. Er war er selber.

Mitten im Beifall, der sich mit lautstarken Bravo-Rufen mischte.

Drei Uhr in der Früh.

Das Programm war zu Ende.

5

All die Jahre hatte er sich verstecken müssen.

Nicht auffallen.

Normal sein.

Und dabei hatte er sich in der Schule schon dafür hänseln lassen müssen, daß er sich nicht an die Mädchen ranmachte wie alle anderen. Ganz tief saß dieser Spott. Beim Klassenabend war er immer der erste, der nach Hause ging, weil er das Geknutsche nicht vertragen konnte. Am nächsten Morgen hieß es dann: »War's schön im Bett?« Er konnte nicht darüber lachen. Seine Eltern hatten nichts bemerkt, all die Jahre nicht. Er war ein durchschnittlich guter Schüler, auf den man nicht besonders aufpassen mußte. Sie besaßen ein Lebensmittelgeschäft und hatten alle Hände voll zu tun, es durch das Auf und Ab der von Krisen geschüttelten Republik zu bringen. Joe mußte regelmäßig im Laden helfen.

Später, als er sich entschieden hatte, Polizist zu werden, weil die Ausbildung nicht soviel kostete, an ein Studium war wegen der knappen finanziellen Mittel gar nicht zu denken, wurde es noch schlimmer. Schon gleich zu Beginn spürte er, wie diese Männerwelt ihn abstieß und erregte. Beim Sport die schönen Körper und die potenzgeilen Witze über Frauen, beim Duschen die kostenlosen Blicke und die schlagkräftigen Spiele, und immer wieder wurde er gefragt, warum er denn keine Freundin habe. Er hatte sich damals seine erste Lüge zurechtgelegt. Er wolle sich erst um das andere Geschlecht kümmern, wenn er eine anständige Berufsposition erreicht habe, vorher störe das nur. Man hatte ihn deswegen als Streber eingestuft, manche allerdings glaubten ihm diese Geschichte nicht, und er hatte sich lieber wie ein Streber verhalten, hatte begonnen, altkluge Bemerkungen zu machen, andere zu verbessern, wenn er etwas besser wußte. Er hatte lieber dieses nicht gerade positive Image akzeptiert, als seine Kollegen den Grund seines Verhaltens entdecken zu lassen.

Einmal war es ganz besonders schlimm geworden, bei der Abschlußfeier, als alle nach dem offiziellen Teil ihre Bräute dabeihatten, von achtzig Abgängern war er der einzige, der allein stand. Wahrscheinlich war es im allgemeinen Gejohle nicht aufgefallen, aber er verdrückte sich. Ihm sei nicht wohl, er fühle eine Grippe im Anmarsch.

Dann stand er im Beruf. Glücklicherweise war niemand von denen, die er in der Ausbildung belogen hatte, dabei. Aber jetzt brauchte er neue Lügen, neue Versteckspiele, neues Wegtauchen, denn die Nachfragen nach seinem Geschlechtsleben wurden eher intensiver. »So schlecht siehst du doch gar nicht aus!« »Wartest du auf die Prinzessin, Joe, die gibt's nicht, echt!« Er lächelte jedesmal gequält, bis er wieder eine Geschichte erfunden hatte. Er sei zweimal böse auf die Schnauze gefallen bei Frauen, daß er sich lieber etwas zurückhalte. Und außerdem würde ihm das Draufgängertum nicht besonders liegen. Fortan behandelte man ihn als Kummerkasten, als seelischen Mülleimer, dem immer wieder Fälle und Unglücksfälle aus Beziehungen erzählt wurden – und er sollte dann kluge Ratschläge geben.

Sogar Matthies hatte ihn mal in einer Auseinandersetzung um einen Mordfall, eine Frau hatte ihrem Mann mit einem Beil den Schädel gespalten, angepfiffen, er könne doch die emotionale Situation eines Ehepaares gar nicht beurteilen.: »Sie scheinen ja wie ein Mönch zu leben. Aber ich bin mir da gar nicht so sicher.«

All die Jahre hatte er sich versteckt, hatte Geschichten

erfunden, um sich zu tarnen. Hatte Prügel eingesteckt, um sein sexuelles Inkognito zu wahren.

Fritz Pinneberger wußte Bescheid. Und deswegen arbeitete er auch so gerne mit ihm. Der ließ ihn gewähren. Er war selbst drauf gekommen und hatte zu Joe Davids gesagt: »Wenn du mal deswegen in Schwierigkeiten kommst, dann meld' dich bei mir. Tag und Nacht, ganz gleich, wann du anrufst.« Nach und nach hatte Davids ihm seine Versteckspiele erzählt, hatte ihn eingeweiht in sein doppeltes Leben und seine ständigen Vorsichten. Aber Pinneberger konnte sich so ein Verhalten dann doch nicht vorstellen. »Du kannst nicht auf der einen Seite geradestehen wollen und dich auf der anderen bücken. Geht nicht. Ich könnte das nicht, Joe.«

Nur manchmal hatte sich Davids vorgetraut.

Im Urlaub tobte er sich aus.

Weit weg von der Dienststelle und den Kollegen, die nur bei dem kleinsten Verdacht über ihn hergefallen wären. Da war er sich ganz sicher. Im Urlaub war er die Tunte, die jeder haben konnte. Der Macho-Mann für die schönen Stunden, der es gern besorgte und sich zu jedem Partnerspiel bereithielt. Er kannte die Stellen, wo man sich traf. Dafür hatte er einen guten Riecher. Er kannte die Gesten, die schnellen Bewegungen, die Taschentüchlein, die anzeigten, wie jemand gern befriedigt werden wollte. Aber auch da ging das Versteckspiel weiter. Im Urlaub war er stets Industriekaufmann, bei einer großen Kaffeerösterei angestellt, die Fakten kannte er aus einer Mordsache an einem Mann aus dieser Branche. Er sagte nicht ein einziges Mal, daß er bei der Kripo arbeitete.

Und dann war Xiao Chen aufgetaucht.

Ganz plötzlich hatte es ihn erwischt.

Sein schönes Gesicht, die weichen Züge um den

Mund, die warmen Augen, das füllige schwarze Haar, das wie eine Meereswoge um seinen schmalen Kopf schwang, die Blicke, die stark machten. Nur die steife rechte Hand hatte ihn anfangs irritiert.

Die geschmeidigen Bewegungen wie die eines Tigers, die leichten Gesten, das Lächeln, ohne das Gesicht zu verziehen, der schlanke Körper, den er gern nackt gesehen hätte.

Anfangs war er jede Woche einmal chinesisch essen gegangen, dann kam er fast jeden zweiten Tag. Schwärmte im Büro ganz offen von der guten Küche im Peking-Restaurant, gelegentlich gingen auch Pinneberger oder Lindow zum Mittagstisch mit ihm dorthin, aber er dachte immer nur an Xiao Chen.

Eines Abends, als er wieder letzter Gast im ›Peking‹ war, sprach ihn der Besitzer an. Sein Deutsch klang wie eine Geheimsprache, wie ein kindliches Sprachexperiment, bei dem an jede Silbe eine weitere, immer gleiche, angefügt wird. Gu-le ten-le A-le bend-le. Xiao Chen erklärte ihm ganz ungeniert, daß er bestimmte Endungen nicht aussprechen könne, ohne ein ›e‹ anzufügen.

»Iche habe dasse am Anfang noche viele schlimmere gehabte«, imitierte er sich selber. Das richtige Sprechen des ›r‹ machte ihm jedoch gar keine Probleme.

Bei Xiao Chen gelang es Davids nicht, seinen Beruf zu verheimlichen. Er wollte es auch gar nicht. Sagte, er sei Oberkommissar, seit zwei Monaten befördert, Kripo, erstes Kommissariat, Mordsachen. Xiao Chen hatte sich diese Aussage angehört und meinte, einen Polizisten könne man immer gut gebrauchen, als Freund.

Sie waren sich nähergekommen.

Verbrachten manchmal freie Zeit miteinander. Gingen zum Pferderennen oder sahen sich einen Schwulenfilm im Cinema an.

Eines Abends erzählte Xiao Chen, warum er überhaupt in Deutschland war. Während der Kulturrevolution habe man entdeckt, daß er schwul sei, und ihm die rechte Hand gebrochen: »Damit iche nicht mehr Jungen verführe.« Aber er habe das nicht ausgehalten. Ständig beobachtet, ständig verstecken. Er habe unter einem Vorwand seine Einheit verlassen, sei bis zur Grenze nach Hongkong. Über das Meer, den Golf von Kanton, sei er nachts mit einem gestohlenen Boot gerudert. Dann habe er Kontakt zu seinem Bruder aufgenommen, der das Restaurant besaß. »Der hate miche gerettet.« Während ihm der kleine Chen diese Geschichte erzählte, spürte Joe Davids, wie ihm langsam die Sprache versagte, wie sein Gesicht immer kleiner wurde, immer mehr einer Maus glich, bis er anfing zu weinen. »Das iste das Schlimmste, daß iche hier nichte zu Hause bin. Mir gehte es gute, aber was soll iche hier? Sage mir das.« Joe Davids hatte erst die Frage nicht verstanden. Aber er wußte auch keine Antwort, als er sie verstanden hatte.

Sie trafen sich immer öfter.

An diesem Morgen war Grünenberg die Stimmung verhagelt. Er hatte sich auf das Gespräch mit Mammen gefreut, und dann war dieser Artikel erschienen.

NÄCHTLICHER BLITZBESUCH

Mit einem Großaufgebot an Polizeikräften gelang es, die Drogenszene nachhaltig zu erschüttern. Insgesamt wurden über 30 Personen in Haft genommen, Rauschgift (Haschisch und Heroin) in großen Mengen beschlagnahmt, verdächtige Personen überprüft. Wie Landeskriminalrat Dr. Schaf bekanntgab, seien diese Überraschungskontrollen die einzig wirksamen Maßnahmen, um den Dealern auf die Spur zu kommen. Der Erfolg gebe ihnen recht. Man plane weitere Einsätze. Der Mann, der durch seine Aktion ›Dealer sind Mörder‹ bundes-

weit bekannt wurde, kündigte zugleich ein neues Programm an: Er will persönlich mit Eltern Kneipen in der Szene aufsuchen, in denen nachweislich mit Rauschgift gedealt wird. So sollen die verstörten Eltern das Milieu kennenlernen, um ihre Kinder in vollem Umfang aufzuklären. Ein wirklich guter Einfall!

Als der neue Lokalchef diesen Artikel las, war er so sauer, daß er am liebsten gleich den Verfasser zu sich zitiert hätte, aber er schreckte davor zurück. Das waren die Methoden der Vorgänger. Der Verlagsleiter hätte keine Sekunde gezögert.

Mammen kam in sein Büro: »Chef, was gibt's? Ich steh' nicht gern so früh auf, aber wenn der Chef ruft.«

»Komm, laß den Quatsch, setz dich. Nix Chef, Scheiße, Mensch.«

Grünenberg zeigte auf den Artikel.

Mammen gab sich gelassen: »Was willst du eigentlich, der Ritschel hat doch immer so geschrieben. Ich find' den Artikel eher blaß, wenn er richtig mit der Bullerei sympathisiert, dann gibt's ganz andere Schoten.«

»Trotzdem«, Grünenberg war ziemlich aufgeregt, »ich find', so eine Hofberichterstattung kann ich hier nicht gebrauchen.«

»Hast du mich deswegen rufen lassen? Da geh' ich gleich wieder, das sind Chefbedenken, hab' ich nichts mit zu schaffen.«

Mammen führte seinen kleinen Tanz auf. Sein wolliges Haar wippte um den Kopf.

»Nein, nein.«

Klaus Grünenberg mußte sich in Stimmung bringen. Es sollte so ein schöner Moment sein, und er war schon seit Tagen mit dieser Mitteilung schwanger gegangen, hatte Mammen warten lassen.

»Also. Fühlst du dich eigentlich wohl bei deinen Gerichtssottisen, ich meine, du hast doch immer getönt von wegen der 250. Ehescheidung, Mann gegen Frau, so'n Mumpitz...«

Mammen zögerte, war um eine Antwort verlegen. »Ich kann es mir nicht aussuchen.« Die Antwort kam leiser und ohne schmückende Formulierung.

»Also, um es kurz zu machen. Ab heute trittst du im Feuilleton auf. Klar?«

»Was?«

»Feuilleton. Das Wort schon mal gehört? Kultur. Theater, soll das sein, oder Filme, oder Bücher, wenn es gar nicht anders geht. Ich will, daß deine Edelfeder nicht unter Justiztalaren vermufft, sondern sich mal richtig austoben kann.«

Klaus Grünenberg lehnte sich zurück, zog tief Luft ein. Jetzt war er in Stimmung.

Er genoß, wie Mammen sich freute.

Wortlos.

»Das hätte ich nicht von dir erwartet.«

»Ich mach es nicht, weil wir befreundet sind, sondern weil du gut schreibst. Ist das verstanden worden?«

Mammen nickte. Sein Gesicht war gerötet, als hätte er zu tief ins Glas gesehen. Dann hatte Grünenberg die Idee, er sprang von seinem Bürostuhl auf. Der mußte auch noch ausgetauscht werden, der Stuhl hatte viel zuviel Polsterung, war einfach zu bequem, er brauchte seinen Küchenstuhl wieder hinterm Schreibtisch.

»Und weißte, was ich mit dem Ritschel mache?«

Er tippte sich an den Kopf.

»Daß ich da noch nicht früher drauf gekommen bin, ich muß schon sagen, Suff macht leistungsfähig. Der Ritschel wird die Gerichtsreportagen übernehmen, deine Stelle wird ja frei. Schick mir den gleich mal rein. Man muß für gute Ideen in guter Stimmung sein.«

Mammen lachte: »Der wird nicht gerade begeistert sein. Bei seinen Beziehungen zur Polizei.«

Zehn Minuten später trat Ritschel ein. Er hatte sich die Haare gekämmt, den Scheitel gerade gezogen. Die dicke Hornbrille vergrößerte die Augen, er war nicht gerade der Schönste unter den Kollegen der ›Weser-Nachrichten‹.

»Sie haben mich rufen lassen«, sagte er mit einer tiefen Stimme.

Das muß er im Film gesehen haben, dachte Grünenberg, der so einen Auftritt noch nie erlebt hatte.

»Ja, lieber Ritschel. Es ergeben sich hier einige Umstrukturierungen. Neue Besen, kennen Sie ja. Und weil der Mammen jetzt in die Kultur marschiert, brauche ich jemanden, der genügend juristische Ahnung hat, für das Gerichtliche. Und da wollte ich bei Ihnen anklopfen, lieber Ritschel, weil ich denke, daß Sie genau der richtige Mensch für das Ressort sind. Was meinen Sie?«

Klaus Grünenberg kam sich bei diesem Versteckspiel beschissen vor, aber warum sollte er Ritschel mit einem Anpfiff verärgern.

»Ja. Könnte ich mir vorstellen, wär mal was Neues.« Der Journalist in Anzug und Krawatte schien nicht abgeneigt.

»Sie machen diese Polizeischreibe schon zu lange, mindestens zehn Jahre, und ich denke...«

»Wenn Sie es so bestimmen, Herr Grünenberg«, Ritschel senkte den Kopf.

Zum zweitenmal fluchte Grünenberg an diesem Tag, nur diesmal leise.

»Also gut. Ab morgen heißt unser Gerichtsreporter Ritschel. Dann wird Ihr Name in der Zeitung auch mal voll ausgedruckt und nicht immer nur das Kürzel.«

Ritschel räusperte sich: »Wer wird dann die Polizei... ich hätte da...« Er stockte.

»Was haben Sie?« fragte Grünenberg zurück. Ihm wurde ganz heiß. Hatte Ritschel eine private Abmachung laufen, vielleicht mit Pressesprecher Harms, der bei der Polizei eine gut geölte Pressemaschine aufgebaut hatte?

»Wir hatten doch die Meldung drin, daß das China-Restaurant abgebrannt ist. Und ich habe erfahren, daß die Polizei dort auch eine Leiche gefunden hat, aber in der Mitteilung von der Pressestelle stand nichts davon.«

»Vielleicht wollen die abwarten, was sich tut, Ritschel, Sie kennen doch das Spiel. Das weiß ich ja sogar schon.«

Die beiden Journalisten standen sich gegenüber, sie hatten beide über die Polizei berichtet, nur, daß der eine stets die Schattenseiten beleuchtete, während der andere alles in güldenem Licht erscheinen ließ.

»Gehn Sie der Sache nach.« Grünenberg reichte Ritschel die Hand. »Und dann an die neue Stelle. Freu mich schon auf die ersten Berichte von Ihnen.«

Ritschel zog ab.

Du blöde Sau, dachte Grünenberg, was führst du hier für einen Schleiertanz auf, hättest ihm doch sagen können, daß du seine Polizeiliebhaberei satt hast, schließlich bist du der neue Lokalchef.

Kriminalhauptkommissar Schmückel war nicht wenig überrascht, als Davids sein Büro betrat.

»Wollen Sie private Hilfe leisten?« fragte er, die Stimme ganz siegesgewiß.

Schmückel war kurz davor, mit der 5 zu nullen, sein Äußeres stand zu seinem Büro in einem merkwürdigen Gegensatz. Er trug meist stark-farbige Pullover, im Sommer eher helle Farben, im Winter gedeckte, immer einfarbig, mal rot, mal braun, ein offenes weißes Hemd und nur zu offiziellen Anlässen einen Schlips. Das Büro dagegen war farblos.

»Nein, ich wollte mich nur mal erkundigen, was es denn Neues vom ›Nanking‹ gibt.«

»Nicht viel. Außer, daß wir jetzt eine Hand haben. Ist tatsächlich abgehackt worden, wahrscheinlich ein Küchenmesser oder ein Beil, Geräte liegen ja genügend da rum.«

»Und auf was tippen Sie?« Davids war froh, daß er nicht nach seinem Interesse an dem Fall gefragt wurde.

»Private Rache, was weiß ich. Wir haben ja nicht mal die Brandstiftung geklärt. Wenn ich einmal einen von diesen Feuerwehrfritzen zu fassen kriege, alles verkappte Bettnässer, die ihr Wasser nicht halten können, immer druff mit dem C-Rohr, und wir sollen dann nachher in Gummistiefeln nach Haarnadeln suchen.«

Davids kicherte wie ein kleiner Junge.

»Seien Sie froh, daß Sie so eine saubere Akte auf dem Tisch liegen haben, Sie wissen gar nicht, wie schmierig Asche und Wasser sein können. Ich hab' mir schon ein paar gute Schuhe versaut.«

»Eine Hand, sagten Sie?« Davids wiederholte die Tatsache, um das Gespräch in Gang zu halten.

»Ja, und die zweite wird auch irgendwo da rumliegen. Damit steht zumindest eins fest: Selbstmord kann es nicht gewesen sein.«

KHK Schmückel lachte.

Er sah Davids an.

»Sie essen gern chinesisch, was? Waren Sie mal in dem Schuppen?«

Davids bejahte die Frage, ganz knapp.

»Ich kann diesen Fraß nicht ausstehen, die schneiden alles klein, nur so Streifchen. Haben Sie eine Ahnung, was sie essen? Ich nicht. Alles Grüne könnte Gemüse sein, aber auch grün-vergammeltes Fleisch, das Rote kann Paprika sein, aber auch von Nitrit rote Wurst. Also, das ist nichts für einen deutschen Fleischfresser. Ich will mein Steak im Stück.«

Schmückel hob die schmale Akte hoch: »Sehen Sie, wiegt noch gar nichts. Das wird dauern, bis wir das chinesische Süppchen da erforscht haben.«

Joe Davids bedankte sich für die Auskunft.

»Gehn Sie lieber zu der Denksportaufgabe Scholz, das ist doch wenigstens ein Mordfall. Toter Mann in verschlossenem Auto. Ich würde gern mit Ihnen tauschen, Davids.«

Der Oberkommissar zog die Tür hinter sich zu.

Dann fiel ihm ein, daß er Schmückel gar nicht gefragt hatte, warum sie in der Zeitung so wortkarg gewesen waren, schließlich kann die Öffentlichkeit ja auch mal was aufklären. Wenn ein Lokal ausbrennt, denkt jeder sofort: Versicherungsbetrug. Und so kam es in den ›Weser-Nachrichten‹ auch rüber. Er wollte sich die Frage für den nächsten Besuch aufsparen. Als er wieder in seinem Büro saß, war er versucht, Xiao Chen anzurufen. Aber er hatte Angst. Es war besser, wenn er ihn am Abend aufsuchte. Ihm schmeckte ja der chinesische Fraß.

6

»Diesmal haben wir aber wirklich was gesehen, Herr... wie war Ihr Name?« Otto Holzmann beugte sich vor. Seine Ohren waren nicht mehr die besten.

»Schmückel«, schrie seine Frau ihm ins Ohr.

»Kriminalhauptkommissar«, fügte der Polizist hinzu.

Otto Holzmann trug eine graue Weste unter einem

grauen Anzug, sein kleiner Kopf mit den übergroßen, immer tauber werdenden Ohren war gerötet. Er war sichtlich aufgeregt.

»Seit wir die Geschichte mit dem China-Restaurant gelesen haben, bekommen wir keinen Schlaf mehr.«

»Ich schlafe ganz gut«, ergänzte seine Frau, die ihren rosafarbenen Hut an diesem Morgen etwas schief trug. Sie saßen nebeneinander auf den hölzernen Küchenstühlen, mit denen das Büro ausgestattet war, auf der vorderen Kante, angestrengt.

KHK Schmückel hatte zwar von diesem Ehepaar gehört, aber sie noch nie gesehen.

»Wir kommen ja gern, doch wenn wir so abgekanzelt werden wie das letzte Mal, gut, hab' ich zu Else gesagt, gut, wenn die von der Kripo auch ohne uns auskommen, gut, dann schweigen wir.«

Otto Holzmann war Mitte Sechzig, seine Stimme war die eines viel jüngeren Mannes.

»Heute wollen Sie aber eine Aussage machen und nicht schweigen.« Schmückel lehnte sich vor.

»Kommt drauf an«, antwortete Frau Holzmann.

»Worauf?«

»Auf Ihre Kooper-«, sie verhedderte sich in dem Wort.

»Um was soll es denn gehen?« Er legte beide Arme auf den Schreibtisch, auch noch Bedingungen stellen. Irgendwie amüsierten ihn diese Leutchen mit ihren spitzen Gesichtern.

»Sehn Sie«, klagte Otto Holzmann, »da, wo wir leben, ist die Hölle los. Wirklich, das können Sie uns glauben. Aber nirgendwo Polizei. Immer, wenn man anruft, kommt keiner.«

»Das kann nicht sein«, unterbrach ihn Schmückel. Bitte jetzt keine Polizeischelte, das hatte gerade noch gefehlt.

»Wenn wir es Ihnen sagen«, beharrte Otto Holzmann, »dauernd wird eingebrochen, ständig geklaut, immer wieder an den Haustüren geklingelt, sogar zur Mittagszeit, die Mädchen trauen sich nicht mehr auf die Straße, wir sagen Ihnen, da ist Unzucht unterwegs...«

»Dafür gibt es Polizei, die das regelt. Gehn Sie zum nächsten Revier und melden Sie Ihre Klagen dort«, Schmückel sagte das sehr freundlich und sah die beiden streng an.

»Waren wir schon, mehrfach, immer wieder, manchmal zweimal am Tag.«

KHK Schmückel konnte sich vorstellen, wie der wachhabende Revierbeamte sich freute, wenn er das Ehepaar Holzmann im Anmarsch sah.

»Also, was wollen Sie denn?«

»Mehr Polizei, mehr Schutz, mehr Ruhe«, Else Holzmann formulierte einen Slogan, der für das neue Plakat der Polizeigewerkschaft sehr gut gepaßt hätte.

»Wir haben zu wenig Beamte, da will ich Ihnen recht geben, aber so schlimm, wie Sie es darstellen, ist es wirklich nicht. Wo wohnen Sie eigentlich?« Schmückel stellte diese Frage, um das Thema zu wechseln.

»Tenever, Hochhaus, Verbrecherturm zwei.«

»O je.« Schmückel war durch die Formulierung geschockt, er blies durch die Backen. »Ich werd' sehen, was ich tun kann. Bestimmt.«

»Nein, das haben uns Ihre Kollegen auch schon gesagt. Wir wollen, daß Sie in unserem Beisein auf dem Revier dort anrufen.«

KHK Schmückel reagierte. »Und was soll ich sagen?«

»Sagen Sie nur, daß man uns mit unseren Klagen ernst nehmen soll.«

»Mehr nicht?« fragte Schmückel, der sich einen Knopf am Hemdkragen öffnete.

»Mehr nicht.«

»Gut.«

Schmückel nahm den Hörer ab und wählte irgendeine Nummer. Wie sie ihm gerade in den Sinn kam.

»Hier Kriminalkommissar Schmückel, bin ich mit dem Revier 33 verbunden. Ja? – Ich wollte nur sagen, nehmen Sie die Klagen der Familie Holzmann ernst. Danke.«

Frau Vollborn von der Fleischverwertungsstelle Ost war nicht wenig erstaunt über diese Mitteilung. Sie stutzte.

Herr und Frau Holzmann sprangen auf. Gleichzeitig streckten sie ihre Hände über den Schreibtisch. »Das haben Sie gut gemacht, wirklich. Wir haben es immer gewußt«, sagte Otto Holzmann, in dessen Gesicht er viele geplatzte Äderchen bewundern konnte. »Die Polizei ist auf unserer Seite«, ergänzte Else Holzmann.

»So, nun sind Sie aber dran«, Schmückel nahm einen von den sechs gespitzten Bleistiften in die Hand, schlug die schmale Spurenakte auf. »Was haben Sie gesehen?«

»Ja, richtig.« Otto Holzmann setzte sich und wartete, bis seine Frau ebenfalls wieder Platz genommen hatte.

»Also, wir...«, begann sie.

»Nein, ich habe das beobachtet, und das will ich auch jetzt erzählen.« Er unterbrach sie heftig.

»Einer von beiden genügt«, warf Schmückel ein. Seine Geduld näherte sich langsam der Ziellinie.

»Ich habe schon zweimal beobachtet, wie vor dem China-Restaurant ein schwarzer Wagen gehalten hat. Nachts, ganz spät. Ich schlaf ja so schlecht, da höre ich jeden Laut.«

»War das denn auch, warten Sie, vor fünf Tagen so?«

»Das könnte hinkommen.« Otto Holzmann nickte zweimal.

»Und was haben Sie da beobachtet?«

KHK Schmückel schrieb sich die Namen der Zeugen auf.

»Da sind Leute ausgestiegen...«

»Wieviel?«

»Hab' ich nicht gezählt.«

»Und dann?«

»Sie sind in das Restaurant gegangen.«

»Das ist gewöhnlich so, daß Leute mit dem Wagen ankommen und parken und dann...«

»Ja, schon, aber die sind dann wieder raus. Kurze Zeit später...«

KHK Schmückel schluckte.

»Das haben Sie auch Montagnacht gesehen?«

»Das weiß ich nicht mehr so genau. Aber es kann Montagnacht gewesen sein.«

»Haben Sie eine Beschreibung der Leute, die aus dem Wagen gestiegen sind?«

»Es war um Mitternacht, Herr...« Holzmann stockte, hatte wieder den Namen des Kommissars vergessen.

»Schmückel«, rief ihm seine Frau ins Ohr. Ihr rosafarbener Hut verrutschte dabei so, daß er jetzt wie ein Stück Torte aussah, das an ihrer linken Kopfhälfte klebte.

»Ich habe nichts sehen können.«

»Und der Wagen, was war das für eine Marke, das haben Sie doch bestimmt erkennen können?«

Schmückel sah, daß außer den beiden Namen noch nichts auf seinem Papier stand.

»Ich kenn mich mit Wagen nicht so aus. Der war so mittelgroß. Marke? Ich habe nie einen besessen. Damals war der Führerschein zu teuer und später dann habe ich direkt neben der Firma gewohnt...«

»So, noch mal von vorn.« KHK Schmückel begann sich zu ärgern. »Sie haben also beobachtet, wie nachts, mehrmals... Wie oft eigentlich?«

»Zweimal«, mischte sich Else Holzmann ein, »zweimal, ganz genau.«

»Also, wie zweimal vor dem China-Lokal ...« In diesem Augenblick stockte Schmückel. Was konnten diese beiden Holzmänner da gesehen haben! Von Tenever ins Ostertor zu blicken, runde zehn Kilometer, was reden die da eigentlich?

»Sie meinen doch das China-Lokal in Tenever, oder?«

»Natürlich«, sagten die beiden, nacheinander, die eine piepsig, der andere hell.

»Das Nanking-Restaurant, das abgebrannt ist, liegt am Ostertorsteinweg. Also weit weg!«

»Das hab' ich auch nie behauptet«, entrüstete sich Holzmann, »das hab' ich nie behauptet, so was. Ich habe nur gesehen ...«

»Passen Sie auf«, sagte KHK Schmückel barsch, »wir sind mitten in einem schwierigen Fall, da geht es um Mord, und da müssen wir alle Kräfte konzentrieren. Was Sie gesehen haben oder auch nicht, das kann ich im Augenblick gar nicht gebrauchen. Verstehen Sie mich? Schönen Dank, daß Sie gekommen sind, aber meine Zeit ist jetzt um ...«

»Von Mord hat aber nichts in der Zeitung gestanden.« Elsie Holzmann war empört. »Das müssen Sie uns doch mitteilen, so was aber auch.«

Schmückel stand auf.

»Ich sagte ja schon: Auf Wiedersehen.«

Er ging mit schnellen Schritten zur Tür, öffnete sie weit.

»Bitte sehr. Hier geht's lang.«

Joe Davids wurde von einem BMW überholt.

Er hatte gerade seine nächtliche Radtour durch den Bürgerpark beendet, knapp zehn Kilometer zeigte sein

Zähler an, er war stark geschwitzt. Den ganzen Tag hatte er versucht, sich auf den Fall Scholz zu konzentrieren, aber ihm war Xiao Chens Verschwinden nicht aus dem Kopf gegangen. Immer wieder rief er im ›Peking‹ an, bei ihm zu Hause, zweimal war er persönlich dort gewesen. Er hatte nichts entdecken können. Im Lokal sagte man nur: »Chef unterwegs.«

Die Männer im BMW, die ihn am Stern überholten, waren Chinesen.

Davids trat in die Pedale. Die Normaluhr zeigte: dreiundzwanzig Minuten nach Mitternacht.

Die Fahrt ging am Bahnhof entlang.

Davids mußte sich anstrengen, aber er war gut im Training, solange sie im Stadtgebiet fahren würden, konnten sie ihn nicht abhängen.

Aber dann merkte er, daß der BMW, als er am Hauptbahnhof vorbeigefahren war, schneller wurde.

Die Ampel sprang auf rot, der Wagen sauste weiter.

Joe Davids sah keine andere Möglichkeit, als eine Verkehrsübertretung zu begehen. Hoffentlich war keine Streife unterwegs.

Die Verfolgungsjagd wurde fortgesetzt über den Herdentorsteinweg, dann war der BMW verschwunden. Mit einem Mal.

Davids hatte nach unten geschaut und verpaßt, in welche Richtung sie abgebogen waren. Inzwischen gab es für ihn keinen Zweifel mehr, daß es sich um die drei Chinesen handelte, die von Xiao Chen das Schutzgeld erpreßt hatten.

Davids fuhr nach rechts, Bahnhofstraße runter. Steuerte einfach das nächstgelegene China-Restaurant an.

Saß sein Freund in diesem Wagen?

Wurde er festgehalten? Hatten sie ihn sich geschnappt? Die Gedanken überschlugen sich.

Davids strampelte. Zehnter Gang, die Muskeln an den Beinen straff angespannt. Wie ein Tourfahrer kam er sich vor. Sein Outfit war zwar noch nicht ganz vollkommen, weil ihm der richtige, stromlinienförmige Anzug fehlte, aber eine Mütze von dem französischen Rennen trug er schon. Blau-weiß-rot, Tour de France, ein blauer Eifelturm und ein roter Radler.

Einmal an diesem Tag war Davids unsicher geworden. Wenn Xiao Chen ihm eine Komödie hatte vorspielen lassen? Wenn die drei Abkassierer seine Kumpel waren, die ihm einen Schreck einjagen oder gar einen Polizisten zum wirklichen Vertrauten machen sollten? Aber er verwarf die Idee wieder. Was sollte Xiao Chen für ein Motiv haben? Der BMW stand vor dem ›Mandarin‹.

Zufall, dachte Davids, er strahlte.

Sein Atem ging schnell, mit dem ledernen Handschuh wischte er sich den Schweiß weg.

Vielleicht ist es besser, wenn ich mich an die nächste Straßenecke stelle, dachte er.

Er hob den rechten Zeigefinger, als wolle er die Windrichtung prüfen. Er benutzte immer diese Antenne, wenn er irgendwas einschätzen wollte. Diesmal ging es um die Fahrtrichtung des BMW. Wenn er richtig lag, dann konnte er sich so einen Vorsprung verschaffen.

Davids schob das Fahrrad fünfzig Meter weiter.

Er hatte wieder Glück.

Die Männer kamen aus dem ›Mandarin‹, stiegen gelassen in den Wagen und fuhren davon. Nicht einmal schnell.

Joe Davids folgte ihnen.

Das konnte eine lange Nacht werden, wenn sie alle China-Restaurants abklapperten.

Fahrrad gegen BMW.

Davids als Verfolger.

Er fühlte sich gut.

Die kommen nie darauf, daß ich hinter ihnen her bin, dachte er. Wer verfolgt schon die Bewegungen eines Radfahrers im Rückspiegel. Xiao Chen war nicht dabeigewesen. Durch die Entfernung hatte er die Gesichter nicht erkennen können. Nur daß die drei dunkle Anzüge trugen, Schlipse, Hüte. Wie drei Beerdigungsunternehmer.

Während er dem BMW folgte, überlegte Davids, was er sagen würde, wenn sie ihn doch entdeckten.

Aber war ein Radfahrer überhaupt auffällig? In dieser Stadt gab es so viele Radfahrer, selbst nachts waren einige von ihnen unterwegs. Und jemand, der trainierte, in kurzen Hosen, Tour-Mütze, durchlöcherte Handschuhe, der sah nicht aus wie einer von einer staatlichen Verfolgungsbehörde. Gute Tarnung.

Im hinteren Schwachhausen verließ einer der drei Männer den Wagen. Er hatte bisher am Steuer gesessen, betrat ein Wohnhaus und verschwand. Der BMW startete durch.

Davids strampelte.

Nach kurzer Zeit brach er das Rennen ab.

Auf der Parkallee erreichte der BMW schon hundert Stundenkilometer. Davids hatte sich gemerkt, in welches Haus der Chinese gegangen war.

Fuhr zurück.

Er stellte sein Fahrrad an den Baum. Wartete.

Feine Gegend hier. Manche nannten es Schwachsinns-Hausen, andere zogen den vornehmen Stadtteil allen anderen vor. Die Nachbarn hatten die Eigenschaft, sich gegenseitig zu übersehen und dabei genau zu kontrollieren.

Im zweiten Stock brannte Licht.

Sonst war das Haus dunkel.

Joe Davids schlich näher heran.

Er konnte den Mann am Eisschrank erkennen. Immer noch den Hut auf dem Kopf. Im Schattenriß. Auch so war vom Gesicht nicht viel zu sehen.

Die Vorgartentür quietschte ein wenig.

Davids erstarrte. Dann mußte er lächeln. Wer sollte wohl einem Radfahrer den Zutritt verwehren?

Er ging die sechs Treppenstufen hoch. Die Turnschuhe machten kein Geräusch.

›Ah San Chan‹, stand an der Klingel.

Davids suchte nach einer Eselsbrücke, um sich den Namen zu merken. Das beleuchtete Schildchen am Türrahmen.

Er blieb noch zehn Minuten vor dem Haus stehen, dann schwang er sich auf sein Rad.

»Ach sei schön«, sagte er immer wieder halblaut vor sich hin.

Vielleicht war Xiao Chen jetzt im ›Peking‹ anzutreffen.

Manchmal hatte er so lange geöffnet.

»Du weißt, warum wir dich hergebeten haben?«

»Nicht so genau.«

»Aber in groben Zügen wirst du dir doch Gedanken gemacht haben?«

»Ein wenig.«

Die Frau des Ersten Bürgermeisters und Senatspräsidenten sah den beiden Parteimitgliedern zu.

Ihr Mann, der sich seinen Schreibtischstuhl aus dem Arbeitszimmer geholt hatte, breitbeinig, die silberne Brille auf dem großen Gesicht, in der Hand ein Glas mit heimischem Bier.

Der Vorsitzende der Jugendorganisation, auf gleicher Höhe, in Jeans und T-Shirt, keine Kompromisse, der kräuselige Vollbart und die langen Haare gepflegt.

»Wir kommen doch in Teufels Küche, wenn ihr gegen die Feier protestiert. Wie soll ich das den Wählern klarmachen?«

»Keine Ahnung, ist aber auch nicht meine Aufgabe.«

»Du bist Parteimitglied, das sollte dich interessieren.«

Die Jugendorganisation hatte ein Flugblatt verfaßt: Aufruf zur Demonstration gegen das Rekrutengelöbnis im Weser-Stadion, darin waren die peinliche Tradition dieses Militärspektakels sowie die Forderungen nach sofortiger Abrüstung aufgezählt.

Der Bürgermeister und Senatspräsident saß in der Falle. Er hatte sich erregt, gezürnt, getobt, aber was konnte er gegen diese jugendlichen Genossen machen. Sie waren unabhängig.

»Ich will hier nicht ins Inhaltliche gehen...«

»Wär aber gut«, unterbrach ihn Jens, »dann könnten wir mal die Positionen abklopfen. Denn so hängt die Debatte in der Luft.«

»Laß sie da hängen, meinetwegen. Ich muß wissen, was ihr vorhabt. Aus dem Flugblatt geht das nicht hervor.«

Der Bürgermeister hielt sich im Zaum, obwohl er am liebsten dem jugendlichen Widersacher ein paar Ohrfeigen verpaßt und ihn dann in die politische Kinderstube zurückgeschickt hätte.

»Um es der Polizeiführung zu sagen?« fragte Jens.

»Ich lasse mich nicht provozieren.«

»Bitte, Genosse«, fügte die Frau des Bürgermeisters an, die Jens ein Glas Bier einschenkte.

Der Abendbrottisch war bereits abgeräumt und eigentlich hatte der Bürgermeister seiner Frau verboten, dem Mistkerl etwas anzubieten. Aber sie hielt sich nicht an die Spielregel, fand es lächerlich, als ihr Mann sagte: »Der hält das für Bestechung, wenn wir ihm etwas anbieten!«

»Wir wollen demonstrieren, klar, wir wollen unserem Protest Ausdruck verleihen, daß in unserer Stadt Bundeswehr-Rekruten vereidigt werden, auch noch im Fußballstadion, und dann auch noch mit militärischem Zapfenstreich und Gewehrromantik und allem Ordensbrimborium. Das ist unnötiges Säbelrasseln. Unsere Partei, und auch du, wir alle treten für Abrüstung ein und dann so was. Da machen wir nicht mit.«

»Hätten wir nicht früher...«, sagte der Bürgermeister, der jetzt diesen jungen Typen ein wenig bewunderte: Immerhin hatte er Rhetorik, das war gut für den Wahlkampf. Wenn er da an manchen schlappen Abgeordneten dachte, die das Maul nicht aufkriegten, wenn sie vor einer größeren Menge reden sollten.

»Hätten wir, klar, aber jetzt, das heißt, natürlich, wenn das ganze abgesagt wird...« Jens hielt inne, nahm einen Schluck Bier. Er sah sich im Eßzimmer des Ersten Bürgermeisters und Senatspräsidenten um, alles 50er Jahre Möbel, die Wände mit dicken Ölgemälden, ein paar Souvenirs aus fremden Ländern, weil der große Manitou, wie er in der eigenen Partei genannt wurde, sich gern im Ausland aufhielt.

»Absagen, absagen, so ein Quatsch, Junge, das läuft doch alles, in nicht mal vier Wochen.« Er faßte sich an den Kopf.

»Ja, dann.« Jens erhob sich. »Ich weiß nicht, worüber wir reden sollen.«

»Eins will ich dir klipp und klar mit auf den Weg geben: Wenn es zu Krawallen oder Ausschreitungen kommt, dann kannst du deine politische Karriere an die Wand nageln.«

Der Bürgermeister war laut geworden. Seine Frau versuchte, ihn zu beruhigen: »Denk an deine Konstitution, nicht aufregen, bitte!«

»Wohin?« fragte Jens.

»An die Wand oder wohin auch immer.«

»Auch eine Aussage.«

Jens drehte sich um. Er wußte, daß er von diesem Gespräch nichts verwenden durfte. Das war und mußte privat bleiben. Am besten erzählte er niemand, daß er sich vom großen Manitou hatte einladen lassen. Auch noch in dessen Privatwohnung. Sah nach Verrat aus.

»Halt mir die Demonstranten ruhig, mehr will ich nicht.«

Der Bürgermeister schrie. Seine Zornesader, die quer über die rechte Schläfe lief, hatte das Aussehen einer Blutspur.

Jens zog die Tür zu.

Die Frau des Bürgermeisters ging zum Fernseher: »Heute gibt's einen Krimi, ich glaub', so was kannst du jetzt gebrauchen. Was meinst du?«

Er murrte: »Meinetwegen. Aber später muß ich noch arbeiten.«

Es war Samstagmorgen, als Joe Davids ganz unplanmäßig das Präsidium betrat.

Der Kollege vom Notdienst fragte ihn, ob er sich im Kalender geirrt habe.

»Nein, nein, dringende Ermittlungen dulden keinen Aufschub, bin im Druck.«

Joe Davids ging zur Ausländerbehörde.

Die Tür war verschlossen.

Er würde sich einen Schlüssel besorgen müssen. Über lange Flure und zwei Verbindungsgänge gelangte er zur EDV. Dort spielten zwei Beamte ein Video-Spiel.

Kampf im Weltraum, was eine Variante von Schiffe-Versenken war, nur ein wenig der Zeit und der neuen Technik angepaßt.

»Wenn ich mal stören dürfte, Oberkommissar Davids, ich brauche eine Personenfeststellung.« Davids betonte das ›Ober‹ in seinem Titel, er war noch nicht lange die Treppe raufgefallen. Er dachte, es würde einen guten Eindruck machen.

»Moment«, sagte der eine von den Beamten. »Ich hab' ihn gleich alle.«

Nach wenigen Minuten war es soweit.

Auf dem Bildschirm des Verlierers blinkten drei rote Kreuze, was das Ende seiner Weltraumflotte darstellen sollte.

»Wie ist der Name?« Der Beamte zog die Diskette heraus.

»Ah San Chan.«

Davids mußte buchstabieren.

Dann sagte er auch noch die Adresse.

»Benquestraße 4.«

»Chinese?« fragte der zweite Beamte, der bis jetzt noch nicht einmal gegrüßt hatte.

»Ja.«

»Ich kann diese Asiaten nicht leiden. Immer die gleichen Gesichter. Denkt man, der kommt aus China, kommt er aus Japan, denkt man, der kommt aus Korea, kommt der aus Vietland.«

»Vietnam«, verbesserte Davids.

»Ist doch auch egal, wie das da alles heißt.«

»Hab' ich nichts«, sagte der Beamte, »mein Karlchen spuckt da nichts aus. Was soll er denn verbrochen haben?«

»Keine Ahnung«, sagte Davids, »ich weiß nur Namen und Adresse.«

»Können wir nichts machen«, der Beamte schob die Diskette wieder rein und wandte sich an seinen Kollegen, »ich geb' dir 'ne Revanche, wenn du willst.«

Der andere nickte.

Samstag, dachte Davids, Notmannschaft, lauter Idioten, und dabei hatte er geglaubt, gerade heute in Ruhe etwas rausfinden zu können.

Eine halbe Stunde später fand er jemand, der ihm Zugang zur Kartei der Ausländerpolizei verschaffte.

Ah San Chan war ordentlich gemeldet, hatte eine gültige Aufenthaltsgenehmigung, die bis Ende des Jahres lief, gab als Beruf Industriekaufmann an. Davids erfuhr den Geburtsort, den er sich aufschrieb, in der üblichen Lautumschrift. Chan war 44 Jahre alt, sein letzter Aufenthaltsort in der BRD war Hamburg, davor hatte er in Frankreich gelebt.

Davids notierte sich alle diese Daten, fein säuberlich, obwohl er gar nicht wußte, was er damit anfangen konnte. Aber der Kollege, der ihm zusah, war beeindruckt.

»Danke«, sagte Davids, »es gibt eben auch samstags noch freundliche Kollegen.«

»Da nich für«, kam es zurück.

Joe Davids radelte zum ›Peking‹, er wollte sehen, ob Xiao Chen zurückgekehrt war. Auf jeden Fall hatte er Hunger.

Industriekaufmann war dieser Ah San Chan, warum gerade Industriekaufmann, das gab Davids immer im Urlaub als seinen Beruf an. Schien wohl ein gebräuchlicher Tarnberuf zu sein. Er erinnerte sich, wie er einmal in der Helenenstraße bei den Damen eine Nachfrage durchführen mußte, er brauchte Namen und Adressen und Berufe. Von den zwanzig dort arbeitenden Damen, die ihm alle gut gefielen, waren sieben von Beruf ›Röntgenassistentin‹. Auch ein guter Tarnberuf.

Das ›Peking‹ war geschlossen. An der Tür hing ein Schild: ›Wegen einer Beerrdigung heute zuh.‹

7

Helga Lindow machte einen Eisbeutel fertig.

Sie drückte die Eisstückchen aus dem Plastikbehälter und warf sie dann in den Gummibeutel.

»Was mußt du auch soviel feiern?« rief sie.

Wolfgang Lindow lag auf dem Sofa. Wenn er etwas nicht leiden konnte, dann waren es diese Vorwürfe. Seit dreißig Jahren lebten sie zusammen, und immer noch waren es die gleichen Vorwürfe, die er zu hören bekam. Hast du dieses gemacht? Hast du wieder jenes vergessen! Warum mußt du soviel trinken? Er wollte in Ruhe leiden, überhaupt brauchte er niemand, der ihm sagte, daß er zuviel getrunken hatte. Das spürte er von ganz alleine. Kopfschmerzen und Vorwürfe machten alles nur doppelt schlimm.

Und dabei hatte er einen richtigen Grund für das Besäufnis, was ja nicht immer der Fall war.

Seine Mannschaft hatte 5 zu 1 in Stuttgart verloren. Wenn jetzt kein Wunder geschah, dann mußte Werder absteigen. Wolfgang Lindow hatte mit ein paar Leidensgenossen versucht, das Wunder herbeizutrinken. Vielleicht half es ja was.

»So, festhalten mußt du den Beutel aber selber. Ich hab' zu tun.« Der Kriminalhauptkommissar konnte noch was nicht leiden, das waren die Belehrungen. Er war Mitte Fünfzig und mußte sich Belehrungen anhören, als sei er erst fünfzehn Jahre alt. Und wenn sie dann noch mit einem leichten Spott kamen, fürchterlich.

Er hielt den Eisbeutel und dachte an Werders Abstieg.

Welche Blamage, welche Schande, so eine Traditionsmannschaft und dann absteigen.

Es war aber auch nichts mehr an der Mannschaft dran. Der Trainer war verschlissen, die besten Spieler hatte man in die Wüste geschickt, das Management versagte auf ganzer Linie. Wenn man ihn und seine Freunde mal ranlassen würde. Er würde denen schon zeigen, wie man Fußball spielt und gewinnt. Sein Kopf schmerzte.

»Heute mittag gibt es Kohlrouladen. Die hast du doch so gerne«, rief Helga aus der Küche. Sie wollte ihm etwas Gutes tun, weil er so bierleidend aussah. Immer wenn Werder verlor, ging es ihm schlecht. Schon ein Unentschieden versetzte ihn in schlechte Stimmung. Nur ein Sieg bereitete ein fröhliches Wochenende. Und in dieser Saison hatte Helga Lindow wirklich einiges zu leiden.

»Aber mach nicht wieder zuviel«, kam es aus dem Wohnzimmer zurück. Er war ein Brummelbär, ihr Wolfgang, hatte sich nur einmal in ihrem Zusammenleben einen größeren Schnitzer geleistet, der Alltag war erträglich. Er half sogar bei der Hausarbeit. Er hatte schon mal die Wäsche aufgehängt, da wollte sie sich nicht beklagen. Nur die Langeweile mit ihm, die ging ihr auf die Nerven. Sie konnte am Montag sagen, wie die Woche lief, und wußte am Samstag, daß sie recht gehabt hatte.

Nachmittags hatten sich zwei Briefmarken-Freunde angesagt, da würde sie ihn Kuchenholen schicken müssen, denn sie hatte keine Lust, jetzt auch noch zu backen.

Aus dem Wohnzimmer stöhnte er.

»Willst du einen Kaffee?« rief sie.

»Nein, ein Aspirin wäre mir lieber.«

»Mußt du zur Notapotheke fahren. Aspirin ist alle.«

Wolfgang Lindow war froh, daß sie nicht noch eine weitere Bemerkung über seinen Suff anfügte.

Joe Davids setzte grundsätzlich auf schöne Namen. Was sollten ihm die Zeitungsfavoriten, die Tipvorschauen, die Spezialblätter, in denen immer die richtigen Tips standen, die irrten sich genauso wie alle anderen. Das hatte er leidvoll erfahren müssen.

Er las sich die Rennkarte durch und suchte die Namen heraus, die ihm gefielen: Spiritist, Bantos, Drosselprinz, Leichtfuß, das waren Pferde, die an diesem Sonntagnachmittag ins Rennen geschickt wurden.

Der erste Renntag der Saison, und es nieselte. Da war man in dieser Stadt schon hoch erfreut. Die meisten gingen folgerichtig ohne Schirm, denn beim Nieseln wurden sie nur ein wenig naß.

Joe Davids bevorzugte die Zweier-Wette, weil es da mehr Geld gab, wenn er einen Siegtreffer landete. Das kollidierte dann jedoch mit seiner Vorliebe für schöne Namen. Also suchte er den meist genannten Favoriten heraus und kombinierte ihn mit ein paar Lieblingsnamen: Donald, Peterchens Mondfahrt, Papaver, Schmuckstück, Lebenskünstler.

Die feine Welt der Hansestadt, die sich hier versammelte, saß in einer besonderen Loge. Zutritt nur für Ehrengäste. Der Kaffeehändler mit Frau, der Rotweinhändler mit Anhang, der Obstgroßhändler mit Töchtern. Sie waren mit Feldstechern ausgerüstet, an denen, zum Zeichen ihres Wohlstandes, die Plaketten der verschiedenen Rennplätze baumelten. Sie waren überall Ehrengäste.

Da sah er Xiao Chen.

An einem Einzahlungsschalter.

Joe Davids vergaß Rennen, Wetten, Pferde und setzte sich in Bewegung. Der Chinese mußte ihn gesehen haben.

Aber er war schon verschwunden.

Eine Zeitlang streifte Davids zwischen den zahlreichen Besuchern, an den Eßständen, am Paradering, keine Spur seines Freundes.

Dann sah er mehrere Chinesen, die zusammenstanden.

Ich hab' mich geirrt, dachte er und konzentrierte sich wieder auf das Rennen.

Manchmal, wenn Davids ganz obenauf war, dann setzte er sogar in der Dreier-Wette, da gab es noch mehr Geld, man konnte richtig reich werden, einmal fast achtzigtausend Mark. Aber das kollidierte dann wieder mit der Auswahl eines Favoriten. Er mußte sich mindestens der zwei oder am besten aller drei von der Presse und anderen Vorschauen herausgegebenen Tips bedienen und ganz auf sein Prinzip der schönen Namen verzichten. Dann setzte er auf: Lego, Hanna, Friedolin, Karamba, Agathe. Gewonnen hatte er mit dieser Art des Wettens noch nie etwas.

Im dritten Rennen trafen seine Voraussagen ein. Alle. Er hatte sowohl das richtige Pferd auf Sieg, sowie die beiden Plätze, als auch in der Zweier-Wette den richtigen Einlauf.

So was war ihm noch nie passiert.

Er rechnete. Versuchte herauszufinden, was wohl die Quoten waren. Sofort ärgerte er sich, daß er nur zwei Mark fünfzig pro Einsatz gewagt hatte, wenn er fünf Mark gespielt hätte, oder gar zehn...

»Biste du am Verlieren, Joe«, Xiao Chen stand neben ihm.

Davids zuckte zusammen. Dann ging die Fragerei los, wo er gewesen sei, warum er ihm nichts hinterlassen habe, was das alles solle, er sehe einen deutlichen Zusammenhang mit dem Abbrennen des ›Nanking‹, ob er sich versteckt halte, und überhaupt, er würde ihm fehlen.

Xiao Chen lächelte, ohne das Gesicht zu verziehen.

»Erzähle iche dir später«, sagte er, »jetzt muß iche was gewinnen, sonst bin iche ganz kaputte.«

Joe Davids konnte sich hundertachtzig Mark abholen. Ein satter Gewinn. Es hätten Dreihundertsechzig sein können, dachte er, oder gar... Aber so war es immer. Wenn er gewann, ärgerte ihn sein niedriger Einsatz, wenn er verlor, fühlte er sich besonders gut. Was waren schon zwei Mark fünfzig.

Die Lautsprecheransage kündigte das Hauptrennen an, nannte Pferde und Reiter, Tips und Quoten, und forderte auf, einen ganz bestimmten Kaffee zu trinken.

Joe Davids holte sich ein Bier.

Er wußte, daß Xiao Chen auf dem Rennplatz blieb, dazu kannte er seinen Freund gut genug, der ging nie vor dem letzten Rennen, es sei denn, er hatte wirklich kein Geld mehr in der Tasche. Aber das war erst einmal vorgekommen. Xiao Chen setzte ganz anders. Große Summen, jede Menge Tippscheine, er gewann bei jedem Rennen, irgend etwas. Davids nannte das Verfahren ›Gießkanne‹ und machte sich darüber lustig. »Dann kannst du ja auf alle Pferde setzen«, hatte er bei einem früheren Besuch gespottet.

»Hab' iche schon gemachte, war nichte mal zu dumm.«

Die Sonne kam heraus, zwei Wolken schoben sich auseinander und ließen ein paar Strahlen durch. Beinah hätte es Beifall gegeben.

Das Pferderennen war für diese Stadt nur eine kleine Attraktion, Fußball hatte viel größere Zuschauerzahlen vorzuweisen, und wenn man den alljährlichen Freimarkt verglich, dann zählte das Rennen überhaupt nicht. Nur für die feinen Leute, da zählte es schon, wer auf der richtigen Tribüne saß. Und für die Zocker, die manchmal aus dem ganzen Bundesgebiet kamen und ihr Geld anlegten.

»Wie biste rausgekommen«, sagte der kleine Chen, als

das achte Rennen vorüber war. Sie standen unter der Haupttribüne und machten die Abrechnung.

»Vierzehn Mark im Guten«, sagte Davids nach einer Weile und fügte hinzu, »bin ganz zufrieden.«

»Iche habe zweihundert, dreihundert gemacht, nichte viel«, Xiao Chen grinste. »Du mußt mit mir fahren, iche will dir was zeigen.« Der Chinese faßte Davids am Arm.

Der Oberkommissar schob sanft seine Hand weg. »Nicht hier, wir sind in der Öffentlichkeit.«

»Is hier was los, ne hier is nichts los, gehn wir mal hin, ja gehn wir mal hin«, Pinneberger fiel diese Liedzeile ein, als er mit Marianne durch die Siegener Innenstadt lief.

Es war ein verpatztes Wochenende, wenn er von der schönen Nacht absah, die sie beide verstohlen in einem Landgasthaus verbracht hatten. Sie waren zwar alt genug, aber den Wirtsleuten reichte sein Paß nicht. Auch Marianne Kohlhase mußte ihren Ausweis vorzeigen. Und dann die mißbilligenden Blicke. Unverheiratete. Sie bekamen das Zimmer, und es war sehr gemütlich.

Niederfischbach hieß der Ort. Ein kleines Kaff. Überhaupt die kleinen Käffer waren das Schönste hier. Kirchen, Perle an der Sieg, wie es auf der großen Tafel am Bahnhof stand, Betzdorf, Eisenbahnknotenpunkt, Freusburg mit dem alten Schloß, Biersdorf, wo der Bundespräsident herkam, Eisenerz-Land und viele Wälder. Aber Siegen war ins Große gerutscht, hatte sich als Stadt gefühlt und war zur Langeweile verdammt.

Sie fanden ein Eiscafé, das offen war.

Sonntagnachmittag, die Zeit für die Familie, sie hätten im Bett bleiben sollen, aber der Lehrgang rief, und Marianne mußte wieder den Zug nach Norden nehmen.

Pinneberger bestellte sich einen Spezialbecher, Marianne zog einen Eiskaffee vor.

»Ich weiß nicht, wie ich diese Woche übersteh', aber dann fahren wir ja los«, sagte Pinneberger. Er dachte immer noch an die vergangene Nacht.

Sie hatten sich mehrere Male geliebt, und es war ihm so vorgekommen, als wenn diese eine Woche Trennung ihre Beziehung verstärkt hätte. Er wollte darauf achten.

»Komm, du wirst die eine Woche auch noch aushalten. Sag mal, was macht ihr da eigentlich. Seit gestern mittag warte ich darauf, daß du ein bißchen erzählst. Aber noch nicht ein Wort hab' ich vom Seminar gehört.«

Marianne hatte recht.

»Gibt nichts zu erzählen.«

Die Bedienung kam und stellte die Eisportionen auf den Tisch. So große Eisbecher hatte Pinneberger noch nie gesehen.

Sie stürzten sich auf die süße Pracht.

»Aber du stöhnst doch darüber, oder hab' ich das am Telefon falsch verstanden?«

»Nein, nein, das schon, aber was soll ich sagen? Nichts Neues, alles schon bekannt. Daß die mich hierherschicken, kann ich nur als zweiten Urlaub bezeichnen, wenn keine Vorträge wären, könnt' ich mich sogar an die Gegend gewöhnen.«

Marianne sah ihn an.

Sie wußte, daß er gleich fluchen würde, aber sie hatte keine Lust gehabt, das ganze Wochenende mit dieser schlechten Nachricht zu vermiesen. Sie öffnete die Handtasche, holte einen Brief heraus und reichte ihn Pinneberger über den schmalen, runden Tisch.

»Hier, hab' ich aus Versehen geöffnet. Tut mir wirklich leid.«

Fritz Pinneberger steckte den Eislöffel tief ins Eis: »Ich hab' dir doch gesagt, daß ich das auf den Tod nicht ausstehen kann, wenn meine Briefe geöffnet werden.«

Er lief rot an.

»Ich weiß, ich weiß, aber es ist eben passiert...« Sie stockte, sah aus dem Fenster.

Auf der Straße balgten zwei Jungen miteinander. Der eine teilte ziemliche Schläge aus.

Pinneberger las den Brief.

»Sehr geehrter usw... müssen Ihnen mitteilen, daß Sie den Urlaub ordnungsgemäß einreichen müssen... eine telefonische Mitteilung reicht nicht aus... Sie haben noch 22 Urlaubstage... Tut uns leid, Ihnen diese Mitteilung... Hochachtungsvoll usw...«

Der Oberkommissar schob den Eisbecher weg.

Er konnte nichts sagen.

Die beiden Jungen lagen am Boden.

Pinneberger sprang raus.

»Hört auf mit dieser Keilerei«, schrie er.

»Du hast uns nix zu sagen«, rief der Untenliegende.

»Halt dich da raus«, schrie der andere und haute mit einer Wucht auf den anderen Jungen ein, daß Pinneberger schon vom Zusehen schlecht wurde. Er riß die beiden auseinander.

»Jetzt ist Schluß.«

Beide wehrten sich, schlugen auf Pinneberger ein, der Mühe hatte, sie sich vom Leib zu halten.

Er hörte, wie Marianne lachte.

»Dann macht doch, was ihr wollt.«

Pinneberger drehte sich um, ging zurück ins Eiscafé. An der rechten Manschette war ein langer Riß. Er sah sich den Schaden an.

»Warum haste das nicht gleich gesagt?«

»Was?«

»Wußtest doch, was in dem Brief steht?«

»Und dann?«

»Ich will eine Antwort.«

»Was hätte es denn geändert?«

Pinneberger rieb sich die Hand, auch die hatte einen Schlag abbekommen.

»Erst die Post öffnen und dann die Klappe halten.«

Marianne lächelte. Sie löffelte genüßlich die Sahne aus ihrem Becher. Die hob sie sich immer bis zum Schluß auf.

»Tut mir leid. Echt. Aber ich wollte uns nicht die Stimmung versauen.«

»O. K.«, sagte Pinneberger.

Er sah auf die Uhr.

In einer halben Stunde ging ihr Zug. Er wollte den Streit nicht fortsetzen. Schließlich hatte Marianne den Brief nur überbracht.

Das wird ein Nachspiel zu Hause geben, dachte er, sein Chef hatte den unverschämten Brief nicht einmal selbst geschrieben, sondern ihn vom Personalleiter aufsetzen lassen. Das schlimmste war, daß er im Recht war. Urlaub mußte schriftlich beantragt werden.

Als sie sich auf dem Siegener Bahnhof verabschiedeten, der Zug war auf die Minute pünktlich, sagte Marianne: »Ich muß ja auch zurückstecken, ich häng' mit meinen Ferien an dir dran. Scheiß auf Italien.«

Die Hand sah lebendig aus.

Ein Wunder, daß sie nicht zuckte.

Die Haut war nur wenig eingefallen, die Knochen etwas ausgeprägter, das schwarze Blut am Handknochen verwies auf ihren wirklichen Zustand.

»Haben sie eingefroren, glaube iche«, Xiao Chen betrachtete die Hand vom Standpunkt eines Küchenchefs.

Davids ekelte sich.

Trotzdem faszinierte ihn die Hand. Er hätte sie gern angefaßt, aber davor bewahrte ihn eine Berufsregel.

»Was wollt ihr damit machen?« fragte er, als hätte Xiao Chen darüber zu bestimmen.

Die beiden Chinesen sprachen in ihrer Sprache.

Das Zimmer war sehr klein, eine Butze, kaum zwei mal zwei Meter, ein schmales Bett und ein Tisch, hier wohnte der Kellner aus dem Restaurant ›Gelber Drache‹.

»Was glaubst du, sollen wir machen?« Der kleine Chen sah ihn ratlos an, sein Gesicht war traurig.

»Frag mich das lieber nicht. Oder, nein, das ist ganz klar. Dein Landsmann muß zur Polizei damit.«

»Das macht er nichte«, antwortete Xiao Chen.

»Aber es gibt keinen anderen Weg.«

Joe Davids war mit seinem Freund nach Hastedt gefahren, gleich unter der Eisenbahnbrücke wohnte der chinesische Oberkellner, dem diese Hand per Post ins Haus geschickt worden war. Neben dem Bett stand ein gepackter Koffer. Xiao Chen hatte sie vorgestellt. Sein Landsmann sprach nur Restaurant-Deutsch: »Guten Tag, ich heiße Sie willkomm in mein klein Zimmel.«

Sie hatten die Hand auf den Tisch gelegt und begutachtet. Davids fragte, ob dies vielleicht die Hand des Besitzers vom ›Nanking‹ sein könnte. Die Frage kam ihm selbst dämlich vor. Sie wurde nicht beantwortet.

Der Oberkellner sagte: »Ich fahle heute noch weg. Holland, Amsteldam, nul weg.«

Xiao Chen hatte Verständnis dafür.

Davids nicht: »Was denkt ihr denn eigentlich, was diese Hand bedeutet? Da ist ein Verbrechen geschehen, und du verschwindest.«

Er sah den Oberkellner an. Er blickte nicht einmal ängstlich drein. Auch die Hand schien ihn wenig zu beeindrucken.

Xiao Chen versuchte zu vermitteln. »Du mußt ihn fahren lassen, sonste gibte es ein Unglück.«

Joe Davids schüttelte den Kopf. »Die Hand muß zur Polizei.«

Er war sich nicht sicher, ob der Oberkellner, dessen füllige Gestalt im schwarzen Anzug spannte, wußte, daß Davids bei der Kripo war.

Xiao Chen warf ein: »Wenn die Polizei erfährt von dieser Hand, dann gibte es noch mehr Tote, Joe.«

Das Zimmer stank. Davids roch es erst in diesem Augenblick. Wahrscheinlich ging der üble Geruch von der Hand aus. Aber es waren auch Essensreste, die hier irgendwo verfaulen mußten.

Er bat, das Fenster zu öffnen.

Der Oberkellner wehrte ab: »Wil allein.«

Seine Geste war heftig.

»Ich habe alles gesagt.« Davids drehte sich um. »Diese Hand wird bei der Polizei abgeliefert. Und zwar morgen.«

Er ging. Froh, endlich diese kleine Butze verlassen zu können.

In seinem Kopf kreisten die Gedanken um die Leiche aus dem ›Nanking‹. Da fehlte noch eine Hand.

Als Xiao Chen sich verabschiedet hatte, fragte Davids ihn: »Weißt du, warum sie ihm diese Hand geschickt haben? Will er nicht zahlen?«

Xiao Chen wiegte den Kopf: »Iche weiß nicht. Lu ist immer ein guter Kumpel gewesen, er hatte miche in Empfang genommen, als iche hier kam. Guter Kumpel, sagt ihr doch.«

Davids gab sich mit dieser Lüge nicht zufrieden, er habe doch bestimmt mit Lu darüber gesprochen.

Aber Xiao Chen blieb bei seiner Ausrede.

»Und was geschieht jetzt mit der Hand?« Davids ließ nicht locker.

Sie fuhren stadteinwärts.

Der gebrauchte Mercedes quietschte in den Kurven.
»Kommte morgen zur Polizei. Wie du gesagte hast.«
»Und Lu?«
Xiao Chen sah ihn an: »Iste dann weg.«

8

An diesem Morgen hatte die Stadt ihren Fleischskandal. Es ging wie eine stille Post von Behörde zu Behörde, als würde jemand das rote Telefonbuch der Ämter dazu benutzen, um einmal alle Nummern in Betrieb zu nehmen.

In einem indonesischen Restaurant wurde Hundefleisch entdeckt.

Natürlich hatten schon die ersten Zeugen gesehen, wie der Besitzer mit einem großen Netz die Hunde einfing, oder war es ein kleines Lasso, nein, es könnte auch ein Schnapper gewesen sein. Um elf Uhr hieß es dann, er würde mit einem Hundefänger zusammenarbeiten, der ihm die Ware frei Restaurant lieferte.

Zuerst wurde ein Streifenwagen hingeschickt, der aber nach einer Stunde mit der Mitteilung zurückkam, daß das Restaurant geschlossen habe.

Dann wurde nach dem Besitzer gefahndet, der schon seit mehr als zwanzig Jahren in der Stadt lebte. Die Karte beim Einwohnermeldeamt war verlegt worden, aber dann erinnerte sich jemand auf dem fünften Revier, wo der Indonesier wohnte.

Man weckte ihn unsanft. Der Mann war völlig überrascht.

Er mußte sich anziehen und mitkommen.

Die Männer im Wagen machten sich über ihn lustig, obwohl sie genau wußten, daß er jedes Wort verstand.

Mit zwei Beamten vom Wirtschaftskontrolldienst ließen sie ihn sein Lokal öffnen.

Er war dem Zusammenbruch nahe.

Schwitzte.

Zwischen den schmalen Augen lief ein kleines Rinnsal.

Die Beamten drehten jeden Abfalleimer um, sammelten kleine Knochenstücke auf, nahmen Proben vom Fleisch, wühlten in den Essensresten auf dem Boden wie Kinder in der Analphase.

Der Besitzer fragte einmal, ob er seinen Rechtsanwalt anrufen dürfe. Die Beamten gestatteten es ihm.

Vor dem Lokal entstand ein Auflauf. Jeder war begierig zu erfahren, was denn in diesem ausländischen Restaurant alles zusammengekocht wurde. Katzen, Ratten, Schlangen, schon die seltsamen Namen auf der Karte, ein Passant las mit spitzer Stimme die Gerichte vor, dahinter konnte sich alles verbergen.

Die beiden Streifenwagen vor der Tür zeigten an, daß es ein wirklicher Skandal war.

Der Besitzer saß zusammengesunken in der hintersten Ecke seines Lokals. Die Beamten hatten abgelehnt, als er ihnen einen Tee anbot.

»Am besten ist es, wenn Sie den Laden ein paar Tage geschlossen halten, bis sich der Wirbel gelegt hat«, sagte der ältere Kollege. Dann verließen sie mit einer Menge Plastiktüten das Restaurant.

Passanten fragten, die Presse war da, Blitzlichter.

Aus dem Gerücht war ein Urteil geworden.

Nach einer Woche öffnete der Indonesier sein Lokal wieder, aber es kamen kaum noch Gäste. Zwei Monate später machte er dicht.

Die Ergebnisse aus den polizeilichen Labors ließen lange auf sich warten. Befund: negativ.

Der Polizeipräsident zog an seiner kalten Pfeife, bevor er zu lesen begann. Sein Zuhörer hatte es sich auf dem Besuchersofa bequem gemacht. Es konnte ein langer Montagmorgen werden.

»*Da die Polizei ein Teil der Gesellschaft ist, sind die in ihr Tätigen weder besser noch schlechter als die übrigen Mitglieder der Gesellschaft. Naturgemäß hat das Auswirkungen auf die Institution Polizei, die insbesondere dann ins Negative abzugleiten droht, wenn das Gruppengefühl der Polizisten reduziert wird. Die innenpolitische Situation kann und darf, nicht nur wegen des noch nicht überwundenen Terrorismus, auf den später noch einzugehen ist, als unbalanciert, ja fast zerbrechlich bezeichnet werden.*«

»Was meinen Sie, Harms? So hatte ich mir die Einleitung gedacht. Direkt zum Zentrum vorstoßen. Der Anfang überrascht doch, was?«

Der Pressesprecher, dessen schütteres Haar mit einem neuen Toupet bedeckt wurde, war tatsächlich überrascht, weniger von dem, was sein Vorgesetzter vorlas, sondern daß er seine Lesung schon wieder einstellte.

»Doch, überrascht«, sagte Harms, »ganz sicher. Und Überraschung ist immer gut.«

»Meine ich auch.« Der Polizeipräsident nahm die kleine japanische Pfeife aus dem Ständer, er hatte sie als Gastgeschenk aus der Partnerstadt erhalten. Immer wenn in einem weiteren Land ein Partner der internationalen Freundlichkeit in die Reihe aufgenommen wurde, bekam er eine Pfeife geschenkt. Da mußten vorher Gespräche laufen, die wohl über die Senatskanzlei abgewickelt wurden.

Mantz legte sie zurück, er brauchte jetzt einen richtigen Kolben und schweren englischen Cut, denn dieses Papier, an dem er das gesamte Wochenende geschrieben hatte, war ein Meisterwerk polizeilicher Denkkunst geworden, und so was erforderte auch von der Rauchkunst kräftigen Qualm.

»Schreibt man eigentlich balanciert mit z oder mit c?« fragte der Polizeipräsident.

»Da muß ich nachschauen.« Harms stand eilfertig auf.

»Lassen Sie nur, Sie kriegen das Ganze sowieso zur Korrektur. Jetzt ist nur mal erste Lesung. Und bitte, halten Sie Ihre Meinung nicht zurück. Ich will ganz offen...«

Das Telefon.

Es war der Bürgermeister, der einen schönen Wochenbeginn wünschte und um ein Gespräch beim Mittagessen bat: »Wir haben da ein ernstes Problem mit dem Rekrutengelöbnis, da kommt was auf uns zu.«

Sie einigten sich auf eine Zeit.

Mantz nahm sein Manuskript und las weiter:

»Die letzte Tagung der Leiter der für Staatsschutzdelikte zuständigen Kommissariate beim Bundeskriminalamt hat noch einmal deutlich gemacht, was man allgemein schon immer gewußt oder geglaubt hat zu wissen, nämlich daß die scheinbare Ruhe in der Terrorszene nicht anhalten wird. Die Sympathisanten-Szene wird immer unübersichtlicher und grauer, nicht zuletzt auch deswegen, weil die Aufhellungsversuche der Polizei, insbesondere auf dem Weg über neue Methoden im Bereich der Datenverarbeitung, ins Zwielicht geraten sind und insofern auch in der Polizei selbst eine mehr skeptische Haltung zu ihrem Nutzen gefunden haben. Für die Hansestadt speziell kann kein Zweifel daran bestehen, daß der Nährboden für Terrorismus in der Entwicklung der sogenannten Sympathisantenszene Anlaß zu Befürchtungen gibt...«

Pressesprecher Harms notierte sich ›Grau‹, er hatte einen kleinen Block vor sich liegen.

Sein silberner Drehbleistift, den er immer in der Brusttasche seiner Anzugjacke trug, leistete oft gute Polizeidienste. Denn nicht nur, wenn sein Vorgesetzter mit einem großen Papier zu glänzen suchte, strich Harms die schwachen Stellen an, sondern auch in den Pressemitteilungen sorgte sein silbernes Schreibgerät für Stil und Ordnung.

Er kreiste das Wort ›Grau‹ ein. Schrieb daneben ›Aufhellungsversuche‹, ebenfalls eingekreist. Dann zog er einen Strich zwischen den beiden Wörtern und setzte einen Pfeil an jedes Ende.

›Grau‹ und ›aufhellen‹, das würde immer noch grau sein, da stimmte irgend etwas mit dem Bild nicht.

Er wußte, wie schwierig es war, dem Polizeipräsidenten, der mit lauter Stimme aus dem Manuskript las, eine Formulierung auszureden. Aber hier würde er eingreifen. Dann war er froh, daß er schon etwas gefunden hatte, worüber sie reden konnten.

»Hier wird verwiesen auf die jüngste Diskussion zu Veränderung der Asylverfahren. Dieses Beispiel zeigt, daß das Ausländerproblem nicht mehr ausschließlich aus humanitären oder wirtschaftlichen Gesichtspunkten oder einer ethischen Verpflichtung gegenüber der Dritten Welt heraus gesehen wird, sondern auch aus sicherheitspolitischer Sicht. Die lange unbeachtet gebliebenen Warnungen der Polizei vor dieser Entwicklung blieben ungehört. Bei der Diskussion der Veränderung des Asylverfahrens ist völlig außen vorgeblieben, daß bei den Asylbewerbern eine bis zu 600prozentige Steigerung krimineller Aktivität gegenüber dem Normaldeutschen feststellbar ist. Diese Festlegung ist völlig wertfrei und durch Tatsachen belegt.«

Harms zuckte zusammen.

Er kannte die Einstellung des Polizeipräsidenten gegenüber Ausländern, wußte, wie er im kleinen Kreis immer wieder für eine radikale Lösung plädierte, aber daß er sich mit diesem Satz an die Öffentlichkeit der eigenen Partei wagen wollte, das konnte seinen Kopf kosten.

Vor Schreck notierte Harms nichts auf seinem Block.

Zwei Stunden später endete der Polizeipräsident seine Lesung. Er hatte Mühe, seine eigene Handschrift zu entziffern.

»Die Folge ist eine zunehmende Respektlosigkeit und damit ein Autoritätsverlust der Politiker. Das hat nichts damit zu tun, daß bereits vorher ein Autoritätsverlust der Polizei eingetreten ist.

Diese, wie ich sie bezeichne, atmosphärischen Bedingungen führen zu einer tiefen Verunsicherung der Polizei, und ich benutze dieses Wort nicht als Schlagwort. Es muß hier ganz deutlich gesagt werden, daß nicht nur in der Bevölkerung, sondern insbesondere in der Polizei der Eindruck vom schlappen Staat entsteht. Ich weise auf die Gefahren hin, die sich aus einer solchen Haltung ergeben können.«

Der Polizeipräsident blickte auf.

»Was meinen Sie, Harms, kann ich das so bringen?«

Der Pressesprecher hatte Mühe gehabt, den Ausführungen aufmerksam zu folgen. »Ich denke, das ist eine wunderbare Rede, mit der werden Sie große Ehre einlegen. Wirklich, ganz wunderbar. Ich hätte ein paar kleine Details, Sie schreiben da vom ›Grau‹...«

»Moment«, sagte Mantz, der in diesem Augenblick feststellte, daß er die ganze Zeit nicht geraucht hatte. Er sah verdutzt auf seinen Tisch, die gestopfte schwere Pfeife, das handliche Feuerzeug, in der Form einer Spielzeugpistole. »Moment, bevor wir Details besprechen, wie ist das Ganze?«

Er lehnte sich in seinem Sessel zurück und blähte die Brust.

Kurz vor Feierabend stattete Davids seinem Kollegen Schmückel einen Besuch ab.

Der Kriminalhauptkommissar trug einen hellroten

Pullover und war verzweifelt. »Sie kommen ganz ungelegen, Davids, muß es gerade heute sein?«

Joe Davids schüttelte den Kopf: »Ich kann auch wieder gehen.«

Er hatte sich am Morgen entschlossen, Schmückel einen Hinweis zu geben, er wollte seine Erkenntnisse nicht völlig aufdecken, aber Schmückel mußte wissen, daß sich hier Formen der Mafia entwickelten, sonst würde er noch Wochen an einem Restaurantbrand samt einem verbrannten Besitzer herumforschen.

»Was gibt's denn?« fragte Schmückel ärgerlich.

»Ich wollte, ich meine, wenn Sie mich heute nicht gebrauchen können...«

»Den ganzen Tag geht das Telefon, ich hatte gerade die ersten Fäden des Falles aufgenommen, es gibt sogar zwei Verdächtige, und dann kriege ich mittags das hier auf den Tisch.«

Mit einem eleganten Schwung verschwand er hinter seinem Schreibtisch und holte einen Schuhkarton herauf, stellte ihn auf den Tisch. Als wolle er das Kaninchen erscheinen lassen, öffnete er den Deckel: »Bitte sehr.«

Joe Davids kam die Hand bekannt vor.

»Aber das ist doch gut«, wandte der Oberkommissar ein, »jetzt hat Ihre Leiche wieder zwei Hände, oder? Da müßten Sie doch ganz glücklich sein.«

Davids verstand die Verzweiflung seines Kollegen nicht. Aber er hatte von diesem Kommissar gehört, daß ihn schon kleinste Widersprüche aus der Bahn werfen konnten. Einmal gab es einen Mord an einer hübschen Frau, die stets ohne Büstenhalter gesehen worden war, nur als Leiche trug sie einen BH. Diesen Widerspruch hatte Schmückel nicht aufklären können, obwohl der Mörder gefaßt und verurteilt wurde. Er konnte sich Jahre später noch darüber aufregen.

»Was heißt hier zwei Hände, Davids? Ich habe jetzt drei.«

»Wie bitte?«

»Es sind drei Hände. Die anderen beiden liegen säuberlich in der Gerichtsmedizin. Passen zur Leiche, haben die gesagt. Und, weil alle Welt glaubte, mir fehlt eine Hand, krieg' ich dieses Stück hier auf den Tisch geknallt. Die wissen nicht, was sie mir damit antun.«

Joe Davids wußte nicht, wen Schmückel damit meinte, aber er war wieder unsicher geworden, ob er in diese Verzweiflung hinein etwas von seinen Erkenntnissen mitteilen sollte. Immerhin würde das Bild dadurch nicht klarer.

KHK Schmückel strich um seinen Schreibtisch, immer den Blick auf die Hand gerichtet. »Am liebsten würde ich sie Lang ins Büro legen, damit er jemand anderen beauftragt. Ich will diese Hand nicht.«

Davids sagte: »Die zwei Verdächtigen, wo kommen die denn her? Auch Chinesen?«

Er hatte vorsichtig gefragt, leise.

»Was interessiert Sie das eigentlich?« zischte Schmükkel, »Sie kommen hierher und stecken die Nase in meinen Fall...«

»Ich wollte ja nur, ich meine...«

»Was wollten Sie?« Schmückel war erregt. »Kontrollieren Sie mich?«

Joe Davids wehrte ab.

Sie standen an einem Aprilnachmittag im Büro und stritten wie zwei Oberschüler, die sich gegenseitig des Rauchens bezichtigten.

Joe Davids räusperte sich, dann sagte er: »Haben Sie schon einmal daran gedacht, daß dies alles, ich meine, der Brand, die Leiche, die Hände...«

»Drei, es sind drei Hände«, stöhnte Schmückel.

»Daß das alles mit einer Art Mafia zu tun haben könnte. Ich meine, wenn man das so sieht...«

»Kollege Davids«, jetzt stand Schmückel vor ihm, seine Nasenflügel bebten, »wenn Sie mich verulken wollen, dann machen Sie das woanders, ich kann heute solchen Quatsch nicht auch noch anhören. Raus.«

Davids war verwirrt.

Er hatte helfen wollen oder auch sein Gewissen erleichtern, denn schließlich hatte er einiges entdeckt und bisher verschwiegen, aber sein Kollege wollte von alledem nichts wissen.

Er drehte sich um.

»Und passen Sie auf, daß ich Ihnen nicht auch noch eine Abmahnung reinhänge, wegen Kollegenbeleidigung oder sonstwas.«

Schmückels Stimme überschlug sich.

Als Davids vor der Tür stand, wußte er, warum Schmückel sich so aufgeregt hatte, aber das mußte er für sich behalten.

In der oberen Rathaushalle waren knapp hundert Besucher und das, obwohl die Veranstaltung mit Landeskriminalrat Dr. Schaf in zehn Minuten beginnen sollte.

Die Flugblattverteiler waren von den Ordnern angewiesen worden, sich außerhalb des Saales aufzuhalten.

Unter der Überschrift: ›Wer sind die Mörder?‹ bezog sich der Text des Flugblattes auf den Slogan, den der Landeskriminalrat werbewirksam hatte verbreiten lassen.

»Das ist keine Ursachenforschung, warum Jugendliche Rauschgift nehmen, sondern die Errichtung eines Feindbildes, das ist Strafe statt Therapie, das ist Vergeltung statt Hilfe.«

Die Besucher, die auf den Redner warteten, lasen das

Flugblatt, was den Verfassern eine gewisse Genugtuung verschaffte.

Die junge Frau, die in der Drogenberatung tätig war, sah gelegentlich in den schlecht gefüllten Saal. Sie trug Jeans und Bluse, ihre spitzen Stiefel waren aus einem Western-Shop.

Mit einem Pulk von Beamten kam der Landeskriminalrat herangestürmt, er sah die Flugblattverteiler und ordnete an, daß man sie auf der Stelle entferne.

»Das ist meine Veranstaltung, verschwinden Sie.«

Die Beamten griffen nicht gleich ein.

»Ich bin hier Hausherr, los, oder ich lasse Sie verhaften.«

Die junge Frau kicherte: »Auch Hausherren müssen ungebetene Gäste dulden, das ist unser Rathaus, Herr Schaf.«

Der Landeskriminalrat, dessen Gesicht ein kräftiger Schmiß zierte, kam an die Frau heran: »Wenn Sie nicht sogleich hier die Mücke machen, dann setzt es was. Sie sind nicht die erste Frau, mit der ich mich prügele. Das kann ich Ihnen sagen.«

Jetzt griffen die Polizeibeamten zu, rissen den beiden Flugblattverteilern die Zettel aus der Hand. Auf dem Marmorboden entstand eine Papierflut. Sie drehten ihnen die Arme um. Die junge Frau schrie auf.

Sofort entstand Unruhe im Saal.

Die Demonstranten wurden abgeführt.

Schnell zog der Landeskriminalrat die schwere Holztür hinter sich zu. Er beruhigte die Anwesenden, entschuldigte sich für die Verspätung und die kleine Turbulenz.

Zehn Minuten später war Dr. Schaf in seinem Element:

»Wir brauchen positive Leitbilder. Leute, die mit Fantasie, Fleiß und Tatkraft an ihre Arbeit gehen, haben in unserem Land immer noch unbegrenzte Möglichkeiten. Wir müssen dafür sorgen, daß unsere Jugendlichen zu uns aufblicken und sagen: Ja, wir wollen etwas leisten.«

Die großen Schiffsmodelle, die unter der getäfelten Decke der Rathaushalle hingen, schaukelten ein wenig.

Das Licht von hellen Strahlern blendete.

»Wir wollen jetzt die Eltern dazu bringen, gegen die gefährlichen Dealer, die als Kinderverführer an den Rand der Jugendkultur gehören, aufzustehen und sich gegen sie zu wehren. Dealer, meine Damen und Herren, sind Mörder.«

Beifall setzte ein.

»Wenn Sie Fragen haben, bitte sehr.«

Der Landeskriminalrat strich über seinen grauglänzenden Anzug, fuhr dann mit beiden Händen durch das volle Haar.

Ein Mann stand auf: »Meine Tochter ist seit mehr als zehn Jahren abhängig, wir haben alles versucht, aber bislang keinen Erfolg gehabt. Wenn wir jedoch mit der Polizei zusammenarbeiten sollen, dann geht das letzte Vertrauen unserer Tochter auch noch verloren.«

Eine Frau rief: »Irgendwo müssen wir anfangen. Ich will nicht, daß mein Sohn unter die Räder kommt.«

Die Stimmen wurden lauter.

Ganz ungewohnt in diesen sonst so gediegenen Räumen, in denen Kapitänsruhe und Kaufmannsordnung herrschten.

Dr. Schaf machte sich Notizen. Er sah ganz geschäftig aus. Die Beamten, die mit ihm erschienen waren, standen um ihn herum, als brauchte er eine Leibwache.

9

Joe Davids strich mit seinem rechten Zeigefinger über die Rückgratlinie, ganz vorsichtig, langsam, bis zu den gestrafften Pobacken.

Xiao Chen summte eine Melodie. Nur drei Töne.

Die Beleuchtung seines Schlafzimmers war so eingerichtet, daß kein direktes Licht auf das Bett fiel, aber genügend Helligkeit vorhanden war, daß man alles sehen konnte.

»Wir müssen vorsichtig sein«, sagte Davids, fast tonlos, »wenn irgendeiner was erfährt, bin ich dran.«

»Draußen müssen wir vorsichtig sein, hier drin nicht.«

Xiao Chen holte sich eine Zigarette.

Er rauchte in hastigen Zügen.

Davids hatte den ganzen Abend im ›Peking‹ gesessen und gewartet. Er konnte nichts essen. Mußte mit seinem Freund reden. Die Hand ging ihm nicht aus dem Kopf. Wie häßlich sie in dem Schuhkarton gelegen hatte, unansehnlich und verschrumpelt. Wenn Schmückel nicht so abweisend gewesen wäre...

»Woran denkste du?« Xiao Chen fuhr mit seiner Hand durch Davids' Haarschopf, der in diesem Jahr wieder länger gewachsen war.

»Hab' keine Lust, drüber zu reden!«

Sie waren erst weit nach Mitternacht in die Wohnung des Chinesen gekommen, weil zwei Gäste den Nachhauseweg nicht fanden, sie aßen und tranken und wurden immer lauter, und da der kleine Chen niemals Gäste hinauswarf, mußten sie warten. Davids trank Mineralwasser. In der Wohnung hatten sie sich ausführlich verwöhnt, miteinander geschlafen und wenig geredet.

Jetzt war es kurz nach drei. Bald würde es hell werden, und Davids mußte in den Dienst.

»Iche weiß, daß du an die Sache denkst mit der Hand, aber du haste nichts gesagt, oder?«

Davids schüttelte den Kopf. »Aber ich muß bald was sagen, Xiao Chen, ich bin bei der Kripo. Das kann mich meinen Job kosten.«

Davids hatte sich daran erinnert, während er im ›Peking‹ auf das Ende des Abends wartete, was mit Lindow geschehen war, damals, als er sich gegen die Kollegen stellte. Es gab nichts Schlimmeres. Er hatte all die Jahre vermieden, zum Außenseiter zu werden, hatte sich immer in der Norm gehalten, versteckt, wollte nur nicht auffallen. Schon der Besuch bei Schmückel konnte ihm gefährlich werden. Sollte jemand herauskriegen, daß er mehr über diese China-Sache wußte, dann würde er den Dienst quittieren müssen.

Xiao Chen küßte ihn.

»Iche brauche zwei Wochen, Joe. Gib mir zwei Wochen. Klar. Das sollte für einen Vorsprung reichen. Sagte ihr doch, Vorsprung, oder?«

»Und was willst du in zwei Wochen machen?«

»Iche will alles auflösen, iche muß verschwinden für einige Zeit, anders geht es nicht mehr.«

»Aber warum?«

»Die werden mich umbringen, genau wie den Besitzer vom ›Nanking‹. Das weiße iche.«

Joe Davids setzte sich auf.

Ihn störte der Zigarettenrauch nicht mehr.

Er sah, wie sein Glied erschlafft zwischen den Beinen lag, leicht gerötet.

»Hast du Angst vor Ah San Chan?«

Xiao Chen rückte von ihm weg.

»Woher kennste du den Namen?«

Er flüsterte.

Joe Davids erzählte ihm von der nächtlichen Verfolgungsfahrt, Fahrrad gegen Auto, und wie er wenigstens einem von den drei Chinesen auf die Spur gekommen war.

»Du darfste den Namen nicht erwähnen, Joe. Bitte. Die machen diche alle!

Davids lachte.

»Bevor mich jemand abknipst, muß er...«

Draußen knackte irgendwas, er unterbrach sich.

Die Wohnung von Xiao Chen lag im Souterrain eines großen Hauses. Zwar waren die Vorhänge aus schwerem Samt und ließen kein Licht durch, aber sie würden sich verraten haben, wenn ihnen jemand auflauerte. Davids stand auf, machte ein Zeichen, daß Xiao Chen das Licht löschte.

Er schob den Vorhang zur Seite. Faßte sich gut an, der Samt. Auf der anderen Straßenseite stand der Wagen Chens, es war niemand zu sehen.

Sie sprachen im Dunkeln weiter.

Eng aneinandergeschmiegt.

»Zwei Wochen, bitte«, wiederholte Xiao Chen, »iche muß einen Vorsprung haben.«

Davids versuchte einige Male herauszubringen, wovor sein Freund eigentlich Angst hatte, aber er stieß gegen eine Wand. Immerhin zahlte der Besitzer des ›Peking‹ an die Triade und war auch bereit, weiter zu zahlen, daher konnte seine Vorsicht nicht kommen.

Davids spürte, wie der kleine Chen zitterte, spürte, wie die Haut sich zusammenzog, wie der Körper erstarrte.

Der Chinese stand auf und holte etwas zu trinken. Er kam mit einer Flasche und zwei Gläsern wieder.

»Mao Tai, das Beste, was es gibt.«

Sie tranken.

Davids hatte so einen Schnaps noch nicht probiert, er

brannte scharf, roch nach Sprit und verflog im Rachen. Als bekomme man Flügel. Den ganzen Abend war er nüchtern geblieben, wollte nicht wieder im Büro mit einer nächtlichen Ausdünstung erscheinen, aber dieser Schnaps forderte den nächsten.

Auch Xiao Chen trank noch einen.

»Den kriegste du hier nicht, leider. Immer wenn iche mir selbst etwas Gutes tun will, dann trinke iche einen.«

»Wo bist du eigentlich gewesen?« fragte Davids ganz unvermittelt. »Mao Tai kaufen warst du doch nicht?«

Xiao Chen lächelte, ohne das Gesicht zu verziehen.

»Iche mußte was erledigen.«

Joe Davids gefiel diese Antwort nicht. Er sagte es auch. Sie lagen nackt nebeneinander, und er vertrug keine Lügen. Nicht jetzt, nicht bei all dem, was er für seinen Freund in Kauf nahm.

»Iche war in Holland. Mußte hinfahren.«

»Und was hast du da gemacht?« Davids insistierte. Der Mao Tai machte ihn heftig.

»Gesprochen.«

»Mit wem?«

»Mit jemand aus der Triade.«

»Und warum sagst du mir das nicht?«

Xiao Chen schenkte nach.

»Trinken wir.«

Joe Davids stürzte sein Glas hinunter. Wie flüchtiges Feuer, ein kurzer Brand und ein Sturm.

»Xiao Chen, damit du weißt, warum ich frage«, Davids stellte sein Glas ab und nahm den Kopf seines Freundes an die Schulter, strich ihm über Augen und Lippen, »ich will dich nicht verraten, bestimmt. Ich halte die Klappe, wenn du willst, sollen die allein drauf kommen. Aber, ich muß wissen, woran ich bin. Verstehst du? Ich vertraue dir, du vertraust mir.«

Xiao Chen nickte.

Seine Hand umschloß das Glied seines Freundes.

»Iche habe alles gesagt.«

»Worüber habt ihr gesprochen, in Holland?«

Davids spürte, wie sich sein Geschlecht regte. Der wunderbare Schnaps, die wunderbare Hand, der Geruch des Haares und der Lust, er wehrte sich dagegen, wollte nicht aufhören zu fragen. Und dabei war ihm bewußt, daß er seinen Freund angelogen hatte, denn von seinem zweiten Besuch bei Schmückel sagte er nichts.

»Über Geld, Joe. Es gehte immer über Geld.«

»Aber du zahlst doch?«

»Ja, ich zahle auch weiterhin. Will meine Ruhe haben. Aber die Triade ist unersättlich, sagt ihr doch, oder?«

Davids war im Zweifel.

Sein Glied stand aufgerichtet, bereit, angespannt, Xiao Chen war ebenfalls bereit.

Sie tobten.

Stießen gegeneinander und ineinander. Lachten.

Berührten sich sanft und hart, ließen sich fallen und kamen mit heftigen Stößen.

»Mao Tai«, sagte Xiao Chen, als sie ermattet nebeneinander lagen, »das Beste, was es gibt.«

Davids stöhnte auf.

Er wußte, daß seine Fragen nicht beantwortet waren.

In seinem Kopf war diese helle Leere, als sei alles erleuchtet, luftig, gelöst, er sank immer schneller.

Kurz darauf war er eingeschlafen.

Als er vier Stunden später aufwachte, saß Xiao Chen mit angewinkelten Beinen im Bett: »Bitte, paß auch diche auf, Joe! Es ist wirklich gefährliche.«

Die Belegschaftsversammlung der ›Weser-Nachrichten‹ fand an diesem Morgen im Gewerkschaftshaus statt.

Die Zeitung war nicht erschienen, die Techniker waren in den Ausstand getreten.

Klaus Grünenberg hatte nach einem rauschenden Zug durch die Gemeinde, den er mit seinem früheren Chef und jetzigen Amtsvorgänger Bollmann durchführte, sein morgendliches Frühstück, zwei Kaffee und zwei Aspirin, zu sich genommen, aber war verwundert, daß der Bote die Zeitung nicht brachte.

Wie schon Jahre zuvor blieben die Maschinen still, denn die Verlagsleitung hatte mal wieder versucht, am Lohn zu sparen. Die innerbetrieblichen Zulagen für die Techniker waren stillschweigend gestrichen worden. Die Kollegen merkten es erst am Lohnstreifen. Da blieb das Zeitungspapier weiß.

»Wenn der Verleger glaubt, er könne uns auseinanderdividieren, dann hat er sich geirrt, aber gründlich.« Monika Trödel stand am Mikrofon, sie reichte kaum über das Pult, aber ihre Stimme erfüllte den vollbesetzten Raum. »Der müßte doch wissen, mit wem er es zu tun hat.« Sie spielte auf den dreiwöchigen Streik bei den ›Weser-Nachrichten‹ an, der im Jahre 1977 die Hansestadt überrascht hatte. Damals, im längsten Zeitungsstreik der Republik, hatte die Belegschaft zwar nicht gesiegt, aber sie hatte bewiesen, was es heißt zusammenzustehen.

Klaus Grünenberg war damals einer der Wortführer aus der Redaktion gewesen. Jetzt saß er müde und mit verpfriemeltem Kopf an dem langen Tisch. Er wollte nicht reden, obwohl seine Kollegen ihn dazu aufforderten. »Ich bin noch nicht gewaschen«, sagte er.

Die anderen wußten Bescheid.

»Auf jeden Fall steht der Vertrieb, und die Anzeigen stehen auch – hinter Euch, Kolleginnen und Kollegen. Das reicht, um dem Verleger zu zeigen, wer die Zeitung eigentlich macht. Ich danke Euch.«

Monika Trödel, die freigestellte Betriebsrätin war, verließ das Pult. Die Kollegen klopften auf die Tische.

Grünenberg überlegte, wie sie es vor drei Jahren geschafft hattten, die Öffentlichkeit trotzdem zu informieren.

Er sah sich um.

Am hinteren Ende des Saales saßen Klaus und Beate vom ›Stadtblatt‹, der alternativen Monatszeitung.

Grünenberg erhob sich, zwängte sich durch die Reihen und winkte den beiden zu.

Sie trafen sich vor der Tür.

»Meint ihr, ihr könntet was machen?« fragte er, nachdem sie sich begrüßt hatten.

»Ist eine Kostenfrage, wir stecken mal wieder bis zum Hals in roten Zahlen«, antwortete Klaus, dessen dicke Brille auf der Nase leicht verrutscht war.

»Können wir drüber reden«, sagte Grünenberg, der einen Schmerz im Hinterkopf spürte.

»Wie lange wird der Streik diesmal dauern?« Beate griente, ihr schwarzer Lockenkopf wippte hin und her.

»Keine Ahnung, bin selbst überrascht worden, aber so wie ich den Verleger kenne, kann es noch ein paar Tage gehen. Wir müßten am besten heute nacht gleich anfangen. Ich bin bereit und ihr?«

Klaus nickte. Kein Problem, dazu sei schließlich das ›Stadtblatt‹ da und damals, während des wochenlangen Streiks, sei sowieso die beste Zeit für ihn und die Redaktion gewesen. Klaus bekam vor drei Jahren von der Belegschaft eine Urkunde überreicht, als Drucker ehrenhalber, und er wurde auf einer Belegschaftsfeier auch zum Gesellen gegautscht und dabei in voller Montur in eine kalte Badewanne gestürzt.

»Wann treffen wir uns?«

Sie verabredeten eine Zeit.

Grünenberg ging an seinen Platz zurück.

Jetzt war er klar genug im Kopf, um auch ans Rednerpult zu treten.

Er meldete sich.

Drei Stunden später, als er das Verlagshaus betrat, kam der Portier aufgeregt an: »Wo sind Sie denn, Herr Grünenberg, der Verlagsleiter läßt Sie schon suchen? Ist es gestern wieder spät geworden?«

Offenbar wußte der ganze Verlag, wenn Grünenberg und Bollmann ihren Kneipengang machten, ihm war das gar nicht recht. Obwohl sie wieder eine Menge Spaß hatten. Das einzige Thema wie immer: die Kollegen. Was dieser wieder fabriziert hatte, jener vermasselt, was diese nun mit jenem anfing, warum jener sich so lange in der Redaktion aufhielt, und wie schön alles früher war. Bollmann hatte beim Streik 1977 nicht auf der Seite der Streikenden gestanden, sondern war brav drei Wochen lang ins Verlagshaus gegangen, obwohl es nichts zu tun gab.

Im obersten Stock angekommen, nahm die Sekretärin Grünenberg in Empfang: »Achtung, der ist geladen. Eine falsche Bemerkung und ...«

Sie öffnete die Tür zum vornehmen Büro und meldete den Lokalchef an.

»Wo bleiben Sie denn, Grünenberg? Das ist ja nicht zum Aushalten, der Verleger will seine Leute bei sich haben, wir müssen uns beraten, und Sie schlafen Ihren Rausch aus.«

Der Verlagsleiter stand hinter seinem leeren Schreibtisch, die Finger aufgestützt.

»Jetzt gleich?« fragte Grünenberg.

»Was denken Sie? Sie sind der letzte.«

Er drückte den Knopf der Sprechanlage. Gab der Sekretärin Bescheid, daß sie nun vollzählig seien, um zum

Verleger zu gehen, sie solle den anderen Abteilungsleitern Mitteilung machen.

Auf dem Gang, der mit den vergilbten Fotos früherer Verlagsleiter dekoriert war, wurde Grünenberg gefragt, wie lange dieser Streik wohl dauern würde. »Sie müssen sich umhören, Grünenberg, wirklich, Sie haben doch einen guten Draht zu diesen Spinnern von der Technik, wir müssen das wissen. Der Verleger will diesmal hart bleiben.«

Er ist auch beim letzten Streik hart geblieben, dachte Grünenberg, die paar Prozente, die ihm abgetrotzt wurden, waren nicht der Rede wert. Aber er sagte nichts.

»Endlich, da sind Sie ja.« Der Verleger wies den beiden Herren ihren Platz an. Der Verlagsleiter stellte Grünenberg vor.

Der Verleger ließ sich den Namen zweimal sagen, er hatten offenbar noch nichts von diesem Mitarbeiter gehört.

Klaus Grünenberg fragte sich, wie lange er dieses Doppelspiel aushalten würde.

Pressesprecher Harms war mit seinem Text zufrieden, nur das Foto gefiel ihm gar nicht. Einfach Licht drauf und abfotografiert. So eine Hand erforderte Lichtgestaltung, aber jetzt war es zu spät. Die Meldung mußte raus.

WER HAT DIESE HAND GESEHEN?

Am gestrigen Montag ging bei der Polizei anonym ein Schuhkarton ein, in dem die oben abgebildete Hand lag. Diese Hand, die keine besonderen Merkmale aufweist, muß vor wenigen Tagen noch ›lebendig‹ gewesen sein. Der Schuhkarton stammt nachweislich aus einem der hiesigen Kaufhäuser. Wer hat diese Hand gesehen? Sachdienliche Hinweise, die auf Wunsch auch vertraulich behandelt werden, nimmt jede polizeiliche Dienststelle entgegen.

gez. Harms, Polizeipressesprecher

Harms hatte überlegt, ob er schreiben solle, wem eine solche Hand fehle, aber das wäre eine Stilblüte gewesen, die er glücklicherweise rechtzeitig bemerkte. Dabei war es die beste Frage, die man stellen konnte.

Er rief seine Sekretärin herein.

»Vervielfältigen und an die Presse geben.«

»Die streiken«, sagte die Sekretärin knapp.

»Was?«

Mit einem Mal wurde Harms aufgeregt.

»Wieso?«

»Keine Ahnung. Haben Sie das noch nicht bemerkt. Heute war keine Zeitung da.«

Die Sekretärin kaute auf den Lippen.

»Ach, richtig«, Harms tat so, als sei er nicht überrascht. »Dann kriegen es die anderen und das Fernsehen nicht vergessen.«

Ihm fiel Michael Adler ein, der Moderator beim regionalen Fernsehmagazin war. Dem mußte er noch eine Lektion erteilen.

Als die Sekretärin zum Kopierer gegangen war, vertiefte sich Harms wieder in die wunderbare Rede des Polizeipräsidenten. Sie war viel zu lang. Er mußte mindestens eine halbe Stunde herauskürzen. Wenn Mantz doch wenigstens die einfachsten Regeln der Zeichensetzung beherrschen würde, dachte der Pressesprecher.

10

Flammersfeld schmunzelte. Das waren die schönsten Versicherungsfälle, die so einfach zu lösen waren. Der schwergewichtige Besitzer des ›Gelben Drachen‹ trat von einem Bein aufs andere. Er stand in seinem Morgenmantel auf der Straße, es schien ihm nichts auszumachen, von Passanten gesehen zu werden.

Immerhin zierte ein gesticktes Ungeheuer die schwarze Seide.

»Also gut, Scheibe kaputt. Alles?«

Der Versicherungsvertreter machte sich Notizen.

»Nein, nicht alles. Im Schaufenstel standen zwei Figulen. Weltvoll, sehl weltvoll.«

»Was stand da?«

»Figulen.«

»Aha«, sagte Flammersfeld, der nicht kapierte, worum es ging.

»Sehl teuel.«

Der Besitzer nickte ein paarmal mit dem Kopf zur Bestätigung.

Flammersfeld war am Morgen verständigt worden: Eingeschlagene Fensterscheiben im ›Gelben Drachen‹. Eigentlich nichts Aufregendes, er hätte die Schadensmeldung herausgeschickt und sich nicht weiter darum kümmern müssen. Aber von der Zentrale kam der Hinweis, sofort Kontakt aufzunehmen, das sei schon der zweite Fall, der ein China-Lokal betreffe, man habe keine Lust, daß die sich jetzt auf Versicherungskosten sanieren. Und so hatte sich Flammersfeld in Bewegung gesetzt.

»Das walen zwei Holzfigulen mit dem God-of-Longlivity, sehl teuel. Die standen dilekt hintel del Scheibe. Die haben die Läubel mitgenommen.«

In diesem Augenblick traf die Kripo ein.

Kommissar Ritter entstieg seinem Volkswagen und begab sich zum Tatort. Er stellte sich mit Titel und Namen vor, vergewisserte sich, daß er am richtigen Platz eingetroffen war, und sagte dann: »So, wo brennets jetzt?«

Der Chinese sah den Polizisten verdutzt an.

»I moin, was ischt vorgefalle?«

Der Versicherungsvertreter erklärte die Lage.

»Und wer isses gwä?«

Da mußte selbst Flammersfeld passen und fragte zurück.

Kommissar Ritter, der vom Raubdezernat kam, hatte selten Lust, seine schwäbische Heimatsprache aufzugeben, sollten doch diese Nordlichter mal ihre Ohren waschen. Daß der Chinese ihn nicht verstand, das konnte er ja noch begreifen.

»Haben Sie denn eine Ahnung, wer es gewesen sein könnte, eventuell?« Er bemühte sich um langsames Hochdeutsch.

»Nein, keine Ahnung«, sagte der Chinese, der zum erstenmal etwas kapiert hatte, »ich bin heute molgen aus meinem Bett, und da habe ich die Beschelung gesehen.«

»Ist etwas abhanden gekommen?«

Wieder griff der Versicherungsvertreter ein, wollte nicht soviel Zeit vergeuden, es seien wohl zwei Figuren gestohlen worden.

»God-of-Longlivity«, ergänzte der dicke Chinese, auf dessen Oberlippenbärtchen Schweißperlen glänzten.

»Was is nu des?«

Der Chinese erklärte, daß es um die Langlebigkeit gehe und daß diese beiden Figuren für ihn sehr wichtig seien, er habe auch ein Foto von ihnen. Ritter forderte ihn auf, das Foto zu holen.

Als der Besitzer des ›Gelben Drachen‹ in seinem Morgenmantel davongerauscht war, sagte Flammersfeld: »Versicherungsbetrug, ganz eindeutig.«

»Da wär i net so sicher, gell. – Verstehen Sie den Mann eigentlich, i moin so von der Aussprach her...«

Flammersfeld schüttelte den Kopf: »Aber Sie verstehe ich ja auch nicht.«

Der Besitzer kam zurück und präsentierte die Fotos.

»Schö, ganz wunderschö«, sagte Ritter und gab die Bilder weiter, »da garantier i Ihne, des mir des Gelumps wiederfinde täte, sobald die auftauche zum Verkauf.«

Der Chinese nickte eilfertig.

»Aber noch mal gefragt, Sie haben keine Vorstellung, wer hier eingebrochen sein könnte. Keinen Verdacht?«

»Nein, ganz bestimmt nicht. Ich bin völlig übellascht.«

Ritter wandte sich zum Gehen, gab seinem Kollegen, der im Wagen sitzen geblieben war, das Zeichen zum Starten des Motors.

»Also, nix Gewießes woiß mer net.«

Fritz Pinneberger war zum Fan geworden.

Von einem Tag auf den anderen. Was diese Computer alles leisten konnten, überzeugte ihn.

In der zweiten Woche des Seminars in Siegen hatten die praktischen Übungen begonnen.

Jeder Polizist bekam ein Gerät, angeschlossen an die zentralen Terminals, und wurde darin unterwiesen, wie man damit Personen- und Sachdaten abrufen konnte. Wie in Windeseile ganze Karteien durchgeblättert werden konnten, was früher im Deutschen Fahndungsbuch Stunden gedauert hatte.

Überhaupt die ›alte Zeit‹, wie man in Siegen die Jahre vor der Einführung der EDV schlicht nannte: Achtzig Kriminaldienststellen sowie das BKA hatten eine Fahndungskartei, die Ausschreibungsanträge gingen von den örtlichen Dienststellen über die Landeskriminalämter an das BKA. Auf dem Postweg wurde diese Kartei täglich aktualisiert. Dienststellen ohne Kartei waren auf das monatlich für Festnahmen und vierteljährlich für Aufenthaltsgenehmigungen erscheinende Deutsche Fahndungsbuch angewiesen. Meistens hinkten die Karteien zwei bis drei Wochen der Wirklichkeit hinterher. Gegen Verbrecher, die sich über alle Grenzen hinweg verständigen konnten, gegen organisierte Kriminalität, wie sie in diesen Jahren in Mode kam, waren diese Hilfsmittel nicht ausreichend. Jetzt waren zweitausend Dienststellen direkt an den Rechner angeschlossen, nur die Hansestadt verfügte noch nicht über einen landeseigenen Rechner. Da wollte Pinneberger einen Vorstoß machen.

Wie leicht der Umgang mit diesen Geräten war, hätte er nie gedacht. Am meisten war er jedoch von der Geschwindigkeit beeindruckt. Wenn erst mal alle Streifenwagen und überhaupt alle Polizeifahrzeuge mit einem Anschluß versorgt waren, dann konnte die Arbeit vor Ort wesentlich erleichtert werden.

»Meine Herren«, und es waren nur Herren, die diesen Schulungskurs besuchten, »es ist ja nicht so, daß wir nun sagen, diese neue Technik ist das Nonplusultra im Kriminalistenleben. Die EDV ist ein Hilfsmittel, ein fantastisches Hilfsmittel, aber selbstverständlich sind wir in der täglichen Arbeit weiterhin auf Ihren Spürsinn angewiesen, Ihre kriminalistische Erfahrung«, der Redner aus Wiesbaden sprach das Wort so aus, daß es wie ›kriminallistig‹ klang, »Ihre Routine wird weiterhin an erster Stelle stehen.«

Das hatte Pinneberger gefallen, daß sie nicht überflüssig werden sollten, weil ein Computer ihre Aufgaben übernahm. Und auch gefallen hatte ihm, daß ein Vertreter des Datenschutzes auftrat und ausreden durfte. Damit hatte er nun überhaupt nicht gerechnet. Denn die waren ja gerade die großen Gegner der EDV. Aber die Schulungsleitung lud den obersten Datenschützer ein, und alle durften mit ihm diskutieren.

»Wir sind nicht gegen den Computer, sondern für eine genaue Regelung, was mit den Daten angefangen werden darf.«

Die Kommissare wandten ein, daß alles erlaubt sein müsse, wenn es darum gehe Verbrechen zu verhindern. Der Datenschützer war da anderer Meinung.

Pinneberger war unsicher, hielt sich aus der Diskussion heraus. Insgeheim hoffte er, daß sie nach dieser Arbeitssitzung wieder an die Geräte gingen, um weitere Möglichkeiten zu erproben. Wenn erst einmal die Kartei für die Fingerabdrücke stand, der rechnergestützte Handschriften- und sogar Stimmenvergleich, die neue Auflösung von Bildern und Identiy Kits, wenn das alles zur Verfügung stand, dann würden die Aufklärungsquoten gewaltig in die Höhe schnellen. Da war Pinneberger sich sicher.

Am letzten Tag kam der Chef des BKA und beglückwünschte seine Kollegen zum Erfolg des Seminars. »Ich habe gehört, daß Sie viel Spaß hatten und daß auch sehr viel gelernt worden ist. Wir müssen die Elektronisierung jetzt in die Breite ausbauen, um die Zeitvorteile vor Ort zu nützen, wir müssen Möglichkeiten schaffen, mit anderen Karteien abzustimmen und auszuwerten, das heißt, unsere Rasterfahndung zu vervollständigen, wir müssen dafür sorgen, daß INPOL nicht nur das Informationssystem des BKA bleibt, sondern in Zusammenarbeit mit den Ländern weiter wächst, daß wir auch international bestehen können und mit Interpol in elektronischer Verbindung stehen. Dies war eine erste Zusammenfassung. Ich hoffe, daß Sie zu Hause in Ihren Dienststellen begeistert von unserer Schulung erzählen, denn nur wenn die Kollegen den Sinn der EDV einsehen und auch damit gerne arbeiten, wird unser Bemühen Erfolg haben.«

Fritz Pinneberger klatschte Beifall. Er hätte nicht gedacht, daß es nach dem langweiligen Anfang noch so interessant wurde.

Am Nachmittag ging es zu dem angekündigten Brauereibesuch. Pinneberger soff sich selig. Irgendwann vor dem letzten frisch Gezapften fiel ihm ein, daß er zum Wochenbeginn wieder im Dienst sein mußte, anstatt mit Marianne nach Italien zu fahren. Das vermieste ihm ein wenig die gute Laune.

Joe Davids hatte ein flaues Gefühl im Magen, als er durch die Gänge des Polizeipräsidiums ging. Er wußte, daß der Fall Scholz nicht um einen Deut weiter aufgeklärt war, daß er die ganze Woche lauter Dinge in Erfahrung gebracht hatte, von denen er schweigen mußte, und er kannte den Kriminaldirektor Lang, der gerne mit Ergebnissen brillierte. Als Davids die knappe Mitteilung auf seinem Schreibtisch fand, wußte er, daß er sich bei Lang eine Zigarre abholen mußte.

Das hatte der neue Kriminaldirektor von seinem Vorgänger gelernt, immer die einzelnen Kollegen zum persönlichen Gespräch bitten, um sie dann an die Kandare zu nehmen, niemals in der gemeinsamen Morgenbesprechung Rügen verteilen, das schaffte nur böses Blut.

Joe Davids war noch nicht so lange Oberkommissar, daß er die Ruhe hatte, sich mit seinem Vorgesetzten zu streiten, er würde einstecken müssen. Er versuchte sich auf dem Gang damit abzufinden. Soll er mich doch fertigmachen, dachte er, das vergeht auch wieder. Immerhin war ab morgen Wochenende, und da konnte er endlich mal ausschlafen. Er hatte es dringend nötig.

Die Mitteilung, daß im ›Gelben Drachen‹ ein Einbruch geschehen war, nahm er als Beweis, wie die Triade sich in der Hansestadt Respekt zu schaffen versuchte.

»Kommen Sie nur herein, Kollege Davids«, die Stimme von Lang schnarrte ein wenig.

Dann stand er vor dem grauen Anzug mit der grünlichen Fliege, sein Gesicht war heute eher blaß.

»Ich weiß, ich habe Sie kurz vor Feierabend bestellt, aber an mir soll es nicht liegen, Sie können pünktlich nach Hause.«

An mir auch nicht, dachte Davids und setzte sich auf den grünen Plastikpolsterstuhl.

»Es ist eine unangenehme Sache, und ich hoffe, Sie verstehen mich nicht falsch, aber ich muß einige Tatsachen aussprechen.«

Joe Davids sah aus dem Fenster in die Wallanlagen. Der Frühling hatte sich mal wieder verspätet, aber wenigstens blühten ein paar Bäume, und es konnte sogar sein, daß das Wochenende mal nicht verregnet war. Er würde in den Bürgerpark fahren, um dort ein paar Runden zu joggen. Dabei konnte er auch das Gespräch vergessen, um das sich Lang gerade bemühte. »Ich habe eine Unterredung mit dem Kollegen Schmückel gehabt, die mir sehr zu denken gibt.«

Was sieht er mich so penetrant an, dachte Davids, der dem Blick seines Chefs nicht auswich.

»Der Kollege Schmückel ist der Meinung, daß Sie absichtsvoll, möchte ich das mal nennen, immer wieder nachfragen, wie es in der Sache mit dem China-Lokal steht. Verbrannte Leiche, Sie wissen ja, worum es da geht.«

Joe Davids verzog keine Miene. Hatte also der freundliche KHK Schmückel gepetzt. Ausgezeichnet, da wußte er nun auch, woran er war. Und Davids meinte noch, bei seinem letzten Besuch sei Schmückel nur wegen der dritten, ganz überflüssigen Hand, genervt gewesen und hätte sich deswegen so ruppig verhalten. Das war wohl Wunschdenken.

»Wir brauchten auch gar nicht lange zu überlegen, was Ihre Absichten sein könnten.«

Davids klangen die Ohren. Er rückte auf seinem Stuhl.

»Es ist uns seit längerer Zeit bekannt, daß Sie mit einem, ich möchte mal sagen, Ausländer direkt Beziehungen haben...«

»Moment«, unterbrach ihn Davids heftig, »was soll... woher wissen Sie das?«

»Sie geben es also zu, um so besser.« Kriminaldirektor Lang faltete die Hände vor dem Jackett. »Sehen Sie, nicht daß ich persönlich etwas gegen Homosexualität hätte...« Er stoppte seinen Redefluß.

Davids merkte sofort, daß es ein rhetorisches Manöver war. Jetzt nichts erwidern, dachte er, dann läuft er leer, mal sehen, was er noch weiß. Aber der Kriminaldirektor schwieg.

Sie sahen sich an.

Der eine hinter seinem Schreibtisch stehend, Davids angespannt auf dem Verhörstuhl sitzend.

»Ja und?« forderte Davids die Fortsetzung des Gesprächs.

»Ich wollte sagen, es ist Ihre Privatsache, und die Menschen sind verschieden, und jeder...« Er kam ins Stottern.

Red nur weiter, dachte Davids, der jetzt auf stur geschaltet hatte, er merkte, wie er diese Unterredung in die Hand bekam.

»Also, Sie sind homosexuell, das ist uns bekannt. Sie haben eine Beziehung zu Herrn, wie heißt er gleich, Schau Scheng, dem Besitzer des ›Peking‹, und deswegen mischen Sie sich in die Ermittlungen des Kollegen Schmückel ein. Können Sie mir dafür den genauen Grund sagen?«

Davids schwieg.

Der Kriminaldirektor wartete. Seine Finger trommelten auf der Stuhllehne. »Herr Davids, ich muß Sie bitten, das hier ist ein dienstliches Gespräch...«

Davids nickte, sagte aber nichts.

»Dann will ich Ihnen mal auf die Sprünge helfen. Kollege Schmückel sagte, Sie hätten etwas von Mafia gefaselt. Heißt das, daß Sie aufgrund Ihrer Beziehung zu Herrn Schau Scheng Hinweise besitzen, die Sie uns vorenthalten?«

Joe Davids schlug ein Bein über das andere. »Ich habe versucht, aufgrund der Tatsache, daß die Hände der Leiche abgehackt wurden, eine Überlegung anzustellen.«

»Mehr war das nicht, Herr Davids? Ich frage Sie ganz ernsthaft.«

»Nein«, log Davids. Er spürte, wie die Anspannung stieg. Wenn er jetzt etwas zugeben würde, dann mußte er die Dienststelle wechseln.

»Gut, ich will Ihnen das so abnehmen. Aber damit Sie auch Bescheid wissen, warum ich Sie nicht mit der Aufklärung der chinesischen Leiche betraut habe, obwohl Sie sich darum bemüht haben. Uns ist Ihre Beziehung zu Herrn Scheng bekannt, und ich wollte nicht, daß es da falsche Rücksichten gibt, verstehen Sie? So was kann ja vorkommen.«

Joe Davids platzte heraus: »Also werden meine Privatangelegenheiten hier schon öffentlich diskutiert, was?«

Lang spitzte den Mund. »Von mir erfährt keiner was.«

»Aber mit Schmückel haben Sie darüber gehechelt.«

Davids stand auf, wollte auf gleicher Augenhöhe sein, wenn sie sich duellierten.

»Was soll das, Davids? Ich habe nichts gegen Homosexuelle, hab' ich schon gesagt, aber Sie müssen auch meine Verantwortung verstehen. Wenn ich Sie da in Schwierigkeiten bringe, kann das die Aufklärung eines Mordfalles behindern.«

»Tun Sie doch nicht so formal, Herr Lang, Sie verstekken sich. Sagen Sie ruhig, daß Sie mich abnorm finden, daß es Ihnen lieber wäre, ich hätte Frau und zwei Kinder, ein Reihenhaus in der Neustadt und alle zwei Jahre einen neuen Wagen. Das wär' einfacher mit mir, das meinen Sie doch, was?«

Lang machte ein paar Schritte auf Davids zu.

»Das sehen Sie völlig falsch, Kollege Davids. Das sind Einbildungen, die wohl daher kommen, daß Sie sich so sorgsam darum bemüht haben, nichts über ihr Anderssein preiszugeben. Kann ich sogar verstehen, wirklich. Sie müssen so heftig reagieren, um sich zu schützen. Aber gerade das wollte ich auch, Sie schützen.«

Lang reichte Davids die Hand.

Der Oberkommissar machte keine Anstalten, auf diese Geste einzugehen.

Sie spionieren mir nach, dachte Davids, seine Tarnung war zerissen.

»Ich glaube, es ist alles gesagt. Ich meine, Sie sollten sich am Wochenende in Ruhe überlegen, und ich meine in Ruhe, nicht so aufgeregt wie jetzt, was ich von Ihnen verlange. Selbstverständlich wird nichts aus dieser Unterhaltung in die Akten kommen, obwohl der Kollege Schmückel so etwas Ähnliches gefordert hat.«

Davids schwieg wieder. Der Blick in die Wallanlagen beruhigte ihn nicht mehr. Obwohl die Sonne schien.

»Fertig?« fragte er.

»Schönes Wochenende«, sagte Lang und öffnete die Bürotür.

Zwei Stunden später joggte Davids durch den Bürgerpark. In seinem Kopf war Aufstand. Diese Geier, diese miesen Geier, Spießer allesamt, wie er sie haßte, diese bigotten Arschlöcher, die mit ihrer Sexualität am Ende waren, die ihn verachteten, weil er schwul war, die sich das Maul zerrissen. Wie lange haben die mich schon beobachtet, wie lange wohl?

11

Ah San Chan parkte seinen BMW in einer Nebenstraße, im Parkverbot. Er ging die Gracht entlang, pfiff eine kleine Melodie, in seinem Handkoffer hatte er über dreißigtausend Mark, gebündelt in nicht numerierten Scheinen.

Ein herrlicher Sonntagmorgen in Amsterdam, die Straßen voller lachender Touristen, geschäftiges Treiben auf den Flohmärkten.

Ah San Chan blieb ein paarmal stehen, um sich die Eindrücke gut einzuprägen. Hier würde er auch bald wohnen, wenn er die ›Brücke‹ aufgebaut hatte. Es würde nicht schwer sein, ein prachtvolles Haus an der Keizersgracht zu finden. Eine andere kam für ihn dann nicht mehr in Frage. Er klingelte an der schwarzen Tür.

Als sie geöffnet wurde, machte er das Handzeichen zur Erkennung: den Daumen nach oben, Zeigefinger eingeknickt, Mittel- und Ringfinger ausgestreckt, kleiner Finger eingeknickt. Damit wies er sich als erfolgreicher Offizier aus.

Es war eine breite Treppe, die in den ersten Stock führte. An den Wänden chinesische Seidenmalerei aus der letzten Dynastie, eingefaßt in schwarzes Mahagoniholz.

Ah San Chan wurde vom Chef der Triade freundlich begrüßt.

Sofort stellten zwei Bedienstete Tee und Gebäck auf den kleinen Holztisch, der vor dem niedrigen Lederstuhl stand.

Der Chef der Triade war ein weißbärtiger Mann im dunkelblauen Anzug mit silberner Krawatte, das Gesicht in tausend Falten, die schmalen Augen leicht zugekniffen. Sie sprachen über Geschäfte.

Mit den Händen.

Es fiel nicht ein einziges Wort.

Ah San Chan berichtete, daß rund dreißig Lokale inzwischen an den Ring angeschlossen seien, daß mit Hilfe von einigen Aktionen auch die restlichen Besitzer aufgenommen würden, so daß eine lückenlose Deckung in ein oder zwei Monaten erreicht werden könnte.

Der Chef der Triade strich über seinen Anzug und war über dieses gute Ergebnis erfreut. Sein schütterer Spitzbart wippte hin und her. Die helle Nickelbrille hing an einer Kette um den Hals.

Ah San Chan berichtete über den Stand der Zahlungen, wie sie unterschiedlich die einzelnen Lokale bewerteten und abkassierten, welche geringen Schwierigkeiten es noch gab, manche Besitzer zu Zahlungen zu bewegen, wie sie dennoch im Schutz der Triade gut vorankämen.

Der Chef wollte nicht so viele Details, fragte nach den Beziehungen zur Polizei, die seien immer wichtig.

Ah San Chan ließ die Hände eine Weile ruhen, dann berichtete er mit langsamen Bewegungen, daß man einen hohen Polizisten habe gewinnen können, der auch schon seine monatlichen Zahlungen erhalte, daß sie bisher aber keinen weiteren Vorstoß unternommen hätten.

Der Chef war verärgert, die schmalen Augen wanderten durch den spärlich eingerichteten Raum. Schwarze Holzvertäfelung mit wenigen Perlmuttintarsien, ein paar Spiegel eingelassen, drei rote Lampions gaben das Licht. Ein Fenster war nicht vorhanden.

Man brauche die Polizei, das sei doch bekannt, der Chef gestikulierte heftig. Wenn der Ring aufgebaut werde, müsse er auch geschützt sein, sonst könne in kurzer Zeit die mühevolle Arbeit wieder zerstört werden. Wenn nur einer rede...

Sie wurden aufgeschreckt von einem hünenhaften Chinesen, der den Raum betrat.

Er machte das Handzeichen eines Boten, eines Cho Hai.

Sein Gesicht war durch mehrere Schnittverletzungen entstellt.

Der Triaden-Chef befahl ihm stumm, den Andachtsraum zu verlassen und zu warten, bis er gerufen werde.

Ah San Chan überreichte den Koffer, den der Chef achtlos neben seinen Stuhl stellte. Wann er denn mit dem zweiten Teil der Operation beginnen könne, fragte er.

Ah San Chan bewegte seine Hände flink, es sei keine Verzögerung zu erwarten, in ein, zwei Monaten, aber das habe er schon mitgeteilt.

Der Triaden-Chef legte Zeige- und Mittelfinger an die Wange, was bedeutete, es kommt eine Order. Man solle sofort mit der Stufe zwei beginnen, seine Augen waren jetzt geschlossen.

Ah San Chan nickte, obwohl er diesen Plan nicht für klug hielt.

Als der erfolgreiche Offizier wieder auf der Straße stand, mußte er seine Augen schützen, denn er wurde vom hellen Sonnenlicht geblendet.

In der rechten Hand hielt er einen neuen Aktenkoffer. In schwarzem imitierten Leder.

Das Kettenkarussell kam auf Touren. Die vier Eisenketten, an denen der unbequeme Sitz hing, verhakten sich ineinander, verdrillerten sich, der Flug ging hoch hinaus.

Davids brauchte diesen Wirbel.

Er war auf die Osterwiese gegangen, um sich abzulenken, um nicht ständig überlegen zu müssen, was er nun tun solle. Seitdem der Freimarkt im Oktober zu einem riesigen Erfolg geworden war, kamen die Marktleute auf die Idee, auch im April eine solche Kirmes zu veranstalten, und da ihnen kein besserer Titel einfiel, nannten sie das Freß- und Sauffest mit Kinderbeteiligung Osterwiese.

Davids blickte über die Hansestadt, die an diesem Sonntag frisch herausgeputzt war. Fast südliche Zustände herrschten, was Gerüche und Lautstärke angingen. Er sah auch seinen geliebten Bürgerpark, der zum Zentrum seiner sportlichen Aktivitäten geworden war. Vielleicht habe ich einen Fehler gemacht, als ich nicht mehr zum Sondereinsatzkommando ging, dachte er. Das ist denen bestimmt aufgefallen. Damals hatte er einen Auftrag seines Kollegen Pinneberg durchgeführt, das harte Training hatte ihm viel Spaß bereitet, aber die verkniffenen Männer gefielen ihm nicht. Es war nie öffentlich darüber geredet worden, daß Davids seine Mitarbeit beim SEK einstellte, aber das kann sie auf meine Fährte geführt haben.

Die Fahrt ging langsamer.

Den ganzen Samstag war er unruhig gewesen.

Er saß in der Falle.

Konnte Xiao Chen nicht erzählen, was ihm im Präsidium vorgeworfen wurde, konnte mit keinem Kollegen über seine privat ermittelten Erkenntnisse reden, konnte sich niemand anvertrauen. Wenn wenigstens Pinneberger zu erreichen gewesen wäre, aber so oft er auch dessen Nummer wählte, er ging nicht ran. Dabei mußte der Lehrgang doch zu Ende sein.

Joe Davids hatte sich verkrochen, war auch nicht zu Madame Lothar gegangen, obwohl dies stets eine stillschweigende Verabredung zwischen ihm und seinem chinesischen Freund war.

Er war ziellos durch die Stadt gelaufen, ohne Zweck vor Schaufenstern stehengeblieben, hatte sich linkisch bewegt.

Wenn ich jetzt nicht aufpasse, hatte er gedacht, dann bin ich die längste Zeit Polizist gewesen. Soweit reichten seine sich im Kreise drehenden Überlegungen. Nur, was er unternehmen wollte, fiel ihm nicht ein.

Am Abend saß er vor der Glotze bei Wasser und trokkenem Brot. Die Bilder einer lächerlichen Quizsendung rauschten vorbei, ohne daß er sie richtig wahrnahm. Es kam ihm so vor, als würden die Teilnehmer an dem Ratespiel alle das gleiche gefragt.

Er war früh ins Bett gegangen, fast jede Stunde aufgewacht und über den sich wiederholenden Gedanken eingenickt.

Die Fahrt des Kettenkarussells war vorbei.

»Noch 'ne Runde?« fragte der tätowierte Mann, der seine Hand ausstreckte.

»Ist es schon vorbei?«

»Ja, los, aussteigen oder 'ne Mark!«

Davids zahlte.

Als es wieder in die Lüfte ging, kam er sich vor wie ein Idiot. Sonntagmorgen zehn Uhr, wenn anständige Leute in die Kirche gehen, sitze ich auf dem Kettenkarussell, blödsinnig.

Am liebsten wäre er sofort abgesprungen.

Es mußte eine Lösung geben, auf jeden Fall durfte er die Dinge nicht einfach laufen lassen, auch das stand inzwischen für ihn fest. Wenn er abwartete, dann würde es ihn eiskalt erwischen. Dann schnappte die Falle zu. ›In Gefahr und höchster Not, bringt der Mittelweg den Tod.‹ Er dachte an diesen Spruch, den er von Lindow mal gehört hatte. Überhaupt Lindow, warum sollte er sich nicht mit dem in Verbindung setzen. Immerhin kannten sie sich gut, und der war ein Freund von Pinneberger. Er mußte mit jemandem reden.

Joe Davids frühstückte auf der Osterwiese zwei Viktoria-Krapfen, ein Fischbrötchen mit Bismarck-Hering, und zum Abschluß Kirschen in Schokoladensoße.

Ihm konnte gar nicht schlecht werden.

Er spülte die Speisefolge mit Bier runter.

Dann setzte er sich auf sein Fahrrad und radelte nach Hastedt. Unterwegs wollte er sich überlegen, wie er Lindow angehen konnte. Ungefährlich war das auch nicht.

Dem Polizeipräsidenten paßte der Termin nicht, aber der Chef des Verfassungsschutzes hatte es dringend gemacht, und so konnte er nicht nein sagen.

Gleich nach der Kirche im Ratskeller, so lautete ihre Verabredung. Mantz ging die paar Schritte über den quadratischen Platz, am Wahrzeichen der Stadt vorbei, einem Riesen in wehrhafter Rüstung, an dessen metallenen Knien, spitze Stacheln waren, an denen man sich verletzen konnte. Es war das Symbol des aufrechten Widerständlers gegen die Bischöfe von Oldenburg. Mantz fand, daß sein Gesichtsausdruck eher dumpf war. Aber Legenden hielten sich hartnäckig.

Der Oberkellner wies Mantz das dritte Faß an, sein Gesprächspartner sei schon erschienen.

Diese Weinfässer, die an der Längsseite des Ratskellers standen, in denen intime Geschäfte genauso wie verschwiegene Feiern stattfanden, waren Vertrauliches gewöhnt. Sogar die Bedienungen, die dort eingesetzt waren, wurden von der Geschäftsleitung ausgesucht.

Müller erhob sich leicht, als Mantz eintrat.

Sie stellten fest, daß sie den gleichen Anzug trugen, nur die Krawatten waren von unterschiedlichem Blau. Beide trugen in der Mitte das eingestickte Stadtwappen in Rot und Weiß.

»Nicht, daß Sie glauben, ich wollte hier meiner Familie entrinnen, an so einem langweiligen Sonntagmorgen, aber es muß einiges vorbesprochen werden, was keinen Aufschub duldet.«

»Ich bin ja gekommen«, sagte Mantz, der sich auf die andere Seite des ovalen Tisches setzte.

Müller lobte den Wein, den er bestellt hatte, und schenkte Mantz einen Schluck zum Probieren ein. Der Polizeipräsident verzog keine Miene, weniger weil ihm der Nahewein schmeckte, sondern weil er sofort zur Sache kommen wollte, ohne weitere Störung durch einen Kellner.

Die Tür wurde verriegelt.

»Also«, begann Müller und zog einen dünnen Hefter aus der Innentasche seines Jacketts. Er strich die drei getippten Seiten glatt. »Wir werden beim Rekrutengelöbnis im Weserstadion mit einem Aufmarsch von Chaoten aus dem ganzen Land zu tun haben. Meine Mitarbeiter haben die Informationen zusammengezogen, alles, was nur erreichbar war. Es hat Telefonketten gegeben, Infos, Flugblätter, so daß zumindest die ganze Umgebung informiert ist. Und was dann hier los ist, das können Sie sich vorstellen.«

Mantz nippte an dem Weinglas. Ein geschliffener Humpen mit grünem Fuß.

»Sie sagen mir nichts Neues«, erwiderte er, gab sich gelangweilt, »woher beziehen Sie denn solche genauen Kenntnisse, und was viel interessanter ist, wieso kommen Sie zu diesen Schlüssen?«

Müller wurde rot im Gesicht, was überhaupt nicht zur Farbe seines Anzugs paßte.

»Mein lieber Mantz, ich weiß ja nicht, ob Sie die Verantwortung tragen wollen, aber wenn der Bundespräsident kommt, und die Spitzen aus der Hauptstadt, und wir haben hier Randale, wie das jetzt heißt, und wie auch auf manchen Flugblättern steht. Ich meine, denken Sie an Rücktritt?«

Mantz lächelte. Was ist dieser Müller vom Verfassungsschutz doch für eine lächerliche Figur, dachte er, keine Vorbildung in polizeilichen Dingen, keine realistische Einschätzung einer kommenden Lage, und schon gar keine Fantasie für Lösungen. Er war einfach ein alter Geheimdienstmann, den sie auf diesen Posten gehievt hatten, weil er rechtzeitig das richtige Parteibuch nahm.

Das richtige Parteibuch hatte Mantz allerdings auch.

»Ich denke an Rücktritt, wenn die Pensionsgrenze erreicht ist«, antwortete Mantz gelassen, »und außerdem haben wir ein Konzept, wie wir die Sache einschränken können.«

Müller legte beide Arme auf die weiße Tischdecke. »Da bin ich gespannt.«

»Ich will hier nicht die ganzen Überlegungen auspakken, da halten Sie sich lieber an den Einsatzleiter, aber soviel kann ich sagen: Wir planen die Operation zusammen mit den Kräften aus dem Umland, lassen nur Besucher ins Stadion, die auch eine gültige Eintrittskarte haben ...«

»Fälschungssicher«, unterbrach ihn Müller.

»Ganz sicherlich. Wir werden in mehreren konzentrischen Kreisen operieren, so daß die möglichen Gewalttäter das Stadion erst gar nicht erreichen, außerdem vertraut der Bürgermeister, wie er mir in einem privaten Gespräch gesagt hat«, Mantz spielte dieses intime Einverständnis mit dem Bürgermeister hoch, indem er ein wenig dazu lächelte, »auf die Genossen in der Jugendorganisation, die ja selbst zu einer Kundgebung aufgerufen haben. Das ist einerseits mißlich aus der eigenen Partei, andererseits könnte es sich als Vorteil erweisen. Sehen Sie, wir sind gerüstet.«

Müller blickte sich um, als würden sie trotz des geheimen Ortes belauscht. »Ich sage Ihnen, unsere Erkenntnisse lassen Schlimmstes befürchten ...«

»Wir sind auf das Schlimmste eingerichtet«, wiegelte Mantz ab.

Er trank sein Glas leer.

Müller wollte nachschenken, aber der Polizeipräsident legte seine Hand über das feine Glas: »Keinen Schwips vor zwölf.« Er genoß seine Überlegenheit.

»Gut, gut, wenn Sie meinen, ich habe Sie vorgewarnt, weil ich das für meine Pflicht halte, verstehen Sie ...«

Müller zog an seiner Krawatte.

»Das ist auch gut so, schließlich sind wir beide für die innere Sicherheit unserer Stadt verantwortlich, und da müssen wir schon eng zusammenarbeiten, nicht wahr?«

Der Polizeipräsident genoß die Situation, endlich konnte er diesem eingebildeten Schnösel zeigen, wer die besseren Karten hatte.

Er stand auf.

»Ich muß zum Mittag, meine Frau wartet nicht gerne mit dem Essen.«

Müller erhob sich ebenfalls. Ein wenig angeschlagen.

Sie verabschiedeten sich, zwei verfeindete Parteifreunde.

Als Mantz den Ratskeller über die wenigen Stufen nach oben verließ, wußte er, daß er sofort ein Gespräch mit dem Abteilungsleiter für politische Straftaten ansetzen mußte. Am besten gleich morgen. Die Nachrichten, die Müller überbrachte, waren beunruhigend.

Aber er hatte sich nichts anmerken lassen.

»Der erzählt von nichts anderem mehr, sieh dir doch nur seine quadratischen Augen an.« Marianne zeigte auf Pinnebergers Kopf. Tatsächlich sahen seine blauen Augen etwas verändert aus. Wolfgang Lindow brummte, deswegen sei er nicht vorbeigekommen. Er wolle sich beschweren, daß Pinneberger ihm nichts gesagt habe, daß der Lehrgang zwei Wochen dauere. »So hab' ich letzten Donnerstag eine geschlagene Stunde im ›Eck‹ gesessen und auf euch gewartet. Aber mir sagt ja keiner was.« Er spielte die beleidigte Madonna.

Fritz Pinneberger war am Samstagabend nach Hause gekommen, noch leicht benebelt von der Abschlußfeierei. Jetzt war ihm auch klar, warum die Kollegen während des Lehrgangs an so kurzer Leine gehalten wurden, mit schwerem Kopf konnte man keine EDV-Anlage bedienen. Er hatte Marianne vorgeschwärmt, mit großen Gesten davon berichtet, wie sich jetzt die Arbeit erleichtern ließ. »Die neuen Methoden sind wirklich überzeugend, und die Ergebnisse werden es erst recht sein«, zitierte er den Präsidenten des BKA, neben dem er in der Brauerei gesessen hatte. »Der Mann hat Stehvermögen«, sinnierte Pinneberger, »und er hat mich beauftragt, mal ein bißchen Dampf zu machen, daß wir eine landeseigene Kartei aufbauen. Darauf kann er sich verlassen.«

Marianne Kohlhase hatte dagegen gehalten, dieser ganze Computeraufwand sei ein riesiger Apparat, der keinerlei Kontrolle mehr zulasse, ein gigantischer Überwachungsverein, der da entstehe, weil jeder und jedes kontrolliert werden könne.

Deswegen war sie froh, als am Sonntagnachmittag Wolfgang Lindow überraschend auftauchte. So konnten sie beide gegen ihren Freund argumentieren.

Pinneberger wehrte alle Einwände mit dem Argument ab, sie hätten ja keine Ahnung.

»Ich will hier nicht über diesen neumodischen Scheiß reden, Fritz, sondern über Skat. Und das ist was Ernstes. Warum habt ihr mich da hocken lassen wie einen...« ihm fiel kein passender Ausdruck ein, »eine ganze Stunde war ich da, hatte die Karten bereitgelegt, außerdem sollte ja auch Kassenprüfung sein, auch darauf war ich vorbereitet, und ihr kommt einfach nicht.«

Lindow krempelte seine Ärmel auf.

Einen Sonnennachmittag, und die Fenster waren geschlossen. Seine beiden Skatpartner waren noch in nächtlichen Gewändern. Pinneberger trug ein weites, kleinkariertes Nachthemd, aus dem seine stark behaarten Beine heraussahen, Marianne einen weit geschnittenen Herrenschlafanzug, dessen Jacke an Judo erinnerte.

Überall in der Wohnung verstreut lagen Kleidungsstücke. Wenn es sich um einen Tatort handeln würde, müßte man auf schweren Raub schließen.

»Am nächsten Donnerstag ist dazu auch noch Zeit«, entschuldigte sich Pinneberger, »tut mir leid, daß du nichts erfahren hast. O. K.? Willst du was trinken?«

Lindow war nicht abgeneigt.

Seine Fußballmannschaft hatte schon wieder nur unentschieden gespielt, und er mußte seinen Kummer über den fast unausweichlichen Abstieg mit einigen Bieren eindämmen.

Es klingelte an der Wohnungstür.

Marianne öffnete. Sie hielt mit der linken Hand das Oberteil ihres Schlafanzuges geschlossen.

Joe Davids kam herein: »Ich will nicht stören. Aber ist Fritz...«

»Komm rein«, sagte sie und zog die Tür schnell hinter ihm zu.

Davids war etwas verdattert, als er Lindow auf dem alten Sofa sitzen sah. Nur dieses eine Stück aus der Jugendstilzeit hatte die komplette Renovierung überstanden, ansonsten war auch im Szene-Viertel die Farbe weiß angekommen, und da machte Pinneberger keine Ausnahme. Stahlrohrmöbel und staksige Lampen, graulackierte Beistelltischchen und anthrazitfarbener Teppichboden.

»Bei dir war ich auch schon, aber deine Frau sagte, du seist nach dem Mittagessen wieder geflohen, anstatt beim Abwasch zu helfen.«

»Das hat sie bestimmt nicht gesagt«, erwiderte Lindow, der gleich merkte, daß Davids zu dick auftrug.

Marianne brachte die Kornflasche und vier Gläser.

Joe Davids lehnte erst ab, verwies auf seinen gesunden Sonntag, daß er schon viele Kilometer geradelt sei, und dann trank er doch einen mit. Aus Gesellschaft.

Er begriff sofort, daß es keinen Zweck hatte, den Grund für sein Kommen auch nur mit einem Wort zu erwähnen. Er mußte entweder mit Lindow oder aber noch besser mit Pinneberger allein sprechen, sonst müßte er zuviel verraten, wenn beide zusammen ihn ausquetschten.

Wolfgang Lindow sah in die Runde.

»Verdammt, warum packen wir nicht ein paar Karten an, wir sind doch gerade vier.«

Pinneberger blickte erst zu Marianne, dann zu Davids, ihm war dieser Vorschlag gar nicht recht, aber weil Lindow der älteste war, und auch am letzten Donnerstag vergeblich gewartet hatte, stimmte er zu.

Davids nickte. Widerwillig.

Nur Marianne meinte, ob sie denn nicht wie gewohnt am Donnerstag spielen könnten.

»Heute und am Donnerstag, Joe kann es ja auch mal mit uns versuchen.«

Obwohl sie immer auf der Suche nach einem vierten Mitspieler waren, Lindow war konsequenter Verfechter der Theorie, daß ein Skatabend nur gelungen war, wenn vier Leute spielten, war Davids nur ganz am Anfang mal eingeladen worden. Denn der spielte mit Messern, und da hatten sie keine Chance gehabt. Und seitdem Marianne die Stelle von Homann ersetzte, war alles noch viel komplizierter geworden.

Joe Davids kam die Anfrage gerade recht. »Na gut, meine Herren«, sagte er aufgekratzt, »dann wollen wir mal zur Tat schreiten.«

Marianne wollte sich lieber zurückziehen, aber das wurde ihr nicht gestattet.

Mit wenigen Handgriffen war in der unordentlichen Wohnung in der Feldstraße ein Spieltisch freigeräumt worden, an dem nun drei Kollegen, sowie eine Mitspielerin saßen und ihre Karten sortierten.

Joe Davids ließ kein Spiel aus und bis zum Abend hatte er gezeigt, was es heißt, Skat zu denken. Denn darin bestand die eigentliche Kunst, spielen konnte jeder.

Erst als er nach Hause radelte, fiel ihm wieder ein, daß er dringend mit Pinneberger hätte sprechen müssen.

12

Für die Leser der ›Weser-Nachrichten‹ war der Zeitungsstreik nach drei Tagen vorbei, nicht für Grünenberg.

Der Verlagsleiter hatte ihn zu sich gebeten und hielt ihm den Artikel vor, der im ›Stadtblatt‹ erschienen war.

»Das ist Ihre Schreibe, Mensch, das erkenne ich doch sofort. Und das ist eine grobe Ungehörigkeit.«

Warum wählte er diesen altmodischen Ausdruck, dachte Grünenberg, der sich nicht ganz sicher war, ob am Ende dieses Gespräches seine Rückstufung zum einfachen Redakteur stand.

»Wenn ich mal zitieren darf: ›Der sture Verleger, der in vielen Auseinandersetzungen bewiesen hat, daß es ihm nur um den Herr-im-Hause-Standpunkt geht, der unberechenbar sogar gegen seine eigenen ökonomischen Interessen entscheidet, wird auch diese Auseinandersetzung verlieren. Wie 1977, im längsten Zeitungsstreik, den dieses Land gesehen hat.‹ Meinen Sie wirklich, daß solche agitatorischen Töne nötig sind?«

Klaus Grünenberg hatte tatsächlich diesen Artikel verfaßt. Noch am ersten Streiktag war er ins Büro des ›Stadtblattes‹ gekommen, hatte sich eine Schreibmaschine gegriffen und voller Wut zwei Spalten geschrieben. Überschrift: ›Einer gegen alle. Ein Verleger als Verlierer. Wie ein Zeitungshaus ruiniert werden soll.‹ Noch in der Nacht wurde das Blatt gedruckt und am nächsten Morgen in der Stadt verteilt. So erfuhren die Leser, warum ihre Zeitung nicht erschien, denn als der Streik drei Tage später beendet war, stand in nur sechs Zeilen, daß es eine betriebliche Auseinandersetzung im Verlagshaus gegeben habe, daß man den Ausfall bedauere und daß die Abonennten bei der nächsten Abrechnung die drei fehlenden Tage vergütet bekämen. Vom Grund des

Streiks erfuhren die Leser nichts. Soweit ging die Öffentlichkeit der öffentlichen Zeitung nicht.

»Also, was ist, Grünenberg? Geben Sie es zu.«

Der Verlagsleiter hielt das Zeitungsblatt hoch, der rote Roland im Wappen drohte, die dicken Überschriften mit Balken versehen sprachen eine deutliche Anklage aus. Jetzt richtet sie sich gegen den Verfasser. »Ich hab' ihn geschrieben, jawohl.«

Grünenberg faßte mit beiden Händen den Polstersessel an den Lehnen und schob ihn näher zum Schreibtisch des Verlagsleiters.

»Sie wissen, daß das ein Kündigungsgrund ist.«

Klaus Grünenberg nickte. »Aber nur, wenn Sie es mir beweisen können, nicht wahr?«

»Was?«

»Daß ich den Artikel auch wirklich geschrieben habe.«

»Ich denke, Sie haben gerade zugegeben...«

»Hier, in diesen vier Wänden ja, aber ansonsten...« Grünenberg schob seine Zunge gegen die linke Wange und ließ eine Ausbeulung entstehen.

Der Verlagsleiter legte das großformatige Zeitungsblatt auf den Tisch.

»Ich verstehe«, sagte er, »wenigstens ehrlich sind Sie.«

Er sah auf die Uhr, die mit glitzerndem Armband auf seinen Wohlstand schließen ließ.

So fing die Woche gut an, wenn schon gleich zu Beginn die richtige Stimmung da war. Grünenberg freute sich auf den Arbeitstag, da kam ihm dieser Stachel des Verlagsleiters gerade recht. Im ›Stadtblatt‹ würden sich sofort fünf Schreiberlinge melden, die diesen Artikel verfaßt hätten, wenn Grünenberg sie darum bat. Von daher gab es Rückendeckung.

Der Verlagsleiter rief die Sekretärin herein.

Sie kam mit hastigen Schritten, den Schreibblock in der Hand.

»Wissen Sie, ob der Chef schon was davon weiß?« Er zeigte auf die Ausgabe des ›Stadtblattes‹.

Die Sekretärin verneinte, wenn er davon wisse, dann hätte er längst einen seiner cholerischen Anfälle bekommen. »Und außerdem liest er schon lange nicht mehr.« Sie lächelte verschmitzt und sah Grünenberg an, der ihr zustimmte.

»Dann fangen Sie an, Redaktionskonferenz in zehn Minuten, Grünenberg, ich will Sie nicht länger von der Arbeit abhalten.«

Er gab ihm die Hand.

Klaus Grünenberg verließ das helle Büro.

Auf dem Gang in die Redaktion war ihm bewußt, wie knapp der Kelch an ihm vorbeigegangen war. Der nächste Schnitzer konnte sein letzter sein. Auf jeden Fall stand er unter Bewachung.

Er eröffnete die Redaktionskonferenz mit dem Spruch der Woche: ›Wer montags nicht weiß, daß es Arbeit gibt, hat freitags nichts zu lachen.‹

Auch Joe Davids trat an diesem Morgen zu einem unangenehmen Gespräch an. Er hatte sich einen Termin bei Lang geben lassen, mußte nur eine halbe Stunde warten, bis er in dessen Zimmer saß.

»Es ist gut, daß Sie zu mir kommen«, sagte der Kriminaldirektor, »mir ist unser Gespräch am Wochenende nicht aus dem Kopf gegangen, und ich hätte Sie sonst rufen lassen, damit wir uns noch mal ausführlich unterhalten. Worum geht es?«

Sag du doch, worum es dir geht, dachte Davids, aber er folgte dann der Aufforderung, sich als erster zu äußern.

»Ich möchte um zwei Wochen Urlaub bitten, damit ich in Ruhe...« Er unterbrach sich, weil der Kriminaldirektor sein Gesicht verzog, als habe er auf einen schmerzenden Zahn gebissen.

»Gewährt, Kollege Davids, ganz meine Linie. Sie müssen erst einmal Abstand gewinnen. Ich hätte Ihnen auch etwas Ähnliches vorgeschlagen.«

Was könnte es da denn Ähnliches geben, dachte Davids.

Jahrelang hatten die beiden Polizisten nichts miteinander zu tun gehabt, hatten sich nicht mal gegrüßt, wenn sie sich sahen. Seitdem Lang Matthies ablöste, waren sie in der morgendlichen Besprechung zusammen, aber ansonsten kein Kontakt. Nun war es schon das zweite Mal, daß eine fast kollegiale Atmosphäre entstand, die Davids eher unlieb war.

»Und dann möchte ich auf einem Punkt bestehen, der mich doch sehr beschäftigt. Ich möchte ausdrücklich darauf hinweisen, daß mein Geschlechtsleben nichts mit meinem Dienst zu tun hat. Ich bin deswegen kein schlechterer Kommissar, nur weil ich schwul bin. Und ich verbitte mir jegliche Diskriminierung deswegen. Es wird wohl nicht ausbleiben, daß man jetzt anfängt, im Präsidium darüber zu reden, aber ganz gleich, es ist und bleibt ganz allein meine Sache. Daß wir uns da richtig verstehen.«

Joe Davids hatte hastig gesprochen, ernst, ohne abzusetzen, und er spürte eine gewisse Erleichterung.

»Gut, daß Sie das so ausdrücken, Kollege Davids. Das habe ich vorhin gemeint, als ich sagte, mir sei am Wochenende das Gespräch nicht aus dem Kopf gegangen, genau das.«

Er lügt, ohne rot zu werden, dachte Davids, aber so kommst du mir nicht davon.

Er wurde lauter: »Ich finde im Sinne einer kollegialen Zusammenarbeit, und ich erinnere mich ganz genau, wie Sie in Ihrer Antrittsrede mehrfach davon gesprochen haben, wie sehr Ihnen ein kollegialer und keineswegs hierarchischer Stil liegt, da wäre es angebracht gewesen, mir sofort, als Sie meine Mitarbeit am Fall des ausgebrannten China-Lokals ablehnten...« Davids verhedderte sich.

Der Kriminaldirektor nickte die ganze Zeit, wie eine Puppe mit Wackelkopf.

»Richtig«, sagte er von Zeit zu Zeit, »richtig.«

Ich brauche Ruhe, dachte Davids, viel Ruhe, um zu entscheiden, was ich wirklich will. Er wußte, wie schwer es in Zukunft werden würde, denn er kannte die hämischen Blicke, die verstörte Reaktion der Kollegen, wenn sie über Schwule sprachen. Wenn die Männerwitze gerissen wurden, die Tuntensprache nachgeahmt, wenn sie über den Gang schwuchtelten, ein Händchen nach links und eins nach rechts warfen. Er hatte sich zurückgehalten, hatte nicht gelacht. Das fiel nicht auf. Aber jetzt...

»Kollege Davids, ich finde es wirklich großartig, daß Sie den Weg zu mir gefunden haben, denn ich glaube, gerade ich, der viele Jahre für Personalfragen zuständig war, der ja nicht nur den täglichen Kleinkram zu erledigen hatte, sondern ich habe durchaus einige Problemfälle zu lösen gehabt, Scheidungen, wissen Sie ja selbst, wie oft Kollegen-Ehen auseinandergehen, Alkoholiker, Tablettensüchtige...«

»Und jetzt auch noch einen Schwulen, was, das wollten Sie doch sagen«, Joe Davids fuhr aus der Haut, »genau das ist die Haltung, die ich erwartet habe. Jetzt auch noch einen Schwulen, ein Problemfall mehr.« Er lachte laut. »Aber Sie werden ja mit diesen Problemfällen fertig, Sie wissen, wie mit dem Personal umzugehen ist, was?«

Der Kriminaldirektor schnaubte.

»Ich verstehe nicht, warum Sie sich so erregen, Kollege Davids, ich will Sie nicht diskriminieren. Das kann ich Ihnen schriftlich geben, wenn Sie wollen.«

»Was würde das ändern«, sagte Davids.

Er drehte sich um.

Verließ das Büro.

Die Tür fiel ins Schloß.

Den seh' ich zwei Wochen lang nicht mehr, dachte Davids, wenigstens zwei Wochen.

Dahle und Homann sahen sich an. Was der Polizeipräsident ihnen vortrug, widersprach ihre eigenen Erkenntnissen. Bisher hatten sie nur in Erfahrung bringen können, daß die Vorbereitungen für das Rekrutengelöbnis durchaus im normalen Rahmen verliefen. Von Randale hatten sie noch nichts gehört. Und Flugblätter gab es auch erst zwei, von verschiedenen Gruppen.

Mantz rauchte Pfeife, forderte die beiden Polizisten aus dem Dezernat für politische Straftaten auf, sich mögliche Lösungen zu überlegen, denn er gehe davon aus, daß die Informationen des Verfassungsschutzes nicht aus der Luft gegriffen seien.

»Ach was«, wiegelte Hauptkommissar Dahle ab, seine gerade gerichteten weißen Zähne leuchteten, »die sehen wieder Gespenster. Diesem Müller traue ich alles zu, auch daß er Gegner erfindet, wirklich, Chef!«

Homann schwieg. Sein Oberlippenbärtchen war durch einen vollen Backenbart ergänzt worden, den er in Kotelettenform trug. Es sah ein wenig affektiert aus, aber war einen Versuch wert.

»Ich bin auch kein Freund von diesen Kaffeesatzlesern

vom VS«, gab Mantz zu und blies drei dicke Ringe in die Luft, »aber, wenn sie recht haben? Wir müssen mit dem schlimmsten Fall rechnen, meine Herren.«

Es waren diese strategischen Überlegungen, die Mantz besonders liebte. Er hätte gern ein Plastikmodell des Weserstadions in seinem Büro gehabt und dann ein paar Hundertschaften Zinnpolizisten und ein paar hundert Zinndemonstranten, und dann die Rekruten, die auf dem grünen Rasen antraten und das Gelöbnis mit Fahneneid sprechen sollten. Die konnten natürlich nicht in die Auseinandersetzung eingreifen. Wie hätte das ausgesehen?

»Wenn es ganz hart kommen sollte«, sagte Homann mit hellem Bariton, »dann machen wir kurz vor Beginn ein paar gezielte Festnahmen, dann habe wir Ruhe.«

»Das beste wär's«, fügte auch Dahle hinzu.

»Und wie wollen Sie das politisch durchsetzen?« Mantz tippte mit dem Pfeifenende an seine Stirn.

Die Schwierigkeiten zwischen politischer Polizei und Verfassungsschutz hatten mit den Jahren immer weiter zugenommen, das Landesamt schmiedete Pläne, die Polizei hielt dagegen, die beiden Präsidenten kämpften um Anerkennung, den Dolch im Gewande. Beide Abteilungen mußten damit rechnen, daß man ihnen genau nachwies, was sie wann falsch gemacht hatten. Eine Vorbeugehaft, wie Homann sie vorschlug, würde ein böses Nachspiel in der Partei haben.

»Das merkt doch keiner«, sagte Homann. Er war schon über vierzig, aber hatte nie eine Möglichkeit zum Aufstieg bekommen. Zwar konnte sich Hauptkommissar Dahle, der stellvertretender Leiter des Dezernates war, immer auf Homann verlassen, aber seitdem der sich allzuoft in konservativen Äußerungen erging, wurde er kaltgestellt. »Das geschieht alles kurz vor der

Veranstaltung. Wir nehmen uns ein paar Leute vom SEK und MEK, suchen die Zielpersonen genau aus, greifen zu und lassen die Herrschaften für vier, fünf Stunden auf dem Revier schmoren. Irgendeine Nachfrage wegen politischer Aktivitäten gibt es immer, oder nicht?«

Mantz schüttelte den Kopf.

»Taktisch gesehen eine interessante Variante, aber überlegen Sie die Folgen. Wir gießen Öl ins Feuer, würde ich das nennen. Denn, was passiert? Die Demonstranten werden vor die Reviere ziehen…«

»Gerade deswegen«, sagte Homann, »wenn sich hundert in diese, und die nächsten hundert in jene Richtung bewegen, dann ist die ganze Demonstration gespalten. Dann haben wir Ruhe vor dem Weserstadion. Ist doch klar, daß sich die Chaoten um Leute kümmern, die aus der Menge heraus verhaftet werden.«

Mantz war die Pfeife ausgegangen, er stocherte mit dem Reiniger in dem dicken Kolben.

Hauptkommissar Dahle war überrascht, denn Homann hatte ihm von dieser Überlegung bisher nichts mitgeteilt.

»Gut, gut«, Mantz nickte, »aber diese Taktik widerspricht dem Prinzip der Konzentration der Kräfte. Das kennen Sie ja auch.«

Homann sah seine Chance. Wenn er jetzt Oberwasser behielt, dann würde er wieder auf die Liste der Beförderungen kommen.

Das Büro des Polizeipräsidenten war verräuchert. Die Herren saßen im Nebel.

»Konzentration der Kräfte, einerseits richtig, andererseits falsch, wenn sich die Auseinandersetzung am Weserstadtion konzentriert, dann haben wir den Tumult dort, wo wir ihn nicht haben wollen. Unter den Augen der politischen Prominenz.«

Der Polizeipräsident wollte sich das noch mal überlegen. Er fand den Gedankengang nicht schlecht. Präventive Verhaftung für die Dauer der Veranstaltung, nicht schlecht.

Er verabschiedete die beiden Kommissare aus dem zehnten Dezernat und beugte sich über die Korrekturen, die Pressesprecher Harms an seinem grandiosen Papier vorgenommen hatte. Am meisten störten ihn die vielen Kommas, die Harms mit rotem Stift eingefügt hatte. Das machte der bestimmt mit Wonne. Am Ende begründete Harms jede einzelne Kürzung genau. Damit war Mantz nun gar nicht einverstanden.

An diesem Montag hatte Schmückel einen grüngraugestreiften Pullover angezogen, weil er nicht wußte, ob schon Frühling oder noch Winter war.

Er hatte sich im Gerichtsmedizinischen Institut informiert. Die dritte Hand gehörte tatsächlich zu dem toten Besitzer, der in seinem Restaurant verbrannt war. »Da gibt es keinen Zweifel, die Hand aus dem Schuhkarton stammt von dem.« Dr. Kaltenhorst wies auf die beiden Hände. Die eine war schwarz-verkohlt, die andere braun-verschrumpelt. Sie sahen überhaupt nicht gleich aus.

»Ich habe sie geröntgt. Kein Zweifel möglich.«

»Aber das löst das Problem nicht«, sagte Schmückel verzweifelt. Am liebsten hätte er eine von den drei Händen verschwinden lassen, dann wäre wenigstens an dieser Front Ruhe.

Bisher wußte er nur soviel: Es war Brandstiftung, es war Mord an dem Besitzer des ›Nanking‹, die Hände waren vor dem Brand abgehackt worden, und offensichtlich eine, wie sich jetzt herausstellte, in einen Schuhkarton gelegt worden, dann hatte das übermäßige Wasserlassen der Feuerwehr die meisten Spuren verwischt.

Motiv: ungeklärt.

Täterschaft: ungeklärt.

Was er wußte, stand in keinem Verhältnis zu dem, was er nicht wußte. Und das, obwohl seit dem Brand genau vierzehn Tage vergangen waren.

Dr. Kaltenhorst fragte, was nun mit der dritten, überflüssigen Hand zu geschehen habe.

»Asservatenkammer«, sagte Schmückel knapp und verließ den Obduktionssaal.

»Auch gut«, rief der Gutachter hinter ihm her, »ich hätte sie sonst zu Mittag verspeist.«

KHK Schmückel zog an seinem Pullover, der ein wenig straff über dem kleinen Bauchansatz saß.

Er stieg in den Aufzug.

Wenn wenigstens die Meldung in der Zeitung erschienen wäre, aber die hatten ja gestreikt. Das konnte vielleicht noch etwas bringen. Er sah die Lage überhaupt nicht rosig.

Der einzige Hinweis, den er hatte, stammte von diesem Oberlehrer Davids, der sich mit seinen Bemerkungen nicht zurückhalten konnte. Er hatte etwas von Mafia gefaselt. Mein Gott, Mafia, wir sind doch nicht in Italien. Aber wenn der wirklich ein Verhältnis zu einem Chinesen hatte, dachte Schmückel, dann konnte irgend etwas dran sein, an dem, was er da so altklug von sich gegeben hatte.

Im Büro Pinnebergers und Davids traf er niemand an. Er setzte sich an den Schreibtisch des Oberkommissars und formulierte eine Bitte um ein erneutes Gespräch. ›Wir sollten doch noch einmal auf Ihre These zurückkommen. Gruß KHK Schmückel.‹

Er sah sich seine Anfrage an und war ganz zufrieden. Sie war freundlicher ausgefallen, als er wollte.

Pinneberger betrat den Raum.

»Ach, Sie sind schon zurück«, sagte Schmückel und drehte sich schnell um, »ich leg' grad dem Davids was hin...«

»Auf den brauchen Sie nicht zu zählen«, brummte Pinneberger.

»Was soll das heißen?«

»Er hat sich Urlaub genommen, kommt erst in zwei Wochen wieder.«

Pinneberger sah den Kollegen an. Am besten war, er sagte es gleich. »Und Sie, Kollege Schmückel, sind da nicht unschuldig dran. Wer hier beim Lang anschwärzt, kann auch von mir gelegentlich eine gescheuert bekommen.«

Schmückel lief rot an.

»Was?«

»Soll ich noch deutlicher werden? Sie zerreißen sich den Mund über Davids, Sie beschweren sich, weil er mal eine Nachfrage hatte, und Lang läßt Davids auflaufen, ist das kollegial?«

»Ich, ich hab' gar nichts...«, verteidigte sich Schmückel, »ich hab' nur einen Satz zum Chef gesagt, daß Davids mafia-ähnliche Methoden in der Chinasache vermutet, das war alles. Mehr hab' ich nicht gesagt. Wirklich, das müssen Sie mir glauben!«

Wie ein kleiner Junge stand Schmückel da, schmutzige Hände, aber nichts kaputtgemacht. Sein Gesicht war stark gerötet.

Pinneberger nahm die Gießkanne, füllte sie mit Wasser und goß seine Steppengräser auf dem Fensterbrett. Er hatte keine Lust, mit Schmückel zu reden. Er glaubte ihm kein Wort.

Schmückel verließ das Büro, ohne noch etwas zu sagen.

Sie mußten sich bald treffen, dachte Pinneberger. Der

Davids ist von der Rolle. Er ärgerte sich doppelt über den gestrigen Skatabend, nicht nur, daß er fünfzehn Märker verloren hatte, sondern weil er wußte, warum Davids ihn am Sonntagnachmittag aufgesucht hatte.

Pinneberger suchte Davids private Telefonnummer heraus.

Er wählte, ließ zehnmal klingeln. Dann legte er auf.

Er würde nach Dienstschluß versuchen, ihn zu erreichen.

Dreißig Mütter und Väter waren zu dem angekündigten Termin erschienen. »Sie brauchen wirklich keine Angst zu haben, verehrte Damen und Herren, so ein Besuch ist nicht gefährlich für Sie, weil wir keinen Alkoholikern begegnen werden, sondern Dealern, die in Ruhe ihr Geschäft machen wollen.«

Landeskriminalrat Dr. Schaf hatte an diesem Abend ausnahmsweise auf seinen Anzug verzichtet und war im Norweger-Pullover erschienen, um sich den Eltern etwas anzupassen.

Sie trafen sich an der Ecke Sielwall.

Ein Streifenwagen parkte auf der gegenüberliegenden Seite.

»Wenn Sie mir folgen wollen«, Dr. Schaf setzte sich in Bewegung.

Es waren über hundert Anmeldungen gewesen, die sich auf seine Einladung, Lokale zu besuchen, gemeldet hatten. Aber nur dreißig waren erschienen. Da würde der nächtliche Imbiß reduziert werden müssen. Dr. Schaf gab entsprechende Anweisungen: »Wir nehmen auch einen kleineren Saal dafür, sonst sieht mir das zu leer aus.« Der Referent gab über Funk die Order weiter.

»Wir haben sogar eine Arbeitsgruppe Drogen bei der Polizei gebildet, haben Beamte ins Milieu geschickt, und im Laufe des Jahres schon an die zwanzig Dealer gefaßt, alle sind zwischen fünfzehn und fünfundzwanzig Jahre alt. Sie sehen, mit welcher Altersgruppe wir es hier zu tun haben.«

Dr. Schaf dozierte, und die Eltern, die neben ihm gingen, ließen sich von den glänzenden Erfolgen der Polizei in Sachen Drogen beeindrucken. »Inzwischen kommen die meisten Drogen aus Frankfurt, das heißt, der dortige Flugplatz ist die Drehscheibe. Krankfurt, sagen wir schon in der Behörde, hat Berlin inzwischen überflügelt.«

Er stoppte am ›Too much‹, einem heruntergekommenen Schuppen mit Disco-Beleuchtung.

»Hier gehen wir als erstes rein. Bitte sehr.«

Wie ein Reiseleiter lotste Dr. Schaf seine Gäste ins Lokal.

Der Barmann war überrascht. Den ganzen Abend kein Betrieb und jetzt so eine Meute. Er rieb sich die Hände an der Schürze ab und fragte die ersten, die an der Theke ankamen, was sie trinken möchten.

Landeskriminalrat Dr. Schaf intervenierte.

»Das Lokal ›Too much‹ steht schon lange auf unserer Liste als Umschlagplatz für Heroin. Bitte sehen Sie sich um, meine verehrten Damen und Herren.«

Der Barmann glaubte, sich verhört zu haben.

»Ihr habt wohl 'ne Meise, wa?«

Dr. Schaf ließ sich nicht beirren.

»Fragen Sie ruhig, wenn Sie Fragen haben.«

Die Eltern standen verschüchtert in dem leeren Lokal und schwiegen. Draußen fuhr der Streifenwagen vor und parkte direkt vor dem Lokal auf dem Bürgersteig.

»Das kostet Sie was, wa. Los, raus, verdammte Bande, hier is nix am laufen.«

Der Barmann sprang hinter seiner Theke vor, drängelte die Besucher Richtung Ausgang.

»Augenblick, bitte«, Dr. Schaf stellte sich dem Pulk in den Weg, »da muß ich etwas erklären.«

Und er erklärte, warum dieser Auflauf zustande kam, was die Absicht der Eltern sei, daß einige ihrer Kinder in diesem Viertel, vielleicht sogar in diesem Lokal drogenabhängig geworden seien, und man nun massiv gegen Dealer vorzugehen gedenke.

»Ick schenk' nur Alkohol aus, sonst nischte, wa.«

Der Barmann ging ein paar Schritte zurück, als die beiden Polizisten in Uniform das Lokal betraten.

»Is ja furchtbar dreckig hier«, sagte der Vater.

»Überall Zigarettenstummel auf dem Boden«, ein anderer.

»Und dieser Lärm.«

»Wieso ist es denn so dunkel hier?«

»Soll das Musik sein?«

»Hier kriegten mich keine zehn Pferde rein.«

Der Barmann rief in dieses plötzlich entstandene Stimmengewirr: »Hier gibt's schon lange keine Deals mehr, wa? Hier ist allet sauber, ne.«

Dr. Schaf gab das Zeichen zum Abrücken.

Wie eine verirrte Herde liefen die Eltern durcheinander.

Im nächsten Lokal am Ostertorsteinweg saßen zwei Betrunkene an der Reling und starrten mit glasigen Augen auf den seltenen Besuch. »Wat hamse nu davon, daß Se uns so begaffen«, lallte der eine.

Der andere stöhnte: »Woll'n Sie ein ausgeben oder wat?«

Dr. Schaf sah zufrieden in die Runde.

Die Eltern waren schockiert.

Eine Stunde später durften sie sich im Hinterzimmer eines gutbürgerlichen Restaurants an ein paar Schnittchen laben, für jeden gab es ein Glas Kräusen-Pils.

»Sehen Sie, die Jugendlichen sollten mehr radfahren oder mal in eine schöne Gaststätte, wie diese hier, oder an die Wümme gehen. Das wäre eine Alternative.«

Zu den beiden Pressevertretern, die Dr. Schaf für die Berichterstattung mitgenommen hatte, sagte er: »Die Eltern haben das Fluidum in solchen Lokalen kennengelernt. Außerdem ist es uns gelungen, in den ersten Minuten einige Dealer zu vertreiben. Sie haben die vielleicht selbst erkennen können, das sind diese schwindsüchtigen Typen, die so aufgeregt an einem vorbeiflattern.«

»Wurde denn jemand festgenommen?« fragte einer der beiden Journalisten.

»Das war nicht unser Ziel heute abend«, Dr. Schaf mochte keine Kritik und sprach deswegen lauter, »wir wollten die Distanz zwischen den verängstigten Eltern und den abhängigen Jugendlichen verringern. Nur so machen wir den Dealern angst und bange.«

13

»Paß auf, daß du dich nicht in was verrennst. Der Lang hat Vorurteile, klar, und einige andere auch, aber es gibt Kollegen, die Homosexualität als ganz normal ansehen, als selbstverständlich. Erwartest du, daß dich nun alle lieben, Joe?«

Fritz Pinneberger hatte auf einem lederbezogenen Kissen Platz genommen. Wie konnte man nur in so einer Wohnung leben, dachte er. Überall Tüdelkram, hier ein paar Muscheln, dort drei farbige Gläser, hier ein Brautpaar aus Gips, dort ein gerahmtes Stück Stoff, als sollte ein Laden mit Bric-a-brac entstehen. Nur die vielen Grünpflanzen gefielen Pinneberger.

Davids saß auf der dunkelblauen Couch, die Beine hochgelegt. Er hatte getrunken.

»Lieben ist gut, Fritz.«

Er nahm die Gin-Flasche und goß die beiden Wassergläser halbvoll.

Fritz Pinneberger hatte lange an der Haustür klingeln müssen, bis Davids öffnete. Aber dessen Fahrrad stand vor der Tür, und um diese Zeit war er sonst mit dem Fahrrad unterwegs. Der Kollege war verstört. Zwar hatten sie sich am Morgen kurz gesehen, hatten kurz darüber gesprochen, warum Davids vierzehn Tage Urlaub nahm, auch Schmückel war erwähnt worden, aber ansonsten wußte Pinneberger nichts. Am meisten irritierte Davids, daß schon wieder ein Gespräch über ihn stattgefunden hatte. »Das macht die Runde, Fritz, in jedem Büro, auf jedem Flur, auf jedem Klo: Haste schon gehört, der Davids is 'ne Tunte, irre, hab' ich mir schon lange gedacht, daß der andersrum is. Und wenn ich dann in zwei Wochen wiederkomme, dreht sich jeder nach mir um. Tolle Perspektive.«

»Joe, Schmückel hat behauptet, daß er nur einen Satz zum Lang gesagt haben will, irgendwas mit Mafia und China-Lokal. Hab' keinen blassen Dunst, um was es da geht. Aber das hat was mit deiner Geschichte zu tun, nicht?«

Davids nickte. »Und ob?«

»Und was, willst du mir auch verraten?!«

Pinneberger sah auf die Uhr. Um acht Uhr hatte er mit Marianne ins Kino gehen wollen, MAD MAX ansehen, sollte ein starker Action-Film sein, er würde anrufen müssen.

»Eigentlich nicht«, erwiderte Davids zögernd.

»Gut, das ist ja deine Sache. Aber einen Hinweis könntest du schon loslassen.«

Und dann sprudelte Davids die Geschichte hervor, alle Details, die nächtliche Verfolgungsfahrt, er war ganz stolz darauf, gut trainiert, den Namen des Chinesen, die Bitte Xiao Chens, der er entsprechen wollte, die Schwierigkeiten, so spät noch den Mund aufzumachen, der halbe Krach mit Schmückel und die Folgen.

Fritz Pinneberger staunte nicht schlecht.

»Ich dachte, es geht um dein Sexleben, aber so... Ich glaub', du hast den Verstand verloren, Joe. Du kannst doch nicht mit diesen Informationen rumlaufen und mal eine winzige Andeutung an Schmückel machen, das ist absurd... die kriegen dich am Arsch...« Pinneberger hielt inne, weil das Bild nicht ganz passend war. »Du kriegst kein Diszi, sondern den Schuß, wenn das rauskommt, ich versteh' nicht, wie du so naiv sein kannst, organisiertes Verbrechen, Joe, das ist kein Witz, das ist...« Pinnebergers Stimme überschlug sich.

Joe Davids trank das Glas in einem Zug leer.

»Kein Witz, Fritz, wirklich.«

»Morgen gehen wir zum Schmückel, und du sagst ihm, was du weißt, dann gehen wir zum Lang und besprechen die Lage, dann bilden wir eine SOKO, um den Sumpf auszuheben.«

»Und dann werde ich gefeuert, und Xiao Chen finden wir in der Müllverbrennungsanlage wieder.«

»Ach, Quatsch, Joe, das sind Hirngespinste. Wir sind genügend Leute, um so was in den Griff zu kriegen. Den ersten haben wir doch schnell im Bau, diesen Typen, wie hieß er noch...«

Davids sah seinen Freund Pinneberger an. Warum hab' ich bloß den Mund aufgemacht, dachte er. Einmal schweigen können, das muß doch möglich sein.

»Wir müssen ja nicht den einen greifen, sondern warten ab, wann sie wieder auf Tour gehen, wenn wir alle drei Chinesen haben, dann kommen wir auch an die Hintermänner ran...« Pinneberger fixierte Davids. Er spürte, daß sein Kollege mit den Gedanken ganz woanders war. »Joe, komm runter von deiner Wolke, du bist bei der Kripo, kein Träumer.«

Sie hatten sich in den ersten Jahren ihrer Zusammenarbeit nicht gut verstanden, weil Davids oft so abweisend war, so verschlossen, niemand richtig an sich ranließ. Dann, als Joe ihm erzählt hatte, was mit ihm los war, fingen sie eine Freundschaft an, ganz überraschend. Pinneberger hatte Davids in Schutz genommen, nur dieses ständige Zu-spät-kommen war nicht immer zu vertuschen gewesen. Er konnte sogar seine altklugen Oberlehrer-Bemerkungen ab, meistens wußte Davids es wirklich besser. Für die Beförderung hatte er Davids eine ausgezeichnete Bewertung geschrieben.

Davids starrte an die Decke. »Du mußt mir etwas Ruhe lassen, Fritz, bitte, ich kann da morgen nicht hingehen, nicht in diesem Zustand, bitte, da muß ich mich drauf vorbereiten, bitte, verstehst du...«

»OK, Joe, auf einen Tag mehr oder weniger kommt es auch nicht an, klar. – Nein, das wär sogar ganz gut. Erst Ruhe einkehren lassen, und dann kommst du mit deinen Informationen raus. Die kannst du ja auch jetzt erst recherchiert haben, Joe, das ist die Lösung! Du hast deine These von Mafia und so erhärten wollen und auf eigene Faust etwas herausgefunden. Damit kommst du an, wie klingt das?«

Jetzt trank auch Pinneberger sein Glas leer.

MAD MAX, verdammt, er sprang auf, rief in der Feldstraße an: »Marianne, ich komm' direkt zum Europa, geht nicht anders.« Er legte auf.

Als der wieder vor der dunkelblauen Couch stand, sah Davids ihn an: »Fritz, du hast mal versprochen, daß du mir helfen willst, wenn ich dich brauche, stehst du noch dazu?«

»Joe, komm, wir kennen uns lange genug.«

»Laß mir Zeit, bitte, drängel mich nicht.«

Pinneberger setzte sich neben Davids, dessen glasige Augen im Wasser schwammen. Er legte seinen Arm um die Schulter des Kollegen. »Ich will nur, daß du keinen Fehler machst«, sagte Pinneberger leise, »von mir kriegen die nichts zu hören, solange du es nicht willst. So einen Draht zur Spitze hab' ich ja auch nicht.«

Er rüttelte an seinem Kollegen.

Joe Davids lachte, ein wenig müde.

»Danke«, sagte er.

»Komm mit ins Kino, Joe, das lenkt dich ab.«

»Nein, laß, ich will die Flasche leeren und dann in die Kiste. Ich hab' genug Action laufen.«

Zwei Stunden hatten sie trainiert, am Boden Gymnastik, an der Sprossenwand hängen, in Sandsäcke schlagen, Holzbretter durchhauen, Faustkampf Mann gegen Mann und zum Schluß wie immer: die Rangfolge. Herausfordererkämpfe. Momentan stand Curry an der Nummer eins, und der wurde auch gefordert.

Karl Homann hielt sich an diesem Abend zurück, er wartete auf seinen großen Auftritt. Seitdem er beim Sondereinsatzkommando 5 mittrainierte, war er nicht aufgefallen, aber das würde sich mit diesem Abend ändern.

Sie standen unter der Dusche und ließen das kalte Wasser an sich abplatschen. Keine Miene verziehen.

Der Dienststellenleiter hatte die Getränke schon im Dachzimmer bereitgestellt.

Curry hatte seinen Kampf gewonnen, er blieb die Nummer eins. Also war er auch der erste, der seinen Pappbecher heben durfte.

»Zack, zack, zack, von den Füßen bis zum Sack, vom Sack bis an die Schnauze, haut-se, haut-se, haut-se.«

Sie tranken Whisky.

Karl Homann nahm nur einen kleinen Schluck.

Bevor die lautstarke Unterhaltung einsetzte, wollte er das Wort ergreifen.

»Also, Kollegen, ich denke, wir kriegen Arbeit. Ihr habt gehört, was Ende nächster Woche stattfinden soll, Weserstadion, Rekrutengelöbnis, hohe Tiere, und so...«

Er sah in die Runde, niemand hatte bisher etwas von dem bevorstehenden Einsatz gehört. Homann erklärte, um was es ging, wie die Vorgespräche liefen, Einsatzpläne gemacht wurden. »Ist wieder typisch, daß wir als letzte etwas erfahren«, raunzte Horsti den Dienststellenleiter an.

»Ich hab' bisher nix Genaues gewußt, deswegen keine Infos«, verteidigte der sich.

Karl Homann mischte sich ein, er wollte sich nicht das Heft aus der Hand nehmen lassen, berichtete vom Gespräch beim Polizeipräsidenten, obwohl das gegen die Dienstvorschrift verstieß, und sprach auch von seinem Plan.

»Wenn wir alle SEKs und MEKs informieren, wenn wir die Zielpersonen genau im Visier haben, bilden wir Greiftrupps, immer so drei, vier Mann denke ich, das sollte genügen, und dann rein in die Menge und die Leute einzeln rausgeholt.«

Sein Plan wurde mit lautem Gejohle aufgenommen.

»Genau, das ist es, Karli.«

»Endlich mal ein Einsatz.«

»Kommt wie das Ei zu Ostern.«

»Volle Pulle.«

Karl Homann nahm einen weiteren Schluck.

Er sah den Dienststellenleiter an. Triumphierte.

Der Kollege unterbrach das Geheul.

»Moment, das geht so einfach nicht. Karli, gibt es dafür grünes Licht? Ich meine Einsatzbefehle... Ich finde den Plan große Klasse, aber was meinen die Oberen...«

Die Äußerung des Dienststellenleiters wurde mit lautem Protest quittiert. Homann genoß den Abend. So einen Auftritt hatte er schon lange herbeigesehnt. Er war zwar kein Schwächling und machte alles mit, auch wenn es mal mit verbundenen Händen zum Fußkampf ging, oder wenn sie fünfzig Liegestütze mit Händeklatschen machten, er mußte nicht passen, aber bisher hatte sich niemand für ihn interessiert.

»Wir werden das schon durchsetzen«, sagte Homann gelassen, »mein Chef arbeitet daran. Spätestens am Wochenende ist alles klar. Und der Präses hat auch schon mit der Pfeife gewackelt.«

»Das wird ein Späßchen.«

»Die Chaoten werden sauer sein. Das gibt Zoff.«

»Endlich kriegen die einen verplättet.«

Der Dienststellenleiter fragte: »Wie sollen die denn nach der Festnahme auf die Reviere gebracht werden? Da können doch nicht überall Streifenwagen stehen, das wär' zu gefährlich.«

Karl Homann winkte ab.

»Das regelt sich schon.«

Er nahm die Whisky-Flasche und schenkte jedem nach.

Wie ein Sieger.

Auch Curry strahlte ihn an.

»Beim nächstenmal solltest du mich herausfordern, Karli, da könnte Wonne aufkommen, was meinst du?«

»Aber logo«, erwiderte Homann, der sich vor so einem Kampf gerne gedrückt hätte.

Xiao Chen zitterte am ganzen Körper.

»Haste du Stoffe mitegebrachte?« fragte er schrill.

Joe Davids sah das zuckende Gesicht seines Freundes.

Drei Tage hatte er sich nicht blicken lassen, drei Tage war er nicht ins ›Peking‹ gegangen, solange hatte er gebraucht, um zu überlegen, was zu tun sei. Der Vorschlag von Pinneberger war nicht übel, so konnte er sich aus der Falle befreien. Er wollte am Ende der Woche zu Lang gehen und von seinen eigenen Erkundungen berichten, die er in seiner freien Zeit eingezogen hatte. Er hatte sich das Gespräch mit dem Kriminaldirektor ausgemalt. Wollte den vorbildlichen Kommissar spielen, der nichts auf sich sitzen läßt. Wollte von Ah San Chan reden und wie er ihm auf die Schliche gekommen sei. Wollte seinen Urlaub abbrechen, um an der Spitze einer Sonderkommission die chinesische Mafia zu bekämpfen.

Als er mittags im ›Peking‹ nach dem Besitzer fragte, wurde ihm mitgeteilt, daß man ihn seit Tagen nicht gesehen habe.

»Was ist los mit dir, Xiao Chen?« fragte Davids nervös.

»Stoffe?«

»Was?«

»Eitsche.«

Jeden Tag hatte er mit Pinneberger telefoniert, immer nach Dienstschluß, Fritz riet ihm, ein paar Aufzeichnungen zu machen, nicht bloß mündlich alles vorzutragen. So fertigte Davids Aktennotizen und Protokolle an, die er unterschrieb. »Kommst du morgen?« hatte Pinneberger jedesmal gefragt, und Davids hatte immer um noch einen weiteren Tag Aufschub gebeten. Nachts war er dem BMW nachgefahren, hatte die drei Chinesen beobachtet. Diesmal von seinem Renault aus. Einer von ihnen war einarmig. Aus dem rechten Ärmel schaute keine Hand heraus.

»Xiao Chen, bitte, was ist mit dir?« Joe Davids war verzweifelt. »Soll ich einen Arzt holen? Sag was?«

»Haste du es mitegebracht?«

»Was denn, verdammte Scheiße?«

»Eitsche. Heroine. Iche brauche ganz dringend.«

Joe Davids zog seinen chinesischen Freund hoch. Blickte ihm in die flackernden Augen.

Turkey.

Kein Zweifel.

Er faßte ihn unter beide Arme und schleifte ihn durchs vordere Zimmer, stieß die Tür zum Schlafzimmer auf und legte ihn behutsam aufs Bett.

Xiao Chen wurde ohnmächtig.

Es war ein Schock. Wieso hab' ich das nicht bemerkt, dachte Davids, das hätte ich doch schon früher sehen müssen. Abhängig, wie ein Urteil, Xiao Chen ist abhängig.

Joe Davids griff zum Hörer.

Es war kurz nach Mitternacht.

»Fritz, kannst du kommen, und bring alle Schlafmittel mit, die du im Hause hast.«

Pinneberger stöhnte: »Weißt du, wieviel Uhr es ist?«

»Ganz gleich. Ich brauche dich hier. Bitte, komm schnell.«

Joe Davids nannte die Adresse von Chens Wohnung.

Er setzte sich neben seinen Freund.

Das Zittern.

Als liege er auf einem Schüttelrost.

Ganz kurz eine Ruhephase.

Dann ging es wieder los.

Zwanzig Minuten später traf Pinneberger ein. Verschlafen. Er hatte nur Aspirin gefunden.

»Was willst du damit?« fragte er, nachdem er sich den Chinesen angesehen hatte.

Xiao Chen hatte genauso wie bei Davids gefragt, ob nun endlich sein Eitsche komme.

»Ich will ihn ruhigstellen, er soll schlafen, dann kommt er besser runter«, sagte Davids. »Das Aspirin kannst du dir wieder mitnehmen. Was soll ich damit?«

»Ich würde einen Arzt holen, Joe. Bevor wir hier rumdilettieren.«

»Xiao Chen will keinen Arzt.«

»Auch gut, dann fahr' ich wieder.«

Fritz Pinneberger war verärgert, deswegen seine Nachtruhe zu stören.

»Joe, ich rate dir im guten, rutsch da nicht noch tiefer rein, sonst gehst du unter.«

»Danke für die klugen Ratschläge«, sagte Davids, als er Pinneberger verabschiedete.

Am nächsten Morgen war Xiao Chen einigermaßen ansprechbar. Er rauchte eine Zigarette nach der anderen.

Davids hatte ihn in eine Wolldecke eingepackt, hatte Kaffee gekocht, den sein Freund in kurzen Wellen gleich wieder erbrach.

Xiao Chen erzählte stockend, was geschehen war.

Wie man ihn in Amsterdam auf eine erste Reise geschickt hatte.

Wie man ihm drohte, daß er Heroin im Wagen mitnehmen sollte.

Wie er sich dagegen gewehrt hatte. Mit Erfolg.

Wie sie ihn in ein paar Tagen vollgepumpt hatten.

Wie er sich nicht mehr wehren konnte.

»Iche bin fertig, Joe. Aus, iste vorbei. Alles. Nur sterben noch.«

Joe Davids sah, wie die Tränen aus seinen Augen liefen, ohne daß der Chinese sie wegwischte.

»Warum machen die das?«

»Die Triade will einen Ring aufbauen.«

»Was für einen Ring?«

Xiao Chen sah ihn an. Jetzt waren die Augen riesig vergrößert, nur wenig weiß, der Rest waren schwarze Löcher.

»Eine Heroin-Ring. Die China-Lokale sollen die Verteilung übernehmen.«

»Woher weißt du das?«

»Iche weiß es.«

Joe Davids schluckte.

Er mußte daran denken, wie Xiao Chen ihm von seiner Zeit in der Kulturrevolution erzählt hatte, wie man ihn verfolgt hatte, wie seine rechte Hand gebrochen wurde, langsam, jeder Handknochen einzeln, mit einem Eisenstab zerdrückt. Daher kam die Angst. Wie man seinem Vater den Vogelbauer weggenommen hatte, wie die vielen Vögel verschwanden, das sei bourgeoises Verhalten, und dabei hatten die Alten kein anderes Vergnügen, außer ihren Vögeln zu lauschen. Daher kam die Bereitschaft zum Schweigen. Immer, wenn Xiao Chen auf diese Zeit zu sprechen kam, geriet seine Sprache durcheinander, sein gutes Deutsch zerfiel in Wortfetzen, die er falsch zusammensetzte.

»Ah San Chan ...« Davids sprach den verbotenen Namen aus.

Xiao Chen legte den Finger auf die Lippen.

»Hat er dich abhängig gemacht?«

Sein Freund nickte.

»Ich werde ihn herbringen«, sagte Davids, »ich will das hier von ihm hören. Und dann werde ich ihn verhaften.«

Das Telefon klingelte.

Xiao Chen ließ sich den Apparat bringen.

Er nahm ab.

Seine Stimme war schwach.

»Für diche, Joe«, er reichte ihm den Hörer.

»Hier, Pinneberger, sag mal, willst du mich zum Narren halten, ich warte die ganze Zeit. Wo steckst du?«

»Worauf wartest du, Fritz?« fragte Davids, der sich wunderte, woher sein Kollege die Nummer wußte.

»Auf dich, Joe. Wir müssen das ins reine bringen, wenn du verstehst, was ich meine.«

Joe Davids ließ eine Pause entstehen, dann sagte er, er könne im Moment nicht weg, aber er würde sich, sobald wie möglich, melden.

»Das wird mir selbst zu mulmig, Fritz.«

»Gut, dann bin ich erleichtert. Ich sah dich schon mit einem Messer zwischen den Rippen die Weser hinabtreiben.«

Davids legte auf.

»Ich fahr' gleich los«, sagte er zu Xiao Chen. »Kommst du allein klar?«

»Was willste du machen?«

»Ich werde Ah San Chan herbringen, eine Gegenüberstellung, das muß sein.«

»Du biste verrückte, Mann, das überlebste du nicht.«

Joe Davids winkte ab.

Dieser halben Portion bin ich doch haushoch überlegen, dachte er. Er nahm seine Jacke und verließ die Wohnung, nicht ohne Xiao Chen einen Kuß gegeben zu haben.

14

»Die Vermutung, daß behördliche Stellen mit Hilfe der automatischen Datenverarbeitung ein gigantisches Speichersystem errichten würden, das allen und jedem ermöglicht, unkontrol-

liert, ungefragt und unnötig zu erfahren, ob Hermann Büssenschütt am St. Nimmerleins-Tag seine Pfeife mit Knaster oder Tee gefüllt hat, hat sich nicht bestätigt.«

Der Polizeipräsident sah in die Runde, wartete die Lacher ab und nahm dann seine kalte Pfeife. Er zog daran.

Vor ihm saßen Funktionäre der Partei und leitende Polizeibeamte, auch der Innensenator war anwesend.

Es war eine seltsame Stille im Saal, mit der Mantz nichts anzufangen wußte. Seit über einer Stunde trug er sein grandioses Papier vor, das sein Pressesprecher mit Aperçus gewürzt hatte, und dennoch kam nicht die Stimmung auf, wie Mantz sie sich wünschte.

»In der Polizei entsteht der Eindruck, daß solche Situationen, wie die Legitimierung von Hausbesetzungen durch Vertragsunterzeichnung, gerne von Politikern benutzt werden, um sich vor eine, wie sie meinen, Gruppeninteressenlage zu stellen, und man hat in der Polizei oft das Gefühl, daß das deswegen getan wird, um sozusagen auf der Welle der Gruppenempfindungen Sympathiepunkte für sich selbst oder für die vertretene Partei zu erhalten. Und man erwartet auf solche Weise dann auch wohl Stimmenzuwachs.«

Mantz sah, wie der Innensenator eifrig schrieb. Er konnte von seinem Podium nicht erkennen, ob es Notizen zu seinem Vortrag waren oder ob sein Chef Akten aufarbeitete. Er hätte viel darum gegeben, das in diesem Moment in Erfahrung zu bringen. Immer wieder hatte er, während des Sprechens, beobachtet, wie seine Polizisten zustimmend nickten, meistens, wenn er konkrete Mißstände ansprach und wenn es um das Mißverständnis zwischen Politik und Polizei ging.

»Wenn man unter Rechtsstaat eine staatlich gewollte Ordnung versteht, die sich aufbaut auf dem normierten geltenden Recht, dann muß man heute ernsthaft in Frage stellen, ob unter diesem Gesichtspunkt der Rechtsstaat noch erhalten ist. Wir

haben uns angewöhnt, unter Rechtsstaat in der öffentlichen Diskussion den Staat zu verstehen, der möglichst weit weg von dem ist, was auch so gern als Polizeistaat bezeichnet wird. Rechtsstaatlichkeit wird auch als Freiheit vom Staat empfunden. Ich sehe eine erhebliche Gefährdung des Rechtsstaates in genau der umgekehrten Betrachtungsweise, und hier dürfen wir mit Kleinigkeiten anfangen. Das Durchsetzen einer Anwohnerinitiative von sogenannten Maßnahmen zur Verkehrsberuhigung, die tatsächlich nichts anderes einbringen als das verbotene Aufstellen von Verkehrshindernissen in den Verkehrsraum, geben dafür gute Beispiele. Es breitet sich das Gefühl der Orientierungslosigkeit aus, weil jede Richtungsweisung fehlt. Das, was man Linie nennt, bleibt nicht erhalten. Es muß hier ganz deutlich gesagt werden, daß nicht nur in der Bevölkerung, sondern insbesondere in der Polizei der Eindruck vom schlappen Staat entsteht. – Ich danke Ihnen.«

Der Beifall setzte zögernd ein. Erst nur ein paar Hände, die applaudierten, offensichtlich wurden einige Zuhörer dadurch geweckt, der Applaus verstärkte sich. Aber es gab auch einige Buh-Rufe.

Der Polizeipräsident war erstaunt. Er blickte zum Innensenator, der ihm mit einem Handzeichen zu verstehen gab, daß man solche Töne nicht ernstzunehmen brauche.

Als erster äußerte sich der Landesvorsitzende der Partei, er sprach von ›überzogenen Darstellungen‹, die wohl darauf hinzielen, daß in den bevorstehenden Haushaltsberatungen den Forderungen der Polizei nach mehr Ausrüstung und Personal zu entsprechen sei.

Am Beifall konnte der Polizeipräsident feststellen, daß ihm der Wind ins Gesicht blies. Über Wochen hatte er an dem Papier gefeilt, und jetzt war es seinen eigenen Parteileuten nicht recht. Aber es kam noch schlimmer. Ein Vertreter der Polizeigewerkschaft griff ihn an. Ganz offen.

»Wir stellen fest, daß der Polizeipräsident nicht legitimiert ist, allein für die Polizei zu sprechen, er soll das als seine persönliche Meinung äußern. Wir plädieren für eine bürgernahe und zivile Polizei, davon ist in der Rede nichts zu hören gewesen. Da wurde der alte Kommiß-Knüppel geschwungen.«

Der Innensenator hielt sich mit einer Stellungnahme zurück, er habe das Papier zur Kenntnis genommen, er erwarte eine solidarische Diskussion in der nächsten Zeit, ihm seien einige Punkte aufgefallen, über die man sprechen müsse.

Als der oberste Dienstherr der Polizei das Podium verließ, rührte sich keine Hand.

Fritz Pinneberger setzte sich zur Wehr.

»Wer hat denn diesen Kursus mitgemacht, ihr oder ich?«

In der Kantine gab es an diesem Mittag Fisch, wie jeden Freitag. Obwohl die Hansestadt kein Fastengebot zu beachten hatte, roch das ganze Präsidium freitags nach Fisch. Einmal Scholle, einmal Kabeljau, mehr Abwechslung war nicht drin. Wenn es Kabeljau gab, dann roch es auch noch nach der unvermeidlichen Senfsauce, die den Fischgeschmack überdeckte.

Pinneberger saß mit Ritter, seinem früheren Skatbruder, und Lindow am Tisch. Sie stocherten im Essen.

Der schwäbische Kollege aus dem Raubdezernat hatte eine dezidierte Meinung zu diesem neumodischen Computer-Kram. »Wenn es jeder lerne mueß, dann nehm i moin Abschied, gell. Des ist elles blödes Zeug, heilixblechle, davon fange mir net oinen Kerle mehr.«

Pinneberger tippte sich an die Stirn.

»Du hast es nur noch nicht versucht. Das macht den Unterschied aus. Glaubst du denn wirklich, es spielt keine Rolle, ob wir in zehn Sekunden eine Personenfeststellung haben, mit allen, und ich sage, mit allen verfügbaren Daten, oder erst in zwei, drei Stunden?«

»Verhaftet werde muß der Kerle aber dann von Hand, gell. Des macht der Computer net, oder?«

Wolfgang Lindow hatte den beiden die ganze Zeit zugehört. Er kannte Pinnebergers Meinung schon, war skeptisch, daß sie wirklich einer neuen Ära der polizeilichen Arbeit entgegengingen, aber in einem mußte er seinem Skatbruder zustimmen: Gegen Wirtschaftskriminalität, die in raschem Maße anstieg, mußten sie die modernsten Techniken einsetzen, denn die weißen Kragen verfügten längst über EDV und internationale Verbindungen.

Er dachte an den gestrigen Skatabend, der nicht zu seiner Zufriedenheit ausgefallen war. Nicht nur, daß sie wieder zu dritt spielen mußten, Marianne war immer besser geworden, sie hatte sogar am Ende zwei Mark gewonnen, nein, die Kassenführung hatte ergeben, daß ihnen zwölf Mark fehlten. Lindow hatte, noch während sie spielten, immer wieder darüber nachgedacht, wo der Rechenfehler liegen konnte. Er würde natürlich die zwölf Mark ersetzen, darum ging es nicht, aber daß seine beiden Mitspieler nach kurzem Einblick in seine Abrechnung diesen eklatanten Fehler feststellten, war ihm mehr als peinlich. Er bat am Ende des Abends darum, im nächsten Monat die Kassenführung abzugeben. Seine Bitte wurde abgelehnt.

Pinneberger schimpfte auf Ritter, der sich in Computersachen stur stellte, aber was noch ärgerlicher war, er fing an, sich über ihn lustig zu machen.

»Wir müssen doch wissen, ob ihr da drüben einen Mann am Wickel habt, wegen Raub oder so was, wenn wir dem über den Weg laufen, weil er jemand umgebracht hat. Wenn ich an diese Daten in Null-Komma-Nichts herankomme, kann ich schneller handeln. Daß du das nicht einsehen willst, du schwäbischer Raubritter.«

Der Kollege ließ sich nicht beirren, er schob den letzten Bissen Kabeljau in den Mund und sagte: »Hano, i woiß scho, was du willst! Du willst, daß wir alle fernsehgucke, emmer am Schirm, da han i koi Luscht zu, verstehst, was i moin?«

Pinneberger nickte. Dazu hatte er allerdings auch keine Lust, und er wußte von früheren Einsätzen mit Ritter, daß er ein typischer Außendienstkollege war, der lieber vor Ort stundenlang Leute befragte, als auch nur einmal längere Zeit Karteien zu wälzen.

Dann fiel ihm Davids ein.

»Habt ihr Joe gesehen?« fragte er.

»Der ist in Urlaub, Fritz, das müßtest du doch am besten wissen, er würde dir sonst gegenübersitzen.«

»Aber, ich hatte gedacht, er würde...« Pinneberger biß sich auf die Lippe. Er stand auf, nahm sein Tablett. Den rosafarbenen Nachtisch, der direkt aus der Chemiefabrik kam, ließ er unangerührt.

»I hend ghört, daß der Davids so ein sexuelles Problem het, woißt du ebbes Gnaues?«

Ritter sah Lindow an.

Der Kollege vom Wirtschaftsdezernat versuchte erfolglos mit einem Zahnstocher das gerade genossene Essen aus den Lücken herauszupopeln.

»Hast du kein sexuelles Problem?« fragte er Ritter.

»I moin ja bloß...« Der Schwabe putzte seine Brille.

»Wenn du in fremden Betten rumschnüffeln willst, mußt du dir einen anderen suchen, bei mir zu Hause stimmt alles.«

Lindow wünschte noch einen ›Guten Appetit‹ und stand auf.

Der Geruch in der Kantine war unerträglich.
Er wollte das nächste Fischessen auslassen.

Kommissar Zufall half bei der Festnahme des Chinesen Lin Xiao Ho. Zwei Bahnpolizisten wurden von einer Frau aufgefordert, sich die schlimmen Zustände in der Toilette anzusehen. Die Frau sprach davon, daß dies ein Grund sein könne, die Hansestadt nicht mehr zu besuchen.

Die Bahnpolizisten empfanden das zwar nicht als ihre Aufgabe, aber um die Besucherin zu beruhigen, gingen sie mit. Bei einem Blick in die Herrentoilette sahen sie, wie unter der Klotür zwei Beine herausragten. Anstatt sich um das Problem der Frau zu kümmern, schritten sie ein.

»Aufmachen, machen Sie auf«, polterte der eine Bahnpolizist an die Tür.

Keine Antwort.

Mit einem Vierkantschlüssel öffneten sie die Tür.

Am Boden lag ein Mann, ohne Besinnung.

Er lebte und atmete schwach.

Ein Einarmiger.

Sofort verständigten sie die Schutzpolizei, die mit lautem Lalü-lala auf den Bahnhofsvorplatz fuhr. Die Reisenden mußten sich in Sicherheit bringen.

Während der Fahrt zum Revier kam der Mann zu sich. Die Augen immer noch leicht verdreht.

Er stand unter Drogen.

Randvoll.

Kurz bevor der Streifenwagen anhielt, versuchte er zu flüchten.

Der eine Beamte schlug ihm mit der Faust in den Magen, so daß der schmächtige Mann sofort zu Boden ging.

»Drogi und Schlitzauge, das ist zuviel auf einmal.«

Mit vereinten Kräften zogen die beiden Schutzpolizisten den Asiaten hoch und brachten ihn aufs Revier.

Sie nahmen seine Personalien auf, nachdem sie ihm eine Handschelle angelegt und ihn an einen dafür eingerichteten Eisenhaken angekettet hatten. Als später Kommissar Schmückel fragte, ob dieser Eisenhaken den Dienstvorschriften entspreche, sagte ein Beamter des Reviers: »Wir wollen doch nicht ständig zum Hundertmeterlauf antreten. Wenn die die Flitze machen, müssen wir das verantworten.«

Der Chinese wollte einen Rechtsanwalt sprechen, da er aber keinen namentlich kannte, wurde nichts daraus.

Die Beamten durchsuchten ihn, fanden keine Drogen und auch keine Spritze bei ihm.

Nach einer Stunde brachte ein zweiter Streifenwagen eine winzige Menge Heroin, die bei gründlicher Durchsuchung in der Bahnhofstoilette gefunden wurde, und eine abgebrochene Nadel, die beim Wegspülen auf der Wasseroberfläche liegengeblieben war.

Gegen Mittag erfuhr Schmückel von diesem Fall.

Ein einarmiger Chinese, dachte er, dem fehlt eine Hand. Er erkundigte sich beim Revier.

»Jawohl, dem fehlt nur die rechte Hand, sonst ist alles dran an dem Mann.«

»Wie heißt er?« fragte KHK Schmückel.

»Lin Xiao Ho.«

Schmückel konsultierte die Unterlagen, fragte beim Rauschgiftdezernat an. Nein, lauteten die Auskünfte, der Mann ist bisher nicht in Erscheinung getreten.

KHK Schmückel wollte ihn sich ansehen.

Er fuhr zusammen mit einem Kollegen zum Revier in die Holstenstraße.

Der Revierleiter kam auf ihn zu und sagte: »Das wird aber auch Zeit, wir können den nicht ewig dabehalten.«

Lin Xiao Ho saß bleich auf der Holzbank.

Schmückel sah auf den rechten Arm.

Die Hand war glatt abgetrennt.

Die Narben sahen häßlich rot aus, an zwei Stellen war noch Schorf.

»Den nehm' ich mit«, sagte Schmückel zum Revierleiter.

»Gut. Eine Unterschrift bitte.«

Schmückel schrieb seinen Namen aufs Formular.

Sie fuhren in die Gerichtsmedizin.

»Da haben Sie aber Glück«, sagte Dr. Kaltenhorst, »ich wollte gerade Feierabend machen.«

»Sehen Sie sich mal die Hand an«, Schmückel nahm den linken Arm des Chinesen. »Kommt die Ihnen bekannt vor?«

Lin Xiao Ho ließ alles mit sich machen, wie eine Puppe stand er zwischen den Polizisten.

Schmückel entdeckte die blaue Tätowierung auf der Handinnenfläche.

Ein gleichschenkliges Dreieck.

Dr. Kaltenhorst nahm den anderen Arm.

»Könnte passen.«

Er ging zum Telefon und rief in der Asservatenkammer an.

»Damit wäre das Rätsel gelöst«, sagte er.

In dem kühlen, grünlichen Raum begannen sie das Verhör von Lin Xiao Ho. Seit wann ihm die Hand fehle?

Wer das getan habe?

Wo die Hand sei?

Schmückel fragte schnell, aber der Chinese, der gerade noch ganz willig alles mit sich hatte machenlassen, wurde einsilbig.

Es sei ein Unfall gewesen, vorige Woche.

Wie der Unfall geschehen sei?

Warum er die Hand nicht wieder annähen ließ?

Ob er nicht wisse, daß dies möglich sei?

Mit einer Säge sei es passiert, vorige Woche.

Dr. Kaltenhorst streifte den Ärmel am linken Arm hoch, das dreckige Seidenhemd gab den Blick auf die Armbeuge frei.

»Einstiche, die sind frisch. Gestern, vorgestern. Vorige Woche, das kann nicht sein, mein Herr, da müssen Sie sich eine bessere Lüge einfallen lassen.«

Und zu Schmückel sagte er: »Haben Sie schon jemand gesehen, der sich mit diesem Stumpf eine Spritze in den Arm setzt. Ich nicht? Da ist etwas faul, Kollege.«

KHK Schmückel wollte wissen, wo der Unfall geschehen sei.

Lin Xiao Ho nannte die Adresse einer Schreinerei.

»Arbeiten Sie da?« Der Chinese schüttelte den Kopf, nein, er arbeite da nicht, aber er habe für seine Wohnung ein paar Bretter sägen wollen, und dabei sei es passiert.

Dr. Kaltenhorst zog Schmückel in eine Ecke des Raumes.

»Ich glaub' dem kein Wort, das ist alles gelogen. Aber das ist jetzt Ihre Sache, ich muß nach Hause.«

»Gehen Sie nur.«

Dann fiel Schmückel ein, daß jemand die Hand überprüfen müßte.

Dr. Kaltenhorst schloß seine Aktentasche: »Bei der Hand ist auch die Röntgenaufnahme. Das kann Hempel machen, der muß so in einer halben Stunde da sein. Einfach die andere Hand röntgen, dann wissen Sie Bescheid.«

Schmückel bedankte sich für die Unterstützung.

Er ließ den Chinesen in sein Büro bringen.

»Es besteht Fluchtgefahr, also stellen Sie einen Mann an die Tür«, wies er seinen Kollegen an.

KHK Schmückel ging auf die Straße.

Er rauchte eine Zigarette.

Wenn dieser Chinese etwas mit dem Brand und dem Mord zu tun hatte, dann mußte am Tatort entweder tatsächlich ein Unfall geschehen sein, oder man hatte ihm die Hand aus irgendeinem Grund abgehackt. Die Indizien sprachen für die zweite These. Der sollte bestraft werden, dachte Schmückel, gewarnt. Dann fiel ihm wieder Davids ein. Er ärgerte sich, daß der Kollege gerade jetzt in Urlaub war. Er hätte ihn nötig gebraucht. Man hörte ja einiges über ihn im Präsidium. Beim Mittagessen war gesagt worden, der habe ein schwules Verhältnis zu einem Bordellbesitzer, der Urlaub sei nur Tarnung, da würde schon eine Untersuchung gegen ihn laufen.

»Hier sind Sie, Herr Kriminalhauptwachtmeister, wir suchen Sie schon.« Der junge Polizist war außer Atem.

»Was ist denn los? Ich warte auf die Vertretung vom Kaltenhorst.«

»Sie wollten doch die Hand...«

»Ja, die auch.«

»Wir können keine Hand in der Asservatenkammer finden, nichts da. Die Schublade, wo sie gelegen hat, ist leer.«

»Und die Röntgenaufnahme?«

»Da ist nichts. Bitte kommen Sie mit und überzeugen sich selbst.«

»Verdammte Schlamperei«, rief Schmückel und trat die Zigarette aus.

15

Van Onna lächelte: »Nein, ich kann mich nicht an dich erinnern, aber du bekommst trotzdem ein Zimmer bei mir.«

Sie stiegen die schmale Treppe hoch.

Im ersten Stock lag der helle Frühstücksraum, die Wände mit modernen Bildern dekoriert, im zweiten Stock waren drei und im dritten Stock zwei Zimmer. Die kleine Pension war ausgebucht.

»Ich habe noch ein Zimmer ganz oben, entschuldige, daß wir keinen Aufzug haben, aber in so einem Haus. Meist vermiete ich das Zimmer nicht, weil es direkt neben meiner Wohnung liegt, aber für dich geb' ich es weg.«

Der vierte Stock war noch enger.

Sie mußten sich ein wenig bücken, um unter dem Türrahmen durchzukommen. Van Onna sagte: »Voilà, was meinst du?«

Joe Davids war begeistert.

Das Zimmer hatte ein wenig von seiner eigenen Wohnung. Liebevoll mit Krimskrams überhäuft.

»Ich sammle so klitzekleine Lieblichkeiten, weißt du.«

Van Onna stand an der Tür.

»Schön«, sagte Davids, der völlig übermüdet war. »Ich nehme das Zimmer.«

»Und es ist auch sehr preiswert.« Van Onna nannte ihm den Preis: »15 Gulden, mit Frühstück inclusive. Aber nur für Freunde, nicht weitersagen.«

»Toll«, Davids konnte diese Menge an Freundlichkeit vertragen.

Er setzte sich aufs Bett, das etwas durchgelegen war.

»Gut, ich laß dich jetzt ruhen. Bis morgen.«

Van Onna warf ihm eine Kußhand zu und schloß leise die Tür.

Joe Davids ließ sich nach hinten fallen.

In seinem Kopf drehte sich alles.

Er war erschöpft. Wie gut, daß ihm dieser Franz Kandel eingefallen war. Der hatte bei van Onna gewohnt. Damals stellte er eine Recherche wegen Kandel an, der in Amsterdam gestohlenes Silber an den Mann hatte bringen wollen. Wenn ihm bloß der Name des Kollegen einfiel, mit dem er damals telefoniert hatte. Aber es war mehr als fünf Jahre her.

Van Onna, Bloemgracht. So schmal hatte er sich das Haus allerdings nicht vorgestellt.

Das Zimmer sah aus wie eine Puppenstube. Ein wenig verkitscht. Zuviel altrosa. Wenn er den Kopf drehte, konnte er auf die gegenüberliegende Häuserzeile sehen.

Schlafen, nur noch schlafen, am besten den ganzen verdammten Sonntag verschlafen.

Dann stellte Davids fest, daß es kein Telefon im Zimmer gab. Ich muß Xiao Chen anrufen, dachte er.

Aber er schlief ein.

Er war seit mehr als dreißig Stunden in Amsterdam. Ohne Schlaf. Von der Stadt hatte er nichts gesehen, außer dem Bahnhof, das große Hotel am Leidseplein mit dem American Café und das unauffällige Haus mit der schwarzgestrichenen Tür. Er würde es im Traum wiederfinden, blind, ohne sich einmal zu verlaufen.

Und er kannte den Hinterkopf von Ah San Chan. Jede Strähne seines Haars. Den gefleckten Hemdkragen. Die hellgrüne Lederjacke. Die fleischigen Ohrläppchen.

Es war eine lange Beobachtung geworden.

Als er mit seinem Wagen vor der Wohnung des Chinesen halten wollte, sah er, wie dieser seinen BMW startete.

Davids folgte ihm.

Er tankte seinen Wagen in der Nähe des Bahnhofs. Davids tankte zwei Säulen weiter.

Ah San Chan fuhr auf die Autobahn.

Davids folgte ihm.

Die A 1, Richtung Süden.

Immer wieder hatte Joe Davids gedacht, jetzt hältst du an und kehrst um, aber er hatte den Fuß nicht vom Gaspedal genommen. Was willst du überhaupt mit diesem Ah San Chan? Er war ihm gefolgt. Du mußt dich um deinen Freund Xiao Chen kümmern! Verfolgungsjagd.

Zwischendurch ging es über gut ausgebaute Landstraßen, dann die holländische Grenze.

Jetzt wollte Joe Davids dranbleiben.

Holland, war Xiao Chen nicht auch in Holland gewesen?

Joe Davids fuhr hoch. Wo ist der Koffer, dachte er. Er blickte sich in dem kleinen Zimmer um. Es roch ein wenig muffig. Dann sah er den Koffer aus schwarzem imitierten Leder. Er suchte einen sicheren Platz. Auf jeden Fall durfte er nicht offen rumstehen. Davids erhob sich, zog das Hemd aus.

Er versuchte, die Tür abzuschließen. Der Schlüssel ließ sich nicht drehen.

Wenn er mich nicht entdeckt hat, dachte Davids, dann bin ich hier sicher. Aber es konnte genausogut sein, daß Ah San Chan das Spiel mitgespielt hatte.

Wo stelle ich den Koffer hin?

Davids öffnete ein Fenster und ließ die klare Nachtluft herein. Kurz nach Mitternacht.

Er atmete tief ein.

Er nahm den Koffer und schob ihn unters Bett.

Wenn ich anrufen könnte, dachte er noch, bevor er wegduselte.

Die Fahrt ging nach Amsterdam.

Nicht mal schnell. Es war eine langsame Verfolgung.

Joe Davids hatte Zeit zu überlegen. Obwohl er einem

Auto hinterherfuhr, war er ganz ruhig, fast gelassen. Er dachte an seinen Job, seine zehn Jahre bei der Polizei, seine Beförderung vor ein paar Monaten, seine Jahre des Versteckspielens, die jetzt vorüber sein würden. Vielleicht hat das alles auch sein Gutes, jetzt, wo es jeder weiß, kann ich meinen Panzer ablegen. Sollen sie doch kommen, ich werde schon die richtigen Antworten wissen.

Kurz vor Amsterdam hielt der BMW.

Davids fuhr an ihm vorbei, beobachtete im Rückspiegel, wie Ah San Chan ausstieg und ein paar Körperübungen machte.

Zehn Minuten.

Dann fuhren sie weiter.

Kurz vor siebzehn Uhr waren sie in der Innenstadt.

Ah San Chan stieg im ›Metropolitan‹ ab. Er ließ den Wagen vom Portier in die Garage bringen.

Joe Davids kaufte sich ein paar Pommes frites und ein Mineralwasser und wartete.

Wenigstens hatte sein Renault ein Radio, so daß er Musik und Nachrichten hören konnte. Diese Leute sprachen so schnell Holländisch im Rundfunk, daß einem schwindelig wurde. Manches konnte er verstehen.

Langsam wurde er aufgeregt.

Zwischendurch ging er in die Hotelhalle, nahm auf einem der bequemen Sessel Platz. Argwöhnisch beobachtet von zwei Angestellten, wie er fand. Dabei sah er Ah San Chan, der im American Café mehrere Biere trank.

Davids hatte auch Lust auf ein Bier, aber er durfte seinen Beobachtungsposten nicht verlassen. Immer wieder wechselte er seinen Standort.

Es hatte ihn gepackt.

Mit einem Mal.

Die Zielperson im Visier.

Joe Davids spürte, daß der Chinese nicht zu einem Urlaubswochenende nach Amsterdam gefahren war.

Als die zwei Hamburger kamen, die der Chinese schnell hintereinander verspeiste, bekam Davids Hunger.

Er mußte noch zwei Stunden warten.

Kurz nach zweiundzwanzig Uhr ging Ah San Chan auf sein Zimmer.

Nummer 503 konnte Davids hören, als der Schlüssel ausgehändigt wurde.

Jetzt wird er schlafen.

Ich geh' essen.

Joe Davids konnte wählen zwischen einem Indonesier, einem Japaner und einem China-Restaurant.

Wenn ich schon einen Chinesen verfolge, dachte er, dann kann ich auch chinesisch essen gehen.

Er war überrascht, was er für Gerichte auf der Karte fand. Ganz anders als im ›Peking‹.

Es schmeckte ausgezeichnet, so wie die Leckereien, die Xiao Chen speziell für ihn kochen ließ.

Manchmal blickte Davids zum ›Metropolitan‹ hinüber.

Er ließ sich Münzen geben und rief seinen Freund an.

Xiao Chen war zu Hause. Es ging ihm schlecht. Er hatte eine Dosis bekommen, aber sie war zu knapp ausgefallen. Er fragte Davids, von wo er anrufe. Davids log: »Ich mußte ganz schnell zu meinen Eltern fahren, dringende Familienangelegenheiten. Ich komme bald wieder.« Als er den Hörer eingehängt hatte, wunderte er sich, daß er seinen Freund hinters Licht geführt hatte.

Dann stieg er wieder in seinen Renault, wartete die ganze Nacht. Manchmal nickte er ein. Kurz. Schreckte hoch.

Das Radio spielte alte Jazz-Nummern.

Er hatte sich ein paar Flaschen Mineralwasser gekauft.

Auch zum Essen trank er kein Bier.

Er war auf der Jagd.

Mit einem Schlag den ganzen Fall lösen. Diesem blöden Schmückel werde ich es zeigen. Wenn der nur ein bißchen kooperativer gewesen wäre. Aber nein, er muß zum Lang rennen und petzen. Sie hätten die Sache gemeinsam in den Griff bekommen, aber jetzt war er am Ball. Davon würde Schmückel nicht mal träumen, so wie der recherchierte. Schon eine dritte Hand brachte ihn aus dem Gleichgewicht, lächerlich. Obwohl Davids auch gerne gewußt hätte, von wem diese Hand stammte.

Kurz nach sieben, Samstag morgen.

Ah San Chan verläßt das ›Metropolitan‹.

Er geht zu Fuß, durchquert ein paar Straßen.

Joe Davids folgt ihm.

Vorsichtig. Er fühlt sich gut, er hat zwar kaum ausruhen können, aber die Kraft läßt nicht nach. Da vorne geht der Chinese, den er am besten von hinten kennt.

Er trägt seine hellgrüne Lederjacke, die fleischigen Ohrläppchen, die unter dem schwarzen Haar hervorschauen. Davids muß sehr aufpassen.

Immer wieder bleibt der Chinese stehen. Schaut sich um.

Joe Davids weiß, daß er sich keinesfalls schnell bewegen darf. Jemand, der hinter einen Mauervorsprung huscht, ist verdächtig. Weitergehen. Sich nicht irritieren lassen.

Mit einem Mal verschwindet der Chinese in einem kleinen Haus mit einer schwarzgestrichenen Tür.

Davids wartet.

Er hat sich vorgenommen, die Uhrzeiten zu notieren. Das kann später wichtig werden. Während er wartet, raucht er fast eine halbe Packung Zigaretten.

Er notiert sich die Straßennamen.

Nichts geschieht.

Joe Davids denkt daran, wie er zu Hause von dieser Verfolgung berichten wird. Ruhig, er wird ganz ruhig bleiben. Sachlich, keine Aufregung. Das ist mein Job. Ich bin ihm gefolgt, fertig.

Immer wieder versucht er, sich an den Namen des holländischen Kollegen zu erinnern, mit dem er damals mehrfach telefoniert hat. Er war so zuvorkommend, so überaus hilfreich. Ohne ihn hätten sie Kandel nicht so schnell überführen können. Diese genauen Daten, wie er die Pension van Onna in der Bloemgracht ausfindig gemacht hatte, wann Kandel angekommen war, wann abgereist, wie er mit dem Besitzer über Antiquitätengeschäfte sprach. Das kam für Kandel so überraschend, daß er gestand.

Zehn Uhr vierzehn, Ah San Chan verläßt das Haus mit der schwarzgestrichenen Tür. Er hat zwei Koffer. Nicht sehr groß. Wie Fluggepäck. Sie scheinen nicht schwer zu sein.

Joe Davids folgt den beiden Koffern.

Instinktiv dreht er in Richtung ›Metropolitan‹.

Jetzt ist ihm alles klar.

Ah San Chan holt Nachschub für die Hansestadt.

Steigt im Fünf-Sterne-Hotel ab, die beste Tarnung. Holt zwei Koffer, nicht weiter auffällig. Fährt zurück nach Hause. So einfach läuft der Drogenverkehr.

Davids hat sich geirrt.

Ah San Chan nimmt einen anderen Weg.

Davids folgt ihm. Der Chinese geht jetzt schneller.

Warum gehst du nicht ins Hotel, denkt Joe Davids, da steht doch dein Wagen.

Eine Viertelstunde später erreichen sie den Hauptbahnhof.

Ach so, noch besser, den Wagen stehen lassen und mit dem Zug fahren. Viel sicherer, weil die Kontrollen im Zug noch laxer sind. Meist gehen die Zöllner nur durch. Die Pässe werden kontrolliert, mehr nicht.

Es klopfte an der Tür.

Joe Davids antwortete leise. Die Augen geschlossen.

»Ich bin es nur«, sagte van Onna. »Wollte mich erkundigen, ob du was brauchst.«

Joe Davids sah auf die Uhr: Es war kurz nach zehn. Er hatte durchgeschlafen.

»Frühstück gibt's unten, ich kann es dir aber auch hochbringen, wenn du willst.«

Dieses holländische Deutsch, so sollten sie alle sprechen, konnte man in dieser Sprache überhaupt böse reden. Van Onna war ein Ausbund an Liebenswürdigkeit.

»Ich komme«, sagte Davids, »ein paar Minuten.«

Dann fiel ihm der Koffer ein.

Er sah unters Bett.

Schwarz imitiertes Leder.

Der Inhalt war belanglos: Unterwäsche, ein paar Bücher, einige Schachteln Zigaretten. Davids hatte ihn mitgenommen, wußte, daß sich mehr darin befand, wollte aber das Versteck nicht zerstören, um der Spurensicherung die Möglichkeit zu geben, weitere Hinweise zu finden.

Es war nicht leicht gewesen, den Koffer zu bekommen.

Um Viertel vor elf steht der Chinese am Bahnsteig 7 des Amsterdamer Hauptbahnhofs.

Der direkte Zug in die Hansestadt fährt in knapp zehn Minuten.

Einen Koffer hat er abgestellt.

Mit dem anderen in der Hand spricht er eine Frau an.

Joe Davids hat große Mühe, nah genug heranzukommen, aber es gelingt ihm. Seine Deckung ist ein Imbißwagen.

Er hört, wie Ah San Chan die traurige Geschichte erzählt, daß sein Bruder diesen Koffer vergessen hat und ihn ganz dringend braucht. Er wolle sich auch erkenntlich zeigen, holt einen Hundert-Guldenschein aus der Tasche. Es wäre nett, wenn sie den kleinen Koffer mitnähme, sein Bruder erwarte sie am Bahnhof. Er kenne ja seinen Koffer.

Ah San Chan lacht. Die Frau ist einverstanden.

Ah San Chan hilft ihr beim Einsteigen.

Der Zug fährt in fünf Minuten.

Davids überlegt, ob er einsteigen soll. Er sieht, wie Ah San Chan sich nach einem weiteren Passagier umsieht. Den zweiten Koffer auf die Reise schicken.

Der Chinese läuft nervös auf dem Bahnsteig hin und her.

Davids wagt das Spiel.

»Oh, entschuldigen Sie«, sagte der Chinese, »ich habe ein kleines Ploblem.«

Davids nickt. Er sagt nichts. Zum erstenmal sieht er Ah San Chan ins Gesicht. Wie ein Mond, kreisrund, die schmalen Augen, schwarz, das kleine Lippenbärtchen, ganz angenehm.

Dann hört er zum zweitenmal die Geschichte von dem Bruder, der seinen Koffer vergessen hat.

Hundert Gulden für den Transport.

Davids ist einverstanden. Er steigt in den Zug.

Setzt sich so, daß ihn der Chinese sehen kann.

Einmal winkt er sogar.

Der Zug fährt pünktlich ab. Zehn Uhr siebenundfünfzig.

Davids kann es nicht glauben, er hält das Beweisstück die ganze Zeit auf den Knien. Angespannt.

Am nächsten Bahnhof steigt er aus.

Fährt zurück nach Amsterdam.

Gegen vierzehn Uhr ist er wieder an seinem Renault.

Er hat einen Strafzettel bekommen für falsches Parken.

Im Hotel erkundigt er sich nach dem Chinesen. Der hat noch nicht ausgecheckt.

Joe Davids wartet.

Er hat den Koffer in der Zugtoilette geöffnet.

Nichts von Belang.

Tarnung, falls doch mal ein Zöllner hineinsehen will. Der Frau wird nichts passieren.

Um zwanzig Uhr verläßt Ah San Chan in seinem BMW das ›Metropolitan‹, Richtung Autobahn.

Davids folgt ihm. Er ist euphorisch, das Radio hat er abgestellt und singt laut und falsch in seinem Wagen.

Irgendwann hält er an.

Ich weiß doch, wo Ah San Chan zu finden ist, denkt er, dreht bei der nächsten Ausfahrt und fährt zurück nach Amsterdam.

Erst kurz bevor er die Stadt wieder erreichte, fiel ihm ein, daß er einen dummen Fehler begangen hatte.

Er hätte anrufen müssen, damit man die Frau und den Bruder bei der Übergabe des Koffers auf dem Bahnsteig schnappt.

Jetzt war es zu spät.

Aber dann kam ihm der Gedanke, daß es so vielleicht gut war, noch kein Aufsehen erregen.

Das Frühstück war mehr als reichlich.

Käse- und Wurstplatten, vier verschiedene Sorten Marmelade, selbstgemacht, zwei Eier, Kaffee mit Sahne.

Van Onna saß zwei Tische weiter und studierte die Samstagzeitung, obwohl schon Sonntag war.

Joe Davids aß mit großem Appetit. Er hatte noch keinen Plan, aber war so gut gelaunt wie selten. Der ganze Ärger der letzten Tage war vergessen.

»Ich hab' gleich gemerkt, daß du schwul bist«, sagte van Onna. Wie schön er das Wort ›schwul‹ aussprach, ganz leicht. »Deswegen hast du auch mein kleines Zimmer da oben bekommen. Normalerweise schlaf' ich nämlich da. Du brauchst auch nichts dafür zu zahlen.«

Joe Davids lächelte: »Doch, ich zahle, wirklich, hab' gestern hundert Gulden verdient, die kannst du haben, wenn du mir eine Quittung dafür gibst.«

Van Onna legte die Zeitung weg.

»Womit hast du sie verdient?«

Joe Davids zögerte einen Augenblick, dann erfand er eine Geschichte von einer alten Frau, die ihren Koffer hatte stehen lassen, was er zufällig bemerkte. Er war auf dem Bahnhof hinter ihr hergelaufen und hatte sie kurz vor Abfahrt des Zuges erwischt. Sie drückte ihm die hundert Gulden in die Hand. »Und dabei wollte ich nur freundlich sein.«

»Schwierig, heutzutage freundlich zu sein«, sagte van Onna mit dem Blick auf die Zeitung. »Hast du Lust auf ein bißchen Spaß?«

Davids nickte.

Er kannte den Weg in den vierten Stock.

Der Koffer, wo liegt er jetzt? Hab' ich ihn unterm Bett hervorgeholt? Ganz gleich, van Onna würde nicht mißtrauisch werden, selbst wenn der Koffer offen im Zimmer lag.

Zehn Minuten später lagen sie im Bett und liebten sich.

16

Fritz Pinneberger gab die Suche auf. Sollte Joe doch bleiben, wo der Pfeffer wächst. Das ganze Wochenende hatte er versucht, ihn zu erreichen. Mehr als ein dutzendmal hatte er die Nummer gewählt. Er kannte sie auswendig, vorwärts und rückwärts.

Davids war verschollen.

»Wenn einer Urlaub nimmt, dann ist er meistens weg, bei diesem Wetter hier«, sagte Wolfgang Lindow, den Pinneberger aufsuchte. Er lag mit einem Eisbeutel auf dem Sofa. Nach dem 0:5 gegen Köln war der Abstieg von Werder besiegelt. »Was interessiert mich dein Joe, wir sind jetzt zweitklassig, Fritz. Weißt du, was das heißt?«

Pinneberger wollte sich auf kein Fachgespräch über die Bundesliga einlassen, aber Lindow zwang es ihm auf.

»Zweitklassig, das ist soviel wie gar nicht da. Wir haben so einen guten Fußball gespielt, alle Jahre wieder. Und der Kampf gegen den Abstieg war wenigstens spannend, nicht so blödes Mittelfeld, aber jetzt ...«

Lindow stöhnte.

»Was willst du eigentlich von diesem Davids? Du suchst nach ihm, als wenn er was ausgefressen hätte?«

Pinneberger hatte mit dieser Frage gerechnet, denn er kannte Lindow lange genug. Dessen Spürsinn würde erwachen, damit mußte er rechnen.

»Ich brauch' ihn«, sagte der knapp.

»Also hier ist er nicht. Wenn er klug ist, dann sitzt er im Süden am Strand und läßt sich die Sonne auf den Pelz brennen.«

Helga Lindow stand die ganze Zeit an der Wohnzimmertür.

Sie schüttelte den Kopf.

»Sieht er nicht erbärmlich aus«, sagte sie beim Abschied zu Pinneberger, »sich wegen Fußball so zu besaufen. Ein erwachsener Mann, nicht zu fassen. Das geht nun jeden Sonntag so.«

Pinneberger wollte sie trösten: »Jetzt ist Werder abgestiegen, dann wird es besser.«

»Meinst du«, sagte Helga Lindow resigniert, »ich glaube eher, daß er solange säuft, bis sein Verein wieder aufsteigt.«

Fritz Pinneberger hatte auch Xiao Chen aufgesucht.

Der Chinese saß ganz gelassen in seiner Küche, rauchte. Er war wieder völlig hergestellt.

Pinneberger wußte, daß dieses Bild trog.

An seinen Augen konnte er ablesen, an seiner schwammigen Aussprache konnte er hören, was mit Xiao Chen los war.

»Er hate mich angerufen, iche glaube gestern abend.« Der Chinese zog den Rauch tief ein. »Er iste bei seinen Eltern, ganz dringende.«

Pinneberger bedankte sich für den Hinweis.

Es dauerte zwei Stunden, bis er die Telefonnummer von Davids Eltern herausgefunden hatte. Sie wohnten in Süddeutschland.

»Entschuldigen Sie die Störung, mein Name ist Fritz Pinneberger, ich bin ein Kollege von Joe Davids bei der Mordkommission, kann ich Joe kurz sprechen.«

»Der ischt net hier, schon seit Wochen haben wir koin Kontakt gehett«, die Mutter klang überrascht.

Eine falsche Fährte.

Fritz Pinneberger hatte einen kleinen Brief an Davids verfaßt, den er mit einer Reißzwecke an den hölzernen Briefkasten heftete.

›Lieber Joe,

wenn du bis Montag morgen acht Uhr nicht mit deinen Infos rüberkommst, werde ich erzählen, was ich weiß. Gruß Fritz.

P. S. Das ist Ernst und nur in deinem Interesse.‹

Obwohl dieser Zettel seit Sonntag morgen am Briefkasten festgesteckt war, wählte Pinneberger immer wieder dessen Nummer.

Keiner ging ran.

Adjutant Grijpstra lächelte: »Sicher, ich kann mich an Sie erinnern, wie war Ihr Name noch?«

Joe Davids wiederholte Namen und Titel. Ein wenig stolz war er schon.

Er sprach von der schwarzgestrichenen Tür an dem kleinen Haus in der Keizersgracht, dorthin sei er dem Verdächtigen gefolgt. Grijpstra verzog keine Miene, dann sagte er: »Das kommt mir sehr gelegen, Herr Davids.«

»Nennen Sie mich Kollege, so reden wir uns an.«

»Auch gut, Kollege Davids.«

Grijpstra holte die Straßenkarte von Amsterdam hervor.

Sie vergewisserten sich, daß es sich um das gleiche Haus handelte.

Seitdem Davids der Name seines holländischen Kollegen wieder eingefallen war, hatte er auch einen Plan.

Er brauchte Rückendeckung, wollte aber den Fall alleine lösen. Deswegen erzählte er nur die Hälfte der Geschichte, nur den Teil, der Ah San Chan betraf. Und daß man ihn verdächtigte, mit Rauschgift zu schmuggeln.

Den Koffer ließ er bei van Onna.

Was haben die Amsterdamer für freundliche Büros, dachte er neidvoll, als er Grijpstra gegenübersaß. Große, hohe Räume mit viel Licht.

»Wissen Sie, wer da wohnt?«

»Sie müssen es mir sagen.«

Grijpstra grinste: »Da wohnt Chan Kong, den wir seit zwei Jahren beobachten lassen, mit dem Ergebnis Null. Null, Komma, Null. Aber wir wissen, daß er Dreck am Stecken hat.«

»Woher?«

»Er hat eine Reihe von China-Restaurants in Amsterdam und anderen holländischen Städten. Jedes Jahr kauft Chan Kong mindestens drei oder vier hinzu. Läßt sie ganz teuer renovieren, da kommt es auf ein paar Millionen nicht an, und dabei florieren die Lokale nicht besonders gut. Er und seine Leute haben bei uns den Spitznamen ›Die Chop-Suey-Gang‹. Aber alles, was wir bisher in Erfahrung bringen konnten, war, daß manche Besitzer zum Verkauf ihres Restaurants gedrängt wurden. Die Gang hat nachgeholfen. Körperverletzung, mehr ist da nie rausgekommen.«

Joe Davids machte sich Notizen.

»Aber wenn da jetzt Rauschgift im Spiel ist...« Adjutant Grijpstra rieb sich die Hände: »Der stumme Chan Kong, das wär die Lösung.«

Davids sah auf: »Wieso stumm?«

»Er spricht kein Wort. Niemals. Alle Verhöre nur schriftlich und mit chinesischem Dolmetscher. Das dauerte Stunden. Wußten Sie denn nicht, wohin Ihr Ah San Chan wollte?«

Joe Davids durfte seinen holländischen Kollegen nicht ins Fragen kommen lassen: »Haben Sie nie irgendeine andere Straftat feststellen können?«

»Niemals, wirklich. Und dabei sind sich alle hier sicher, auch der Commissaris, daß das nicht stimmen kann. Die Finanzprüfung hat ergeben, daß das Unternehmen gesund ist. Bei mehr als dreißig schlecht gehenden Restaurants, schwer vorzustellen.«

Davids genoß den Augenblick.

Dieser Grijpstra war nicht nur am Telefon ein netter Mensch. Er freute sich richtig, weil Bewegung in einen Fall kam.

»Haben Sie von der Triade gehört?«

»Ja, sicher. Meinen Sie diese Leute mit dem gleichschenkligen Dreieck in der linken Handhälfte?«

Davids stutzte, fragte nach.

»Ja, die haben alle eine blaue Tätowierung in der linken Handfläche. Ein Dreieck, das mit seinen drei Seiten die Begriffe Himmel, Erde und Mensch symbolisieren soll.«

Da konnte selbst der Oberlehrer noch etwas lernen.

»Früher waren die Triaden in China eine Rebellenorganisation, sie hießen die ›Rebellen mit dem roten Stirnband‹ und kämpften gegen die Fremdherrschaft der Mongolen und deren rücksichtslose Steuerpolitik, sie waren Volkshelden, auch im Kaiserreich, als sie sich gegen Korruption und Ausbeutung einsetzten. Ihre Generäle hießen die ›Herren der zehn Tiger‹ und waren besonders sittenstrenge Männer. Später dann, im 17. Jahrhundert, nahmen sie den Namen Triade an, kämpften für die ausgebeuteten Bauern. Immer die magische Zahl drei, die kommt überall vor. Jede Triade hat einen dreiköpfigen Vorstand, dann drei Offiziersränge, dann die Kampftruppe, die immer aus drei Leuten besteht.«

Joe Davids kam nicht mehr mit dem Aufschreiben mit. Auf jeden Fall waren es drei Männer, die im BMW saßen und in der Hansestadt nachts kassierten.

»Woher wissen Sie das alles, Kollege Grijpstra?«

»Ach, ich habe einen guten Freund, van de Wetering heißt er, der kennt sich gut in Asien aus. Der hat erzählt, wie in Hongkong das ganze Geschäftsleben von Triaden beherrscht wird. Mehr als 300000 Mitglieder gehören dazu. Reine Erpresserbanden. Die ganze Geschichte ist auf dem Niveau von miesen Kriminellen gelandet.«

Adjutant Grijpstra reichte Davids seine Zigarretten.

Sie rauchten.

Davids ließ sich berichten, daß der Chef der Triade der Shan Chu sei, der im Dreieck das Symbol der Erde vertritt und für alle weltlichen Vorgänge zuständig zu sein hat. Ihm zur Seite stehe der Heung Chu, der hohe Priester, das Symbol des Himmels. Und der dritte im Bunde sei der Sin Fung, der Leiter der Kampftruppen. »Eine der größten Triadengesellschaften hat sich den Namen 14 K gegeben. 14 war die Hausnummer des Hauptquartiers, K bedeutet Karat und soll die Güte der Triade hervorstreichen. Die hatten in Hongkong 80000 Mitglieder. Und die sind auch bei uns tätig.«

Joe Davids horchte auf: »In Amsterdam?«

»Ja, bei uns. Es gibt eine lange Blutspur, Leute erschossen, Spielclubs in die Luft gesprengt, ein Mann mit vier Schüssen in den Rücken niedergestreckt. Und jedesmal haben wir enorme Schwierigkeiten gehabt, die Verbrecher in Verbindung mit der Triade zu bringen. Die schweigen. Und dabei arbeitet das 14 K offen. Die Drohungen, die bei Restaurant-Besitzern eingehen, sind ganz unverblümt. Wenn sie wieder jemand zur Warnung umgelegt haben, dann sollen es auch die anderen erfahren.«

»Gehört denn der Chinese Chan Kong in der Keizersgracht dazu?«

Joe Davids wußte, daß er nicht nur die Rückendekkung seiner holländischen Kollegen brauchen würde. Er spürte, wie ihm der Fall entglitt, so weit er auch schon gekommen war.

»Da sind wir uns ganz sicher, daß er nicht dazu gehört. Das haben wir überprüft, in all den Jahren. Der zahlt wahrscheinlich an die 14 K, regelmäßig, aber eine Beteiligung ganz bestimmt nicht. Das ist ja das Schlimme, daß wir ihm in Holland keine Unregelmäßigkeiten nachweisen können.«

»Aber vielleicht im Ausland«, warf Davids ein, »vielleicht ist er hier der biedere Restaurant-Besitzer und bereitet bei uns den Rauschgiftring vor.«

Adjutant Grijpstra schüttelte den Kopf.

»Das kann sein, aber wir brauchen Beweise. Der Mann hat eine ganze Batterie von Rechtsanwälten, die für ihn arbeiten, da müssen konkrete Beweise auf den Tisch, sonst haben wir keine Chance. Der Commissaris würde mich sofort zurückpfeifen, wenn ich auch nur ein bißchen gegen ihn unternehme.«

Joe Davids hatte den Beweis, aber er wollte ihn nicht herausrücken. Nicht so kurz vor der Lösung des Falles.

Damit würde er sie alle überraschen.

Grijpstra drückte seine Zigarette aus: »Was wollen Sie denn nun mit Ihrem Ah San Chan machen?«

»Ich werde ihn weiter beobachten«, sagte Davids ruhig, »irgendwann geht er uns in die Falle.«

»Ich muß Sie darauf hinweisen, Kollege Davids, daß Sie hier in Amsterdam nichts unternehmen dürfen. Aber das wissen Sie selbst, nicht wahr?«

Joe Davids verstand die Drohung, obwohl er sie von diesem netten Adjutanten nicht erwartet hätte.

Rekrutengelöbnis, Weserstadion.

Der Tag, auf den sich die Polizei seit mehr als zwei Monaten vorbereitet hatte.

Es war alles ruhig. Am Nachmittag.

Der Verteidigungsminister ging mit seiner Frau einkaufen. Begleitet von nur einem Sicherheitsbeamten.

Auf der Sögestraße wurden Flugblätter verteilt.

Tenor: Gegen das widerliche Säbelrasseln.

Der Erste Bürgermeister und Senatspräsident gab einen Empfang im Rathaus: Vierhundert geladene Gäste, Uniformen, gedeckte Anzüge, Cocktails und Häppchen. Prominenz aus der Hauptstadt und der NATO. Gerede über Kultur und Sport, über die feine Gesellschaft in feinen Gewändern. Auftakt für das Gelöbnis von 1200 Rekruten im Weserstadion.

Diese Veranstaltung hatte Tradition in der Hansestadt. Schon 1955 vereidigte der Bürgermeister Rekruten öffentlich. Und auch sein Nachfolger ließ 1967 an gleicher Stelle 730 Rekruten feierlich auf die Fahne schwören, mit Zapfenstreich und Fackelschein.

Aber die Tradition reichte weiter zurück. Auch im Jahre 1935 wurde im Weserstadion, damals ›Bremer Kampfbahn‹ genannt, eine solche Vereidigung durchgeführt.

Eine lange Tradition, die an diesem Mai-Tag des Jahres 1980 abbrechen sollte.

Kurz nach achtzehn Uhr störte der Polizeipräsident persönlich den fröhlichen Plausch der Festgäste im Rathaus. »Die Demonstranten haben überfallartig alle Zufahrtsstraßen blockiert«, sagte er so laut, daß der Bürgermeister rot wurde. Einige Gruppen würden versuchen, das Stadion zu stürmen.

Der Polizeipräsident nannte die eigene Kampfstärke: »Wir haben sechs Hundertschaften im Einsatz, und dazu kommen drei aus dem Umland.«

Der Bürgermeister wußte Bescheid.

Die Festgäste mußten über Schleichwege ins Stadion gebracht werden, in Stöckelschuhen durch Schrebergärten, in blank geputzten schwarzen Lederschuhen durch die Lehmpfützen.

Die beiden Demonstrationszüge hatten sich vereinigt.

Polizei und Feldjäger verteidigten die Festung.

Der Bundespräsident, der Bürgermeister und der Verteidigungsminister wurden per Hubschrauber eingeflogen, in die Arena, in der die Rekruten, stillgestanden, warteten. Auf dem Luftwege verließen die Politiker auch später wieder das Stadion, was ihnen Minuspunkte eintrug. Der Kapitän hat bis zum Schluß auf der Brücke zu bleiben. Vor dem Stadion tobte die Auseinandersetzung.

SEK und MEK waren eingesetzt.

Steine flogen.

Feuerwerkskörper krachten.

Ein Lärmspektakel.

Mit Funkgerät wurde der Polizeifunk nachhaltig gestört.

Der heimische Sender schaltete eine Live-Sendung. Zum erstenmal wurde der Verdacht geäußert, daß die Polizei provozierte. Zugleich erfuhren die jungen Hörer, was sich am Weserstadion abspielte, und was sie dabei lernen konnten.

Sechs Bundeswehrfahrzeuge gingen in Flammen auf.

Polizeiwagen und Wasserwerfer wurden demoliert.

Die ersten Festnahmen, wegen schwerem Landfriedensbruch und Körperverletzung.

Polizeipräsident Mantz geriet aus der Fassung. Sie hatten sich nicht richtig auf eine solche Auseinandersetzung vorbereitet, waren überrascht worden. Er schrie seine Einsatzbefehle.

Im Stadion war der Krach zu hören.

Aber der Bundespräsident sprach, obwohl auch im Stadion einige Demonstranten lautstark protestierten.

Feldjäger schritten ein.

Als es dunkel wurde, entzündete man die Fackeln.

Von überall der Lärm, die Knaller, die Schreie, und in

der Arena der Zapfenstreich. Überholtes Gepränge aus Preußens wenig glorreichen Zeiten.

Das Musikcorps intonierte: »Ich bete an die Macht der Liebe, die sich in Jesus offenbart.«

Die hohen Herren ganz gerührt von diesem Schauspiel.

Wie kleine Kinder unterm Weihnachtsbaum.

Das klingende Spiel, die lodernden Fackeln, die glänzenden Orden.

Draußen der Schlagstockeinsatz.

Bis tief in die Nacht verfolgten Polizeitruppen einzelne Demonstranten, wer geschnappt wurde, bekam Prügel. Einige versteckten sich in Vorgärten, hatten Glück. Andere wurden verhaftet.

Was während der Feier nicht erreicht wurde, Ruhe und Ordnung, damit die hohen Herren nicht gestört wurden, konnte die Polizei auch am Abend nicht herstellen. Ihre Wut über den mißratenen Einsatz war zu groß.

Es mußten Verhaftungen gemacht werden.

Zweiundvierzig Täter auf frischer Tat.

»Die schwersten Zwischenfälle seit Kriegsende«, sagte der Oppositionsführer, der noch am gleichen Abend Feuer unter seinem politischen Süppchen entfachte.

Die Regierungspartei gespalten. Die Kräfte, die gegen dieses unzeitgemäße Brimborium angegangen waren, hatten sich nicht durchgesetzt, obwohl selbst der Landesvorsitzende protestierte.

Ein Spektakel und ein Debakel.

Das Nachspiel ließ nicht lange auf sich warten.

17

Joe Davids wagte einen Schritt nach vorne.

Er klopfte an die schwarzgestrichene Tür in der Keizersgracht. Das Handzeichen: kleiner und Zeigefinger eingeknickt, Mittel- und Ringfinger ausgestreckt, Daumen nach oben. Er wies sich als erfolgreicher Offizier der Triade aus. Soviel hatte er bei Xiao Chen gelernt. Was danach kommen würde, wußte er nicht.

Nur der Handkoffer gab ihm ein wenig Sicherheit.

Er ging hinter dem hochgewachsenen Chinesen die breite Treppe hoch, weißer Marmor, in den Messing eingelegt war. Drachen, Phönix, Schlange, Tiger. Jede Stufe ein anderes Motiv.

Die Bilder an den Wänden nahm er kaum wahr.

Sein Pulsschlag war beschleunigt.

›Der Schan Chu‹, die schwarze Holztür, wurde aufgestoßen. Joe Davids blickte in den fensterlosen Raum.

Die vielen Spiegel irritierten ihn. Wahrscheinlich wird das Gespräch beobachtet, dachte Davids.

Der weißbärtige Mann verneigte sich.

Dann war Davids mit ihm allein.

Am liebsten hätte er angefangen, die tausend Falten in seinem Gesicht zu zählen.

Er setzte sich auf den niedrigen Lederhocker.

Der Schan Chu sah ihn an.

Hob die Hände, ganz leicht.

Wie alt mochte er sein. Von Xiao Chen hatte Davids erfahren, daß Chinesen mit Bart mindestens um die sechzig sind, weil erst ganz spät die Barthaare zu wachsen anfangen.

Joe Davids sah sich hilflos um. Immer noch hatte er den Koffer in der Hand. Er schob ihn zwischen seine Knie.

Die drei roten Lampions gaben zu wenig Licht, um die Wandvertäfelung zu erkennen.

»Wir haben Sie schon erwartet«, sagte der Schan Chu.

Davids erschrak.

Der Chinese sprach deutsch, fast ohne Akzent.

»Sie sprechen ...« Davids konnte seine Überraschung nicht unterdrücken.

»Sollte ich nicht?« fragte der Schan Chu.

»Deutsch?«

»Auch, und zwölf weitere Sprachen. Sie sind Deutscher, nicht?«

Davids nickte.

Seine Knie preßten den Koffer zusammen.

»Womit kann ich dienen?« Die Aussprache war erstaunlich gut.

Joe Davids versuchte sich zu konzentrieren. Er hatte seinen Plan genau durchdacht, jede Winzigkeit überlegt, im kleinen Hotelzimmer bei van Onna geprobt, aber für einen Augenblick geriet er aus seinem Konzept. Der stumme Chinese spricht.

»Wir haben Tee, Kaffee, oder möchten Sie ein geistiges Getränk? Wir haben wirklich alles. Schließlich sind wir eins der größten holländischen Restaurant-Unternehmen.«

Die tausend Falten zitterten ein Lächeln.

Davids entschied sich für Genever.

Dann trat wieder Schweigen ein.

Ich muß jetzt anfangen, dachte Davids, sonst werde ich überrumpelt. Diese Überraschung war gelungen.

»Schan Chu, ich bin gekommen, weil ich glaube, daß Sie einen großen Fehler begehen«, Joe Davids lehnte sich zurück, spürte, wie ihm die Entspannung Konzentration gab.

»So, das ist für mich neu. Welchen Fehler?«

Der Chinese legte beide Hände in den Schoß, als wolle er beten.

»Wie Sie sehen, habe ich einen der Koffer, die auf die Reise geschickt werden sollten.«

Als müsse er seinen Beweis präsentieren, hob Davids den Handkoffer aus schwarzem imitierten Leder hoch.

»Ich sehe. Aber, ich sehe nicht, was das bedeuten soll?«

»Erkennen Sie den Koffer wieder?« fragte Davids. Ich muß aufpassen, daß ich nicht in den Verhörton falle, dachte er, das würde mich verraten.

»Ja.« Die Antwort war knapp.

»Diesen Koffer wollte Ah San Chan auf die Reise in die Hansestadt schicken. Richtig?«

»Ja.«

In diesem Augenblick ging die Holztür auf, ohne jedes Geräusch trat der hochgewachsene Chinese ein. In der Hand trug er ein silbernes Tablett, auf dem zwei Gläser mit Genever standen.

Der Schan Chu stellte den Mann vor: »Er ist der Sin Fung. Sie wissen, was das bedeutet?«

Davids nickte: »Leiter der Kämpfer.«

Er sah an dem Chinesen hoch.

Der Schan Chu lachte: »Das war die alte Bedeutung, er trägt diesen Namen nur als Ehrentitel, verstehen Sie. So wie auch mein Name zwar aus der Triade stammt, aber natürlich mehr ein Scherz ist. Wir leben ja im zwanzigsten Jahrhundert. Da spielt die Tradition keine Rolle mehr. Und außerdem sind wir auf dem europäischen Kontinent und nicht in China. Salute.«

Er hob sein Glas.

Auch Davids prostete ihm zu.

Dann waren sie wieder allein.

Es trat eine neuerliche Unterbrechung ein.

Der weiße Bart hing in seltsamen Strähnen vom Kinn.

»Bitte, fahren Sie fort.« Der Chinese machte eine kurze Handbewegung, dann ließ er die Hand wieder sinken.

Jetzt erst fiel es Davids auf, daß der Schan Chu gar keine Bestellung aufgegeben hatte. Der Raum wurde also abgehört. Eine erste Tatsachenfeststellung.

»Ich glaube, daß dieser Reiseweg ein Fehler ist. Sie sehen, wie leicht ich ihn abfangen konnte, wie spielend es mir gelang, in seinen Besitz zu kommen, und wie einfach ich den Ort gefunden habe, von dem er losgeschickt wurde.«

Joe Davids gab drei Beweise, versuchte, auf diese Weise zu beeindrucken.

»Ja. Und wie könnte Ihr Plan sein?«

»Ich glaube, man muß ganz andere Wege beschreiten. Die Grenze zwischen Holland und Deutschland ist offen, an ganz vielen Stellen. Ich möchte mich bewerben, diese Kofferreise zu organisieren. Deswegen bin ich hier.«

Der Schan Chu warf den Kopf nach hinten.

Sein weißer Bart blieb nach unten gerichtet.

»Ich würde gern mehr über diese Möglichkeit wissen«, sagte der Chinese leise.

»Ich kann nicht alles erklären, aber soviel doch: Es gibt die sogenannte grüne Grenze, ein Waldstück, das kaum bewacht wird, ein Feld, das von beiden Seiten bestellt wird, ein Weg, auf dem nur ein lächerlicher Schlagbaum, aber kein Zöllner steht. Ich kenne diese Stellen sehr genau. Ich kann jede Menge von hier nach dort transportieren.«

»Jede Menge?« fragte der Schan Chu leise.

»Jede«, antwortete Davids. Er geht auf meinen Plan ein, dachte er, warum sollte er auch nicht, denn schließlich sind es die Transportwege, die immer noch den

Rauschgifthandel behindern. Wenn nicht an den Grenzen soviel kontrolliert würde...

»Und was wollen Sie für mich transportieren?«

Davids sah auf den Koffer, der immer noch zwischen seinen Knien eingeklemmt war.

»Das hier«, er zeigte nach unten.

»Ich handele aber nicht mit Koffern«, erwiderte der Chinese, seine Falten gerieten in Bewegung.

»Aber mit seinem Inhalt.«

»Wir sind eine Großkette von Restaurants, mein Herr, wir handeln mit Gemüse und Fleisch, mit Getränken, also, was wollen Sie davon transportieren? Sagen Sie es mir.«

Joe Davids verhielt sich still. Natürlich, er will es ableugnen, er will den Unschuldigen spielen, dachte er, mich nicht zu nahe herankommen lassen.

»In diesem Koffer sind ein paar Kleidungsstücke, Zigaretten, nichts von besonderem Wert, aber das werden Sie längst selbst festgestellt haben, nicht wahr? Ich bat meinen Freund Ah San Chan, daß er schnell dafür sorgt, daß diese Dinge wieder an seinen rechtmäßigen Besitzer gelangen. Nun haben Sie den Koffer. Also, was wollen Sie von mir? Soll ich Ihnen Finderlohn bezahlen? Ist es das?«

Joe Davids klopfte mit der rechten Hand auf den Koffer.

»Wieviel Kilo sind denn hier drin?«

»Ich habe den Inhalt nicht gewogen«, gab der Chinese zur Antwort.

»Ich meine Heroin, davon sprechen wir jetzt.« Davids räusperte sich. Wenn er sich verstellen will, muß ich eindringlicher werden, dachte er.

»Ich verstehe nicht?« Der Chinese legte den Kopf ein wenig schief. Auch jetzt änderte der Bart seine Stellung nicht. Als sei er an der Krawatte fixiert.

»Heroin. Das Wort schon mal gehört. In diesem Koffer ist Heroin.«

»Könnte ich es mal ansehen?« sagte der Chinese ganz verwundert.

»Wenn Sie wollen? Aber ich weiß wirklich nicht, warum wir uns damit aufhalten.«

Joe Davids öffnete die beiden Klappverschlüsse, ließ die Kofferhälften zur Seite sinken.

Die Unterwäsche lag ungeordnet zwischen den Büchern und Zigarettenschachteln. So wie Davids sie hineingeworfen hatte.

Er riß die Wandverkleidung auf.

Der Chinese erhob sich.

Mit einem Mal stand er über ihm.

»Sie können sich das sparen, mein Herr. Es ist kein Heroin in diesem Koffer.«

Davids blickte nach oben.

Der Schan Chu trat mit dem Fuß gegen den Koffer und stieß ihn ein Stück weiter.

»Wir wollten ausprobieren, ob dieser Weg ein geeigneter Transportweg ist. Verstehen Sie?«

Davids schüttelte den Kopf.

»Es war ein Versuch, der wie man sieht, mißlang.«

»Und in dem anderen Koffer, den Ah San Chan...« Davids stockte. Dieser Bart ist falsch, jetzt konnte er es sehen.

»Auch keinerlei verbotene Waren. Alles ein Versuch. Wir wollten diesen Transportweg prüfen. Alles muß geprüft werden. Der andere Koffer ist übrigens tatsächlich unbeschadet angekommen.«

Davids starrte auf den unordentlichen Inhalt. Ich hätte ihn untersuchen müssen, dachte er. Wie gut, daß ich nicht die Dienststellen alarmiert habe. Seine Gedanken rotierten.

»Ich komme zu meiner Frage zurück: Was wollen Sie für mich über die grüne Grenze, ein schönes Wort tatsächlich, transportieren?« Der Schan Chu setzte sich wieder. Sein dunkelblauer Anzug saß tadellos und warf keine Falte.

»Rauschgift«, antwortete Davids. »In jeder beliebigen Menge.«

»Ich handele nicht mit Rauschgift, mein Herr, das sagte ich bereits.«

»Und was macht Ah San Chan dann? Handelt er nicht mit Rauschgift? Dafür habe ich Beweise, schlagende Beweise, Herr Chan Kong.«

»Oh, Sie kennen meinen Namen, welche Ehre!«

Der Chinese machte eine leichte Verbeugung.

Wenn das Licht nur etwas heller wäre, dachte Davids. Ihm ging die ganze Zeit der Bart nicht aus dem Sinn.

»Ich bin nicht Ah San Chan. Ich weiß nicht, was er tut und womit er handelt. Ich weiß nur, daß er aus der gleichen Provinz Chinas kommt wie ich.«

Wieder drei Sätze, wieder diese formale Einheit. Wie ein Gerüst, das vor Einsturz bewahrt.

»Was wollten Sie denn transportieren«, fragte Davids, »wenn es kein Rauschgift war? Warum wollten Sie diesen Weg testen? Schließlich geben Sie zu, daß es nicht nur um Unterhosen und Zigaretten ging.«

»Sie haben recht, mein Herr, ganz recht. Wir müssen für China-Restaurants Waren bereithalten, verschiedene Pilze, besondere Gemüse, und ständig kassieren deutsche Zöllner hohe Gelder, damit man uns nicht mit Hygienevorschriften behelligt. Diese Kosten sind so immens gestiegen, daß wir nun einen anderen Weg suchen. Deswegen habe ich Sie gefragt, ob Sie jede Menge über die grüne Grenze bringen können. Verstehen Sie?«

Joe Davids glaubte ihm kein Wort.

»Also kein Heroin, kein Opium?« fragte er Davids.

»Nein, Sie irren sich.«

Der Oberkommissar wußte, daß er abgespeist werden sollte. Die Geschichte des Chinesen klang gut ausgedacht, aber mehr nicht. Warum ein solcher Aufwand, wenn es nur um ein paar Vorschriften ging.

Davids sprang auf, machte einen Schritt auf den Schan Chu zu und riß an seinem Bart.

Der Chinese war so überrascht, daß er nicht mal schrie. Die Maske kam gleich mit.

Ein europäisches Gesicht. Die Augen, die Nase, der Mund, das Kinn bartlos. Helle, kurzgeschnittene Haare.

»So«, sagte Davids, »jetzt können wir weiterreden.«

Er drehte dem Chinesen den Arm auf dem Rücken.

Die Tür flog auf.

Der Leiter der Kampftruppen fiel über Davids her.

Mit einem Faustschlag holte er ihn von den Füßen.

Die Kraft, die in diesem Schlag saß, zertrümmerte mindestens zwei Rippen.

Davids rappelte sich auf.

Der Schan Chu schrie jetzt etwas, auf chinesisch.

Sein Verteidiger hielt inne.

»Wir sind zu dritt in diesem Haus, mein Herr. Sie haben keine Chance zu entkommen. Warum unterhalten wir uns nicht ruhig weiter?«

Als sei nichts gewesen, wies er Davids seinen Platz an.

Der Sin Fung blieb in der Tür stehen.

Die Rippen schmerzten.

Auf dem Boden lag die Gummimaske. Ein zusammengequetschtes Chinesengesicht.

»Sie werden verstehen, daß wir Sie nun nicht mehr entkommen lassen. Ich glaube, als Polizist begreifen Sie Ihre Lage. Aber Sie können für uns arbeiten, wenn Sie wollen.«

»Ich werde doch nicht...« Davids bekam mit Mühe Luft, die gebrochenen Rippen saßen quer.

»Noch einen Genever, oder wollen Sie etwas Stärkeres?« Der Schan Chu lächelte, und sein Gesicht sah gutmütig aus.

Kurze Zeit später erschien ein dritter Mann.

Davids hielt sich den Magen.

»Das ist der Heung Chu«, stellte sein Gesprächspartner vor, »der hohe Priester«, er lachte dabei, »er bringt einen Wodka für uns.«

Die vier Männer tranken.

Ein Schmerz jagte in Davids Körper, als er den Kopf nach hinten bog.

»Ich will Ihnen sagen, was geschieht, damit Sie wissen, welche Wahl Sie jetzt haben.«

Joe Davids wußte, daß er sich zu weit vorgewagt hatte.

Das Spiel war aus.

»Wenn Sie mit uns zusammenarbeiten, und uns ist jedes Mitglied willkommen, werden wir darüber hinwegsehen, daß Sie meine Tarnung durchbrochen haben. Wenn Sie nicht zur Zusammenarbeit bereit sind, dann wird dies Ihr letzter Tag sein.«

Eine klare Alternative. Entweder oder. Diesmal waren es nur zwei Sätze, die der Schan Chu brauchte.

»Ich habe doch gesagt, daß ich für den Transport einige Ideen habe, ich meine, die grüne Grenze, das wäre sicherlich einfacher, als in Koffern...« Joe Davids sah, wie die drei Männer ihn anstarrten. Ob die beiden anderen Chinesen auch Masken trugen? Er wollte es nicht ausprobieren. Der eine Schlag reichte ihm.

»Also, Zusammenarbeit. Gut. Das ist uns sehr viel lieber. Wir haben kein Interesse an unnötigen Opfern. Und daß Sie ein intelligenter Mann sind, wissen wir schon. Sie können es schnell zum erfolgreichen Offizier bringen.«

»In der Triade?« fragte Davids automatisch.

»Auch in der Triade, wenn Sie so wollen. Aber wir nennen uns nicht so. Die Polizei nennt uns Chop-Suey-Gang, auch ganz schön. Was meinen Sie? Den Namen schon mal gehört?«

Der Schan Chu parodierte ihn jetzt.

»Nein.«

»Lügen Sie nicht, mein Herr. Sie kennen diesen Namen. Oder waren Sie nicht bei der Amsterdamer Polizei? Gestern mittag, kurz nach drei. Sie sehen, wir haben ein paar Augen mehr.«

Der Heung Chu mischte sich ein: »Fül einen Polizist sind Sie gal nicht so dumm.«

»Wir haben nicht damit gerechnet, daß Sie es wagen, hier einzudringen. Wirklich mutig. Das erspart uns manche Erprobung Ihrer Persönlichkeit. Solche Männer brauchen wir.«

Davids sah auf den Koffer.

Natürlich war Rauschgift darin versteckt, er war sich ganz sicher. Gesundheitsvorschriften beim Zoll umgehen, Kosten durch Bestechung von Zöllnern, alles nur Fassade.

»Übrigens haben wir einen Mann auf unserer Liste, der sehr gute Dienste leistet. Sehr guter Mann auch. Sie kennen ihn!«

Joe Davids schüttelte den Kopf.

»Doch, Sie kennen ihn. Sie werden in Zukunft mit ihm zusammenarbeiten, für uns. Verstehen Sie? Es ist ein gewisser Herr Schaf, er hat sogar einen Doktor. Ein guter Mann.«

»Der Landeskriminalrat? Wie lange arbeitet er schon für Sie?« Davids konnte nicht glauben, was er hörte. »Ich habe ihn nie persönlich kennengelernt, aber was Ah San Chan von ihm berichtet, ein ausgezeichneter Mitarbeiter. Ich werde ihn hoffentlich bald kennenlernen.« Der Schan Chu zwinkerte mit dem rechten Augenlid.

Die beiden anderen Chinesen nickten.

Joe Davids suchte nach einem Ausweg, aber was ihm auch einfiel, er würde dieses Haus nicht lebend verlassen.

»Sprechen wir über den Transport«, sagte er leise.

»Das ist ein großes Thema. Sie sollten erst wieder ganz gesund sein. Wir haben schon ein Zimmer für Sie vorbereitet.«

Der Schan Chu erhob sich. Er nahm Davids am Arm, zog ihn hoch. »Wenn ich Sie stützen darf«, sagte er. Sein rundes Gesicht glänzte fettig.

Joe Davids hatte starke Schmerzen, wenn er auftrat.

»Wir holen gleich einen Arzt, keine Sorge«, die Stimme des Heung Chu klang leise. »Wir kümmern uns um Sie.«

Kaum hatten sie den Raum verlassen, krachte ein Kanonenschlag an der Vordertür.

Der Schan Chu ließ Davids los, der auf den Marmorboden stürzte.

Die Chinesen verschwanden.

Wenige Minuten später war Davids von holländischen Beamten umringt. Sie trugen eine abenteuerliche Ausrüstung, sahen aus wie Fremdenlegionäre.

Er verstand sogar die meisten Befehle.

Adjutant Grijpstra kam langsam die Stufen hoch.

Die Hände tief in den Taschen seiner Lederjacke.

Sein Gesicht war ernst.

»Wir konnten Sie nicht alleine lassen, Kollege Davids, das wäre schiefgegangen. Entschuldigen Sie die kleine Observation, aber sie war nötig.«

Noch nie hatte Davids einen Polizisten kennengelernt, der sich für eine Observation entschuldigte.

Jetzt lachte der Holländer.

»Tut es sehr weh?«

Davids verzog keine Miene.

»Wir lassen Sie gleich behandeln.«

Über Sprechfunk gab er Anweisung.

»Da wird sich der Commissaris freuen. Ich hoffe nur, Sie haben einiges in Erfahrung bringen können.«

Joe Davids sagte: »Sie werden erstaunt sein.«

Die Polizisten brachten zwei Chinesen in Handschellen.

»Wo ist der Schan Chu?« fragte Davids.

Adjutant Grijpstra wiederholte die Frage in Holländisch. Die Antwort kam sofort.

Es seien nur zwei Chinesen im Haus gewesen.

»Der Schan Chu ist kein Chinese, der ist Europäer.«

Grijpstra krauste die Stirn.

»Doch, ich habe seine Maske heruntergerissen. Sie liegt dort drüben.«

Joe Davids zeigte auf das fensterlose Zimmer. Der holländische Kollege gab weitere Befehle und lief in den holzvertäfelten Raum.

Als Grijpstra mit der Maske zurückkam, sagte er: »Die sieht verblüffend echt aus. Wirklich, gute Arbeit.«

»Der stumme Chinese spricht deutsch, und wahrscheinlich noch andere Sprachen.«

Adjutant Grijpstra sah nicht so aus, als wollte er dieser Äußerung Glauben schenken.

»Die perfekte Tarnung«, sagte Davids. »Viel besser kann man kaum ein Verhör überstehen. Wenn man sich alles erst mehrfach überlegen kann, bis man es hinschreibt, nur weil die Polizei es glaubt, man sei stumm.«

Der holländische Kollege ließ sich eine genaue Beschreibung des europäischen Gesichts vom Schan Chu geben.

18

Klaus Grünenberg sah rot.

Seit einer halben Stunde stritt er mit dem Verlagsleiter um seinen Kommentar zu den Vorgängen am Weserstadion.

Der Verlagsleiter hatte ihn aus dem Satz nehmen lassen mit der Begründung: »Sie verdrehen die Tatsachen. Da kommen Chaoten aus dem ganzen Land hierher und demolieren Autos, die Polizei hat mehr als zweihundert Verletzte, und Sie schreiben, die Polizeiführung hat diese Auseinandersetzung geschürt. Das ist gelogen. Herr Grünenberg! Wir kennen Ihre Aversionen gegen die Polizei. Seit Jahren hacken Sie auf denen rum, damit muß jetzt Schluß sein. Kritik, wo sie berechtigt ist, ja, aber nicht blindwütiges Draufschlagen. Und schon gar nicht bei diesen eindeutigen Vorgängen.«

Grünenberg wußte, daß sein Chef am längeren Hebel saß. Er wußte, wie sein Konto stand, und er wußte, wenn er jetzt nachgab, dann hatte er für immer verloren.

Sie standen auf dem Gang zwischen den Redaktionen, was fast allen Kollegen die Möglichkeit gab, mitzuhören.

Grünenberg argumentierte, daß dies ein glatter Fall von Zensur sei, so offen geschehe das selten. Und zwar Zensur im preußischen Sinne, nämlich als Vorzensur. Ob er in Zukunft alle Artikel über die Polizei vorlegen müsse? Ob er sich keine Meinung erlauben dürfe, wo doch jetzt alle ins gleiche Horn bliesen? Er sehe schwerwiegende Fehler auf seiten der Polizei, die wolle er benennen.

Seit den Auseinandersetzungen am Weserstadion gab es laufende Pressekonferenzen, es hagelte Stellungnahmen aus der ganzen Republik, weil jeder eine Meinung über die Chaoten hatte. Nur Grünenberg sollte seine Meinung nicht schreiben dürfen.

Der Verlagsleiter schrie ihn an: »Dann gehen wir zum Verleger, Herr Grünenberg. Soll er entscheiden.«

Der Lokalchef war zu diesem Schritt bereit, wenn der Verlagsleiter darauf bestand.

Wie zwei stumme Krieger saßen sie im Vorzimmer des Verlegers, jeder sah in eine andere Richtung.

Der Verlagsleiter hielt den Text in der Hand, den er aus der Setzerei mitgenommen hatte.

Grünenberg starrte aus dem Fenster.

Was war das bloß für eine provinzielle Zeitung, an der er arbeitete. Die ›Weser-Nachrichten‹ hatten seit Jahren immer mehr an Profil verloren. Der Verleger führte eine schwarze Liste, auf der Organisationen und Sujets standen, über die nicht berichtet werden durfte. »Sollen Anzeigen aufgeben, wenn die was wollen«, hatte er ausrichten lassen, »wir drucken keine Mitteilungen von politischen Organisationen ab.« Dieses Tabu ging eindeutig in eine Richtung und traf Bürgerinitiativen genauso wie andere fortschrittliche Gruppen. Am skurrilsten war jedoch, daß der Verleger einen Brief an die Buchverlage schreiben ließ, um ihnen mitzuteilen, daß sie nun keine Rezensionsexemplare mehr ans Feuilleton schicken sollten, weil es in Zukunft keine Rezensionen mehr geben würde, die Bücher nähmen nur Platz weg. Mammen hatte als einziger dagegen protestiert. Aber ohne Erfolg.

»Meine Herren, ich höre, ich soll schlichten.«

Der weißhaarige Verleger bat die beiden Streithähne in sein Büro.

Aufgeregt trug der Verlagsleiter den Fall vor. Bestand darauf, als erster zu reden, und sprach fast eine Viertelstunde.

Grünenberg hätte sich gelangweilt, wenn er nicht so aufgeregt gewesen wäre. Aber er ließ den Verlagsleiter ausreden.

Der Verleger nickte ein paarmal.

»Schönen Dank«, sagte er und blickte zu Grünenberg. »Bevor Sie beginnen, möchte ich Ihnen sagen, daß ich vorhin ein ausführliches Gespräch mit dem Polizeipräsidenten über diese entsetzlichen Vorgänge in unserer Stadt hatte. Wir haben das Pro und Contra abgewogen. Es war ein sehr offenes Gespräch. Wirklich. Er bat mich, einen Journalisten vorbeizuschicken, damit unsere Zeitung ein Exklusiv-Interview mit ihm macht. Seine Position geht jetzt im allgemeinen Gerangel der politischen Streitereien unter. Herr Grünenberg, ich denke, da können Sie sich bewähren. So, und nun habe ich zu tun. Guten Tag, meine Herren.«

Klaus Grünenberg platzte heraus: »Also, das ist doch die Höhe. Ich laß mich nicht wie einen kleinen Jungen behandeln, das muß ich mir nicht gefallen lassen.«

Er rang nach Luft.

Der Verleger war irritiert.

Sein Verlagsleiter schüttelte den Kopf. Sein Messerhaarschnitt war brillant.

»Sie bekommen doch die Möglichkeit, sich mit dem Mann auseinanderzusetzen, den Sie so scharf angreifen. Was wollen Sie mehr?«

Der Verleger kam auf Grünenberg zu. »Das ist ein faires Angebot, finde ich.«

Als Polizeipräsident Mantz erfuhr, wer ihm die Fragen stellen sollte, zog er das Angebot des Exklusiv-Interviews zurück. Grünenbergs Kommentar erschien nicht.

Manchmal gelang es dem Schiffsführer Klaus, ein paar Wahrheiten zwischen den offiziellen Text der Ansage zu schmuggeln.

Es war die zweite von fünf Fahrten, die er an diesem Tag zu machen hatte.

Die große Hafenrundfahrt in einem ganz kleinen Hafen.

300 Schüler boxten sich aufs Schiff. Ein Geschiebe und Gedränge. Klaus mußte aufpassen, daß niemand über Bord ging.

Klaus riß ein paarmal am Telegrafen, damit der Maschinist den Motor anwarf.

Langsame Fahrt voraus.

»Auf der linken Seite das wichtigste Viertel, das Brauereiviertel.«

Gelächter.

Das hatte also wieder geklappt.

Klaus wußte, an welcher Stelle seines Vortrages die Lacher kamen und ihm machte es Spaß, wenn die Zuhörer lachten. Um so besser, wenn er ihnen dann einen Schreck einjagte.

»Der Fluß hat unsere Stadt reich gemacht, eine Hafen- und Handelsstadt von Weltruf, es sollen sogar einige Leute dabei reich geworden sein. Wirklich, das können Sie mir glauben, auch wenn ich nicht zu denen gehöre.«

Klaus nahm einen langen Schluck aus seiner Bierbuddel, schob den grauen Hut in den Nacken.

»Und so wie der Reichtum der Handelsleute stieg, sank der Reichtum der Weser. Nur daß die Reichen natürlich weitab von dieser Kloake wohnen. Früher hatten die Fischer ihr gutes Auskommen, als es hier noch Fische gab. Sogar Lachs hat man gefangen. Heute ist dieser Pattengraben man bloß noch ein natürlich gewachsener Abwasserkanal.«

Der Schiffsführer sah, wie die Schüler alle nach rechts gingen.

»Wenn Sie das Wasser probieren wollen, bitte sehr, schmeckt toll nach Salz, zwei Gramm pro Liter. Das machen unsere Brüder und Schwestern mit ihren Kalibergwerken. Probieren Sie ruhig einmal.«

Der rostige Kahn hatte Schlagseite.

Klaus gab einen langen Ton mit dem Tyfon.

Die Schüler ließ das ungerührt.

Sie starrten ins Wasser.

Klaus drehte bei und verließ sein Führerhaus.

»Ne Leiche, da, sehn Se mal, Herr Kapitän.«

Der Schiffsführer sah einen Mann, bäuchlings in der dreckigen Brühe. Ihm fehlte eine Hand. Er versuchte, die Passagiere dazu zu bewegen, wieder die Plätze einzunehmen, aber es gelang ihm nicht.

Joe Davids hatte während der Rückfahrt ein wohliges Gefühl im Magen. Das würde ein Auftritt werden, wie er ihn sich seit Jahren gewünscht hatte.

Der Commissaris, der Grijpstras Chef war, hatte ihm versprochen, ihn im nächsten Urlaub nach Amsterdam einzuladen, damit er die Arbeit der dortigen Polizei und natürlich auch die Stadt kennenlernen konnte. »Von unserer schönen Stadt werden Sie nicht soviel gesehen haben, Herr Kollege.«

Die beiden Verhaftungen waren ein wichtiger Schlag gegen die Triade, und es konnte nur eine Frage der Zeit sein, daß der Schan Chu gefunden wurde.

Der Polizeiarzt hatte ihm ein Korsett verpaßt, mit dessen Hilfe er kaum Schmerzen verspürte. Die Kollegen feierten ihn wie einen Helden.

Über Telex gab er Namen und Adresse von Ah San Chan durch, damit konnten sich andere befassen. Der Ring war zerschlagen.

Als er sich der Hansestadt näherte, wußte er, daß er seinen unfreiwilligen Urlaub abbrechen würde. Wenn die Nachricht von seinem Einsatz erst die Runde im Präsidium gemacht hatte, dann wollte er auch die neidischen Blicke der Kollegen genießen. Vielleicht gab es ja auch welche, die ihn beglückwünschten.

Die Stadt kam ihm an diesem Mittag grau vor. Warum hab' ich es eigentlich so eilig, hierher zurückzukommen, dachte er. Ich hätte in Amsterdam bleiben sollen, bei van Onna, ein paar Tage sich verwöhnen lassen. Dann parkte er in der Tiefgarage des Präsidiums.

Eine halbe Stunde später gab es einen großen Empfang beim Kriminaldirektor. Er hatte einen billigen Sekt kaltstellen lassen.

Die Nachrichten klangen gut.

Ah San Chan und sein Komplize waren gefaßt.

Die Leiche, die kurz vor dem Essen aus der Weser gefischt wurde, konnte sofort identifiziert werden: Lin Xiao Ho, der Mann ohne rechte Hand.

KHK Schmückel saß etwas bedröppelt neben Davids, der mit dem Sektglas gestikulierte.

Er hatte ganz ruhig und sachlich erzählen wollen, aber so sehr er sich auch darum bemühte, es wurde eine Räuberpistole. Wie er Ah San Chan entdeckt hatte. Wie er ihn bis Amsterdam verfolgte. Wie er den Koffer erbeutete. Wie der den holländischen Kollegen im Dunkel ließ. »Ich konnte doch nicht wissen, ob da längst ein Spitzel der Triade in der Amsterdamer Polizei sitzt, der hätte dann seine Leute gewarnt. Und ich habe den Verdacht, daß da jemand sitzt, denn der Schan Chu und die anderen wußten schon, daß ich Polizist bin.« Wie er dem mächtigen Triaden-Chef die Maske vom Gesicht gerissen hatte. »Was für ein Gefühl, aus einem Chinesen einen Holländer zu machen!« Es hatte sich herausgestellt, daß Chan Kong die längste Zeit seines Lebens in Hongkong gelebt hatte und perfekt Chinesisch sprach. Wie die Amsterdamer Polizei ihn hochleben ließ.

»Wir haben den Koffer genau untersucht. Es waren anderthalb Kilo Heroin darin. Doppelter Boden auf beiden Seiten unter dem imitierten Leder. Der Koffer war für unsere Stadt bestimmt.«

Die Nachrichten wurden besser.

Der Assistent von Kriminalkommissar Schmückel erhöhte die Sektlaune der anwesenden Polizisten mit der Mitteilung, daß man die Mordwaffe im Fall des toten Chinesen Lin Xiao Ho bei seinem Komplizen Ah San Chan gefunden hatte. Sie steckte hinter dem Reserverad des BMW. Sie seien gerade dabei, die Wohnungen zu filzen.

Joe Davids erhob sein Glas.

Der Kriminaldirektor stieß mit ihm an. Und auch Schmückel kam aus seiner Schmollecke.

Er hatte Davids erzählt, daß die dritte Hand aus der Asservatenkammer abhanden gekommen war. Aber der Oberkommissar ließ sich die Laune nicht verderben: »Die wollten Lin Xiao Ho einen Denkzettel verpassen, und deswegen bekam er beim Brandanschlag auf das ›Nanking‹ die rechte Hand abgehackt. So einfach ist das.«

»Hatte ich mir auch gedacht.« Mehr blieb Schmückel nicht zu sagen.

Davids wartete darauf, daß Fritz Pinneberger eintraf, vorher wollte er den eigentlichen Clou nicht erzählen. Auch im Telex stand kein Wort davon.

Der Kriminaldirektor beschwerte sich, daß durch die Vorgänge am Weserstadion alles in Unordnung geraten sei. »Sie haben Glück gehabt, Kollege Davids, daß Sie nicht da waren. Die anderen schreiben sich an den vielen Berichten und Protokollen die Finger krumm. Aber Sie hatten besseres zu tun.«

Sie lachten und leerten Sekt.

Fritz Pinneberger kam.

Er brachte richtigen Schampus.

»Nach dem, was ich schon alles gehört habe, will ich mich nicht lumpen lassen.«

Der Korken knallte gewaltig. Pinneberger ließ die Flasche überschäumen. Als er Davids einschenkte, flüsterte er: »Ich war ja mächtig sauer auf dich, Joe, weil du mich versetzt hast. Aber ich hab' die Klappe gehalten.«

»Das war auch besser so«, erwiderte Davids, »du wirst es gleich merken.«

Nachdem sie alle von dem köstlichen Gesöff genossen hatten, kamen neue Nachrichten.

Die Wohnungen der Chinesen waren das reinste Rauschgift-Lager. Heroin kiloweise. Waffen aller Arten. Gefälschte Papiere. Geldscheine in drei harten Währungen. Ein Beil, das sofort ins Labor gebracht wurde.

Kriminaldirektor Lang überlegte laut, ob sie nicht noch vor Redaktionsschluß eine Pressekonferenz einberufen sollten. »Das könnten wir in der momentanen Lage gut gebrauchen, meine Herren. Mantz würde uns dafür in den Himmel loben.«

Joe Davids sah den Augenblick gekommen, um seinen Knaller abzuschießen. »Moment, Kollege Lang.« Er stellte sich in der Champagnerlaune auf die gleiche Stufe wie der Kriminaldirektor. »Wenn ich etwas dazu sagen darf.«

»Aber bitte, lieber Kollege Davids, Sie dürfen heute überall mitreden«, die großzügige Geste ermunterte Davids.

»Wir müssen noch einen Fall lösen, bevor wir an die Presse gehen. Denn die Triade hat ihren Arm schon in die Polizei ausgestreckt.«

»In Amsterdam!« Lang lächelte.

»Nein, bei uns.«

Davids machte eine Pause.

Er sah erst Schmückel an, dann Pinneberger, und zuletzt blickte er zu seinem Chef.

»Der Landeskriminalrat Dr. Schaf steht auf der Gehaltsliste der Triade. Schon seit einigen Monaten.«

Lang lachte laut auf: »Kommen Sie, Davids, was sollen diese Scherze jetzt. Ich finde ...«

»Es ist kein Scherz«, rief Davids dazwischen.

»Joe, bitte«, Pinneberger versuchte, seinen Freund zu bremsen.

Dann erzählte Davids, wie er zu diesem Verdacht kam. Wie der Schan Chu gesagt hatte, mit wem er demnächst zusammenarbeiten sollte. Daß Ah San Chan ihn als einen zuverlässigen Mitarbeiter eingestuft hatte. Wie er, um sich zu vergewissern, noch mal nachfragte. Ja, der Landeskriminalrat Dr. Schaf.

Lang ließ Davids ausreden, dann schüttelte er den Kopf: »Ich weiß wirklich nicht, warum Sie auf so ein Gewäsch etwas geben. Das kann doch eine Finte gewesen sein, Kollege Davids. Meinen Sie nicht? Dr. Schaf kenne ich seit mehr als zwanzig Jahren, der ist immer ein gutes Parteimitglied gewesen, absolut sauber und korrekt. Sie kennen ihn doch selbst. Völlig absurd, dieser Verdacht.«

Pinneberger hielt sich zurück.

»Und woher kommt dann dieser Name? Ich hatte in der Notlage meine Zusammenarbeit erklärt, weil man mich sonst beseitigt hätte, und dann sagt man mir, mit wem ich hier im Präsidium kooperieren kann. Da muß doch etwas gelaufen sein.«

Der Kriminaldirektor wurde wütend.

»Also, Ihre Meriten mal beiseite, ich bitte Sie strengstens, nichts von diesen Verdächtigungen zu äußern. Sie sind aus der Luft gegriffen und ohne jeden Hintergrund.«

Als Pinneberger und Davids das großzügige Büro ihres Chefs verließen, waren sie leicht angetrunken.

»Der will ihn decken«, sagte Davids.

»Hast du was in der Hand?« fragte Pinneberger.

19

Es war kein Zufall, daß die beiden Kommissare auf Klaus Grünenberg trafen. Pinneberger hatte den Journalisten angerufen, es sei dringend.

Der Treffpunkt war für alle drei wie geschaffen.

›Der kleine Engel‹ hieß die Kneipe am Ende des Schnoors.

Sie hatte bessere Zeiten gesehen und war deswegen gemütlich. Am Klavier klimperte irgendein Dilletant.

Der Mann hinter der Theke zapfte das Bier mit fachlicher Reife. Sieben Minuten ein Pils.

Klaus Grünenberg betrank seine Niederlage. Wie der Verleger ihn abgefertigt hatte. Er war sich ganz sicher, wenn er noch einen Satz mehr gesagt hätte, dann wäre die fristlose Kündigung gefolgt. So machte es dieser Verleger. Immerhin hatte er seiner Wut für einen Augenblick freien Lauf gelassen. Aber das wurde vermerkt. Auch darüber war sich der Journalist klar. Da hilft mir auch nichts, daß ich Lokalchef bin, dachte er.

»Klaus, darf ich vorstellen, das ist Joe. Wir nennen ihn auch den Held von Amsterdam. Joe, das ist Klaus, einer der wenigen Aufrechten von der schreibenden Zunft.«

Davids hatte sich erst gesträubt, als Pinneberger ihm sagte, er wisse, wie man jetzt zu verfahren habe. Nur die

Einschaltung der Öffentlichkeit könnte verhindern, daß die Beteiligung des Landeskriminalrates bei der Triade nicht vertuscht würde. Pinneberger hatte leidvoll diese Erfahrung machen müssen, als er in seinem Fall die Presse zu spät einschaltete. »Erinner dich an den toten Spitzel!«

Joe Davids fragte, was es denn bringe? Bestimmt müßte am nächsten Tag gemeldet werden, daß alles nur ein Versehen sei, und damit würde wieder Ruhe herrschen.

»Der Held von Amsterdam, klingt gut. Ist das ein offizieller Titel?« Grünenberg hatte eine schwere Zunge, weil er nicht erst seit einem Bier im ›Kleinen Engel‹ saß.

Dann mußte Davids zum zweitenmal am Tag die ganze Geschichte erzählen, und obwohl auch er nicht gerade nüchtern war, gelang ihm der Bericht so farbig wie beim Kriminaldirektor.

Irgendwann begann der Journalist sich dafür zu interessieren. Er hatte keine Lust gehabt, in die Redaktion zurückzukehren, aber mit dieser Geschichte könnte der Tag gerettet werden. Das würde der Aufmacher auf der ersten Lokalseite. Hörte sich gut an.

Die erste Runde kam. Kleine Lage, Bier und Korn.

Sie prosteten sich zu.

»Aber das mit dem Bart, das ist erfunden«, unterbrach Grünenberg Davids Geschichte, »das nimmt einem keiner ab, wenn ich das schreibe.«

»Nein, nichts erfunden, kein Wort. Der Schan Chu hatte die perfekte Tarnung, über all die Jahre. Er sprach offiziell kein Wort, und alle hielten ihn für einen weisen Chinesen.«

Joe Davids sah, wie der Journalist die Nase rümpfte, dann erzählte er weiter. Auch der Barmann hörte zu, weil Davids nicht besonders leise sprach.

Pinneberger war stolz auf seinen Kollegen, ein bißchen Glanz fiel auch auf ihn ab. Es hatte ihn lange Überlegungen gekostet, daß er nicht, wie Davids angedroht, gleich am Montag morgen zu Schmückel gegangen war und ihm die Erkenntnisse über die Mafia-Methoden, die Davids gesammelt hatte, mitteilte. Seltsam, bisher waren weder Schmückel noch der Kriminalrat Lang deswegen mit einem Vorwurf an sie beide herangetreten. Aber der Erfolg gab ihnen recht. Die Aufklärung verdeckte, daß Davids ein Dienstvergehen begangen hatte.

»Und dann habe ich in Erfahrung gebracht, daß unser Landeskriminalrat Dr. Schaf auch mit in der Triade hängt.«

Joe Davids machte eine Pause, wie schon einmal.

Effektvoll.

»Was, das Dealer-Schaf?« fragte Grünenberg. »Das ist doch unmöglich.«

»Nein«, sagte Davids, »ich habe den Namen vom Schan Chu selbst.«

Er erklärte die ganze Situation und sprach auch darüber, daß Lang dieser Sache nicht nachgehen würde. »Der wird den Schaf decken, darüber hab' ich keine Zweifel.«

Klaus Grünenberg sah in sein leeres Bierglas: »Genial wär's schon, wenn er tatsächlich für die arbeitete. Hier räumt er die Dealer ab, die dann ja wohl als Konkurrenten zu sehen sind, und macht den Weg frei für den neuen Verteilungsapparat der China-Lokale. Genial. Aber...«

Der Barmann sah Davids bewundernd an, den Mund halb offen.

Pinneberger nickte: »Man müßte das auch schreiben.«

»Müßte man«, sagte Grünenberg, »aber ich werde es nicht bringen können.«

»Wieso?« Pinneberger war erstaunt. »Das ist doch der Clou der ganzen Affäre!«

»Schon möglich«, antwortete Grünenberg. »Aber wenn ich nicht konkrete Beweise habe, hieb- und stichfest, dann laß ich keinen Ballon steigen. Das geht nicht. Der Mann ist Landeskriminalrat.«

»Und hat Einfluß«, ergänzte der Barmann.

Die Kommissare sahen erst ihn, dann den Journalisten mißbilligend an.

»Aber Klaus, du hast doch bisher in solchen Geschichten geholfen, denk mal an Lindow, wie du dessen Fall in die Öffentlichkeit gebracht hast...«

»Das ist lange her«, lallte Grünenberg und spielte jetzt den Betrunkenen.

»Ach, Quatsch, lange her, du hast dich doch nicht verändert. Wenn in der Zeitung steht, daß da auch ein Schatten, sagen wir, möglicherweise auf den Landeskriminalrat fällt, dann müssen die aktiv werden, das können die nicht hinnehmen. Das verstehst du selbst am besten.«

Fritz Pinneberger war empört und zeigte es auch.

»Fritz, ich kann es nicht machen. Das ist blind auf ein Ziel schießen, da kommt die Kugel schneller zurück, als man glaubt.« Grünenberg legte den Kopf auf die messingbeschlagene Theke.

»Und wenn du es als Zitat von Davids bringst?«

Joe Davids war nicht sicher, ob das eine besonders gute Idee war, aber der Journalist winkte ab. »Auch dann nicht.«

Pinneberger zahlte die Runde, verzichtete auf das fertige Bier, das schon unterm Zapfhahn stand.

»Komm, Joe, wir gehen. Nicht mal die Presse hat noch Mumm in den Knochen.«

Die Redaktion des ›Stadtblattes‹ war in kleiner Besetzung erschienen. Die Artikel lagen auf dem Tischtennis-Tisch. Die Letraset-Buchstaben reichten gerade noch für die Überschriften.

Sie machten ein Extra-Blatt über die Vorgänge am Weserstadion. Es sollte eine Zeitungsseite werden.

Klaus und Beate lasen abwechselnd die eingegangenen Texte vor, die von der Redaktion besprochen und abgesegnet wurden.

Die beiden Strahler an der niedrigen Decke gaben kaum genug Licht, um in dem verrauchten Raum etwas zu sehen. Klaus rückte seine Brille auf der Nase zurecht, räusperte sich kurz, bevor er seinen Artikel vortrug.

FRAGEN AN DIE EINSATZLEITUNG

Sich über polizeitaktische Fragen den Kopf zu zerbrechen, ist eigentlich nicht unsere Art – und so sollen die folgenden Überlegungen auch nicht verstanden werden. Nachdem mit den 150 ›Politrockern‹ für die Öffentlichkeit die Schuldigen gefunden waren und dies weit und breit so gesehen wurde, braucht sich die Polizei nichts mehr fragen zu lassen. Dennoch gibt es eine Reihe von Widersprüchen, die diesen Polizeieinsatz mehr als fragwürdig erscheinen lassen.

1) Warum wurden am Osterdeich Häuser requiriert, in denen sich die Polizei vor den Auseinandersetzungen einnistete? Anwohner sollen versucht haben, mit Unterstützung von Rechtsanwälten sich gegen diese ›Haus-Besetzungen‹ zu wehren, aber erfolglos, weil ›Gefahr im Verzuge‹ war.

2) Warum wurden immer wieder Bundeswehr-Wagen auf den Osterdeich gefahren, nachdem der erste in Brand gesetzt worden war? Nacheinander wurden diese Wagen ›geopfert‹, als wollte man den ›Politrockern‹ etwas zum spielen überlassen. Wieso konnten sich die Brandstifter in Ruhe und Frieden mit den Feuerwehrleuten unterhalten, bis es dann zu den bekannten Vorwärts-Rückwärts-Gefechten kam?

3) Wieso wurden Polizisten unnötigerweise in den Steinhagel gestellt, obwohl die Tore des Weserstadions doch für einen Massenansturm bereits befestigt sind? Sollten sie die nötige Wut und Aggression ›lernen‹?
4) Warum wurden die Störer aus der ersten Reihe nicht verhaftet? Brauchte die Polizei diese erste Reihe? Waren es Provokateure? Einige von ihnen gingen danach durch die Reihen der Polizei unbehelligt nach Hause.
5) Warum wurden Leute, die sich weder lautstark noch mittels eines Transparentes bemerkbar machten, aus dem Stadion geprügelt? Warum durften im Stadion keine Mißfallenskundgebungen stattfinden, ohne daß gleich die Feldjäger einschritten?
6) Warum wurden nach der Veranstaltung einzelne, durchweg friedliche Demonstranten von 6 bis 8 Polizisten gejagt und warum wurden diese nachträglichen Jagden im Schutz der Dunkelheit so brutal durchgeführt? Sollten die Polizisten die angestauten Aggressionen durch ein unbeschränktes Knüppelfrei loswerden können?
7) Warum stieg innerhalb von zwei Stunden die Zahl der verletzten Polizisten von 50 auf über 250? Nachdem in den Frühnachrichten 50 Verletzte angegeben wurden, war die Zahl zwei Stunden später verfünffacht.
Einige dieser Fragen scheinen sich von selbst zu beantworten, dennoch haben wir gefragt, weil es unsere Aufgabe ist, auch Licht in die Polizeiarbeit zu bringen, da die Polizei es nachträglich nicht für nötig hält, Aufklärung zu gewähren.

Klaus sah in die Runde.

Die Mitarbeiter des ›Stadtblattes‹, die an diesem Abend erschienen waren, klopften auf den Tisch.

Rolf sagte, man müsse noch die Geschichte einflechten, wie er beim Fotografieren verprügelt wurde. Schließlich habe er ein Foto gemacht, auf dem deutlich zu sehen sei, wie Polizisten Steine werfen.

Beate drängte. »Laßt uns nicht mehr solange quatschen, sonst sitzen wir um fünf Uhr früh noch hier, wie beim letztenmal.«

»Was meint ihr?« fragte Klaus, »sind das alle Punkte, die ich da zusammengeschrieben habe?«

Die anderen nickten.

»Gut, dann laßt uns Überschriften rubbeln. Haben wir einen Abzug von dem Bild da, Rolf?«

Der Fotograf öffnete einen kleinen Karton und zeigte die Bilder.

»Schade, daß wir nur eine Seite haben«. Klaus sah Rolf an. »Die Bilder müßten wir alle groß bringen.«

»Aber wir können es uns nicht leisten«, warf Beate ein, »die alte Leier. Nicht genügend Geld. Ohne Moos, nix los!«

Sie waren tatsächlich bis fünf Uhr früh beschäftigt, dann stand das Layout und konnte in die Druckerei gebracht werden.

Joe Davids war keineswegs nüchtern, als er Xiao Chen in seiner Wohnung aufsuchte.

Sie umarmten sich lange. Xiao Chen hatte Tränen in den Augen.

Dann mußte Davids erzählen. Zum drittenmal an diesem langen Tag, und diesmal fiel die Geschichte ganz anders aus. Er berichtete von seinem Motiv, seiner Antriebsfeder. Er habe dieses waghalsige Kommando nur unternommen, um etwas vorweisen zu können, um den Kollegen zu zeigen, was in ihm steckt. Um eine neue Tarnung über die zerrissene alte zu spannen.

Er sah den Koffer, der gleich neben der Wohnzimmertür stand. Davids stutzte.

»Weißt du, Xiao Chen, ich wollte auftrumpfen, zwar zerreißen sie sich jetzt das Maul, daß ich schwul bin, aber sie sagen auch, was für ein toller Hecht, dieser Davids, sieh mal an. Der traut sich was. Und ich kann dir sagen, daß ich eine verdammte Angst hatte, als ich in das Haus der Chop-Suey-Gang kam. Ich hab' mir fast in die Hose geschissen.«

Xiao Chen war gut drauf, führte ihn in die Küche.

»Haste du Hunger, iche mache dir was?«

Davids wollte nur etwas zu trinken.

Die Angst, die ihn mit einem Tag Verspätung erwischte, mußte runtergespült werden.

»Ich bin alles, nur kein Held, verdammt. Aber jetzt ist die Sache bereinigt. Es hat ja geklappt, ich hatte irres Glück.«

Xiao Chen brachte Mao Tai. »Zur Feier des Tages, sagt ihr doch.«

Sie tranken.

Davids kam immer wieder auf seinen Einsatz zurück, auf die Minuten, als er hinter dem Chinesen die Treppe hochging.

Was will Xiao Chen mit dem Koffer, dachte er.

»Ah San Chan und sein Komplize sind verhaftet, Lin Xiao Ho schwimmt in der Weser, ihr könnt aufatmen. Die Gefahr ist vorüber. Eigentlich sollte ich mein Leben lang kostenlos chinesisch essen gehen dürfen.«

»Was iste vorüber, Joe?« fragte Xiao Chen, als habe er nicht richtig verstanden.

»Die Gang, die ist ausgelöscht. Der Kopf in Amsterdam ist zerschlagen und die Hände hier bei uns. Da kommt keiner mehr kassieren und auch niemand, der euch zwingt, mit Rauschgift zu dealen.«

»Biste du sicher, Joe?«

Davids wußte nicht, was diese Fragerei sollte. Den ganzen Tag war er sicher, alle waren sicher. Der Fall war gelöst.

Er sagte seinem chinesischen Freund, daß die Triade zerschlagen sei.

Xiao Chen schenkte nach.

Der flüchtige Windhauch, der sich Alkohol nannte.

Als würde ein sanfter Schleier ausgebreitet, der immer wieder durch eine Böe emporgehoben wurde.

»Iche glaube es nichte, Joe. Die Triade, das ist ein böses Tier, wenn du es reizt, dann wird es wild, wenn du es verletzt, dann fauchte es. Iche habe Angst, Joe.«

»Du mußt aussagen, Xiao Chen. Morgen gleich, wir gehen gemeinsam zum Schmückel, du mußt deine Aussage machen, wieviel Geld du bisher gezahlt hast, wie die Triade den Rauschgiftring aufbauen wollte, wie man dich abhängig gemacht hat, das muß alles zu Protokoll genommen werden.«

Xiao Chen zuckte zusammen. »Nein, nein, das mache iche nicht. Iche bin morgen schon weg.«

»Wohin willst du? Morgen mußt du erst einmal aussagen.«

»Iche fliege morgen in die Schweiz.«

Joe Davids wußte jetzt, was der braune Koffer bedeutete.

»Was willst du in der Schweiz?«

»Blutewäsche, Joe.«

»Was?«

»Blutewäsche machen lassen.«

Zum erstenmal verstand Davids nichts, was Xiao Chen meinte, sein kindliches Deutsch blieb ihm verschlossen.

»Man bekommt das ganze Blute ausgetauscht, so komme iche los von der Droge. Morgen fliege iche, es muß sein.«

Joe Davids hatte noch nie von dieser Möglichkeit gehört, ließ sich erklären, was Xiao Chen davon wußte.

Sie saßen im Nebel des Mao Tai und entfernten sich voneinander, ganz anders als beim letztenmal.

»Xiao Chen, du mußt das um einen Tag verschieben, ich brauche morgen deine Aussage.«

»Joe, bitte nicht.« Der Chinese rückte näher.

Davids war die Berührung angenehm, aber er ließ sich nicht beirren: »Ich hab' dich schon angekündigt. Du mußt kommen, sonst kriege ich ziemlichen Ärger.«

»Iche kann nicht. Die bringen mich um, Joe. Die Triade lebt. Iche weiß es.«

Dr. Schaf, natürlich, dachte Davids, es mußte ja noch mehr Verbindungsleute geben, die sicherlich inzwischen erfahren hatten, was mit Ah San Chan und dessen Komplizen geschehen war. Um so dringender brauchten sie die Aussage von Xiao Chen.

Davids stand auf.

»Ich bin jetzt zu betrunken, um hier zu bleiben. Außerdem muß ich schlafen. Morgen um acht Uhr in meinem Büro, Xiao Chen. Ich warte auf dich.«

Der Chinese schüttelte heftig den Kopf.

»Um acht Uhr«, wiederholte Davids stur. Der Alkohol hatte ihn fest im Griff. Genauso wie Xiao Chen unter dem Einfluß des Heroins stand.

Als Davids im Taxi nach Hause fuhr, war ihm so übel, daß er beinah gekotzt hätte.

Er hatte Xiao Chen eine Uhrzeit gesetzt, als wolle er ihn damit prüfen. Immerhin hab' ich ihm zuliebe die ganze Zeit nichts gesagt, dachte er, das hätte mich meinen Job kosten können.

Dann wieder tat es ihm leid, daß er seinen Freund verlassen hatte. Er war plötzlich so abweisend gewesen, so ohne Gefühl.

Zu Hause ging er sofort zum Klo und kotzte alles heraus, was er im Laufe des Tages getrunken hatte.

Er stand unentschlossen am Telefon.

Wollte anrufen.

Vor seinen Augen verschwammen die Zahlen. Irgendwie schaffte er es, die Nummer zu wählen.

Niemand ging ran.

Joe Davids legte sich aufs Sofa, wollte in der Nähe des Klos bleiben, wenn sich sein Magen rührte.
Er stellte fest, daß er nicht ruhig liegen konnte.

Wählte wieder Xiao Chens Nummer.

Ich brauche frische Luft, dachte er.

Er ging in den Keller, holte sein Rennrad hervor. Bürgerpark, einfach radeln, bis die ganze Alkoholladung weg ist. Er strampelte los.

Konnte gut das Gleichgewicht halten.

Fast besser als wenn er auf den Füßen stand.

Es war 23 Uhr.

Die Neustadt legte sich schlafen, die Ampeln blinkten gelb, und nur ein paar Taxis waren auf der Straße.

Davids spürte, wie gut ihm der Fahrtwind tat.

Ein paar Runden im Park, das war genau das richtige.
Es kam immer darauf an, genau das Richtige zu tun.

Ich würde nicht schlafen können, dachte er. Xiao Chen ging ihm nicht aus dem Kopf. Warum hab' ich ihn so beschissen behandelt. Er ist mein Freund. Vielleicht fahr' ich nachher noch vorbei.

Er erreichte den Stern in guter Durchschnittszeit. Am Bahnhof war irgendein Auflauf, aber Davids verspürte keine Lust, abzusteigen und nachzusehen.

Wie dieser Koffer ihn irritiert hatte. War er wirklich braun? Er konnte sich nicht auf das Bild konzentrieren.

Automatisch bog Davids auf den Weg ein, den er schon tausendmal gefahren war, schaltete in den zehnten Gang und begann zu treten.

Fest zu treten.

Als er die erste Umrundung geschafft hatte, spürte er den Schweiß, der seinen ganzen Rücken bedeckte. Er roch den chinesischen Schnaps.

Vielleicht ist es auch nur ein kurzer Triumph, den ich errungen hab', dachte er.

Dann krachte ein Schuß.

Davids stürzte vom Rad.

Seine rechte Hand griff zum Herz.

Xiao Chen, wo bist du? Ich brauche dich jetzt.

20

Der Innensenator blickte von seiner Zeitung hoch, weil sein Fahrer scharf in eine Rechtskurve einbog.

»Können Sie sich vorstellen, daß in unserer Stadt eine Mafia ihr Unwesen treibt? Das ist doch alles aus der Luft gegriffen, wahrscheinlich will die Polizei mal wieder mehr Geld für Ausrüstung haben, und deswegen hauen die auf die Pauke.«

Der Fahrer beantwortete die Frage: »Nein, Herr Senator, kann ich nicht.«

Der Weg zum Friedhof in Huckelriede, wo die Beisetzung stattfinden sollte, führte über die Erdbeerbrücke.

Der Innensenator überflog schnell die überregionalen Blätter, suchte nach einer Meldung, die er am Vortag auf einer Pressekonferenz lanciert hatte, aber niemand druckte auch nur eine Zeile. Er war sauer. Und jetzt auch noch diese Beerdigung, was für ein vergeudeter Tag, dachte er.

»Ich warte dann im Wagen auf Sie.« Der Fahrer ließ ihn aussteigen. Der Innensenator legte großen Wert darauf, daß man ihm die Tür öffnete.

Sofort waren die beiden Sicherheitsbeamten hinter ihm.

»Eigentlich brauch' ich Sie heute nicht, weil genug Polizei anwesend ist.«

Die Beamten folgten ihm.

Die Trauerkapelle war bis auf den letzten Platz gefüllt, selbstverständlich war ein Stuhl für den Innensenator reserviert. Er ging durch die Reihen und nahm neben dem Polizeipräsidenten Platz.

»Mußte das sein, daß wir die Stadt mit dieser Mafia-Geschichte erschrecken?« sagte er halblaut.

Mantz drehte sich um: »Von mir stammt sie nicht.«

Der Polizeipräsident formulierte in seinem Kopf die drei Sätze, die er nachher am Grab sagen wollte. Harms hatte ihm einen Vorschlag auf den Schreibtisch gelegt, aber in der Eile war der Zettel dort liegengeblieben.

Irgend etwas mußte dran sein an dieser Triade, denn das konnte sich jeder ausrechnen, daß dieser Mord nicht zufällig geschah. Der Bericht in den ›Weser-Nachrichten‹ hatte die Sache aufgewühlt. Mantz ließ sofort eine Sonderkommission von vierzig Beamten bilden, um den Fall so schnell wie möglich zu klären.

Die Orgel intonierte: ›Ich hatt' einen Kameraden.‹ Ohne den Text zu kennen, summte der Polizeipräsident mit.

Er sah, wie der Landeskriminalrat ein Stück Papier in der Hand hielt, auf das er immer wieder blickte. Von Kriminaldirektor Lang hatte Mantz gehört, daß man Dr. Schaf verdächtigte, an dieser Triade beteiligt zu sein. Das waren natürlich Hirngespinste, die sich die Opposition wieder ausdachte. Er gab darauf nichts. Ihn interessierte viel mehr, was auf dem Papier stand, daß der Landeskriminalrat in der Hand hielt.

Der Pfarrer trat vor und begann eine kurze Ansprache.

Dr. Schaf hörte kaum zu. Er studierte die Zeilen, die er sich für seine eigene Rede zurechtgelegt hatte. Ein paar Zeilen für einen toten Kollegen, der sich im Kampf gegen die Rauschgiftkriminalität verdient gemacht hatte. ›Ein Opfer in den eigenen Reihen, ein bedauernswerter Fall, der aufzeigt, wie hart und unerbittlich das Rauschgiftgeschäft ist.‹ Am Schluß wollte er sagen: ›Wir klagen an die Dealer und ihre Hintermänner, gegen die unser Kollege so mutig aufgetreten ist. Er hat mit dem Leben dafür bezahlt.‹ Dr. Schaf sah, wie der Pfarrer die Lippen bewegte, hörte das Getuschel, das ein paar Bänke hinter ihm war. Er blickte sich um und sah Pinneberger, der neben Marianne saß.

Die Gemeinde sang: »Nun lasset uns den Leib begraben und daran keinen Zweifel haben.« Pinneberger haßte dieses zeremonielle Begräbnisgetue. Er hätte gerne gewußt, ob sein Freund mit diesem letzten Abgesang zufrieden gewesen wäre, aber ihn konnte man ja nicht mehr fragen. Wie schnell war alles gegangen: Rückkehr aus Amsterdam, die gut gelaunte Feier, die Absage von Grünenberg, die Leiche. Ein einziger Einschuß, genau gezielt. Eine saubere Leiche. Nur der Schweiß am Körper roch unangenehm. Pinneberger hatte darauf bestanden, daß er die SoKo leitete, aber der Kriminaldirektor schlug ihm diese Bitte ab. »Ich kenne doch Joe am besten, hab' jahrelang mit ihm zusammengearbeitet, und außerdem ist er mein Freund.« Gerade deswegen sei er ungeeignet für die Ermittlungen, hatte Lang insistiert, gerade deswegen, er könne nicht objektiv sein. Pinneberger hatte die Türen geschlagen. Zu Hause versuchte Marianne, ihn zu beruhigen, aber er wollte nicht getröstet werden. »Und wenn ich wieder einen Alleingang mache, das kriege ich raus, ob der Schaf da seine Finger drin hat.« Marianne warnte ihn. Pinneberger ließ sich nicht davon abbringen. Wie der Schaf da stand, in der ersten Reihe, dachte Pinneberger, scheinheilig heilig. Er würde ihm auf die Schliche kommen. Marianne faßte seine Hand an. Aber ihr Freund blickte in eine andere Richtung, er beobachtete Grünenberg, der einem Fotografen Anweisung gab.

Der Pfarrer teilte den Segen aus.

Klaus Grünenberg wußte, daß ihm einige Herrschaften in der Polizei nun wieder sehr böse sein würden, aber nach dem Tod von Joe Davids hatte er keinen Grund gesehen, das zu verschweigen, was er im Suff in Erfahrung brachte. Auch wenn es einen Tag zu spät in der Zeitung erschien. ›Wie mir der tote Oberkommissar wenige Stunden vor seiner Ermordung mitteilte, steht auch der Landeskriminalrat Dr. Schaf auf der Gehaltsliste der Triade, er sei seit Monaten ein ausgezeichneter Mitarbeiter, so Davids. Mußte der Polizist deswegen sterben, weil er noch weitere Namen hätte ausplaudern können?‹ Der Lokalchef ärgerte sich, daß er an jenem Nachmittag zu blau war, um sofort einen Artikel loszulassen, daß er zu feige war, sich gleich der Sache anzunehmen. Er schob es auf die Niederlage, die er kassiert hatte, auf den Anpfiff des Verlegers, auf die ganze beschissene Situation in den ›Weser-Nachrichten‹. Wolfgang Lindow hatte ihn schon angemacht, als er von seinem feigen Verhalten hörte. »Du bist mir ein schöner Kumpel, Klaus, daß du unsere langjährige Verbindung so mißachtest.« Mehr hatte der Kriminalhauptkommissar nicht gesagt. Grünenberg sah sich unter den Trauernden um, er konnte Lindow nicht entdecken.

Es war nicht der erste ermordete Polizist, den die Hansestadt zu beklagen hatte, aber dieser Fall war in den letzten drei Tagen so hochgespielt worden, daß nicht weniger als fünf Kamerateams die Beerdigung von Joe

Davids filmten. Sogar ein amerikanisches Team war anwesend.

Homann und die Kollegen von der politischen Abteilung standen am Rande und observierten.

Der Chef des Landesverfassungsschutzes, Müller, hatte ebenfalls Beamte im Einsatz, die Observierungen vornahmen.

Vier Streifenbeamte hoben den Sarg an, folgten dem Pfarrer, der neben Innensenator und Polizeipräsident die Spitze des Zuges bildete.

Pinneberger war weit hinten.

Er sah, wie der chinesische Freund von Joe, dessen Namen er schon wieder vergessen hatte, sich hinter einem Baum versteckte. Am liebsten wäre er zu ihm hingegangen und hätte ihn in den Zug der Trauernden aufgenommen. Dem wird es am meisten nahegegangen sein, dachte er.

Michael Adler stellte sich vor den Trauerzug und kommentierte vor laufender Kamera: »Vielleicht hat diese Stadt noch einmal Glück gehabt, daß sich der Tote für uns alle opferte, vielleicht bleiben wir verschont von einem Mafia-Krieg, wie er in Italien zum Alltag gehört. Dafür müssen wir dem Polizisten danken.«

Auch Dr. Legeisen von der örtlichen Rundfunkstation war anwesend, er hielt das Mikrofon in die Luft, um ein paar O-Töne für seinen Bericht einzufangen.

Als sie am Grab angekommen, der Sarg in das rechteckige Loch abgesenkt und die letzten rituellen Sätze des Pfarrers vorüber waren, ging der Innensenator zum Grab:

»Wir haben in diesen Tagen erlebt, wie schnell der Frieden unserer Stadt gestört werden kann. Wir haben erlebt, wie Chaos über Nacht hereinbrechen kann. Wir haben erlebt, wie trügerisch der Frieden ist, wenn nicht die Polizei ihre schützende Hand über uns hält. Wir müssen uns alle und öffentlich zu unserer Demokratie bekennen, zu unserem Gemeinwesen, wir alle müssen mithelfen, daß wir nicht wieder in Barbarei versinken, daß nicht all das, was in fünfunddreißig Jahren aufgebaut wurde, von einigen Kriminellen und Chaoten zerstört wird. Unsere Stadt darf nicht zum Tummelplatz von Feinden des Staates werden.«

Er nahm die Schaufel besonders voll und warf die Torferde in das Grab.

Fritz Pinneberger flüsterte Marianne ins Ohr: »Komm, wir gehen, das halte ich nicht aus.«

Marianne wollte bleiben, ließ sich aber dann mitziehen.

Unterwegs trafen sie Lindow, der sich verspätet hatte.

»Kehr um, Wolfgang«, sagte Pinneberger laut, »hier sind wir fehl am Platz. Die betrauern nicht unsern Joe, sondern beweihräuchern sich selbst. Damit will ich nichts zu tun haben.«

»Wir können auch an einem anderen Tag das Grab von Joe besuchen«, erwiderte Lindow.

Eine halbe Stunde später saßen sie in einer düsteren Eckkneipe und ließen ihren Freund hochleben.

NACHBEMERKUNG

Auch in diesem Roman gibt es wieder einige dokumentarische Stücke, deren Quellen dem Leser nicht vorenthalten werden sollten.

Im Jahr 1983 veröffentlichte der STERN unter der Überschrift ›Gelbe Erpresser‹ einen Bericht über die Aktivitäten der China-Mafia in der BRD, der Ausgangspunkt meiner Recherche war. Allerdings hat es später kaum weitere Berichte über dieses Thema gegeben.

Die ›grandiose‹ Rede, die der Polizeipräsident Mantz hält, ist nicht von ihm, sondern von einem realen Polizeipräsidenten, nämlich Ernst Diekmann, der im Jahre 1980 mit diesem Papier von sich reden machte. (Nachzulesen ist die ganze Rede in der Frankfurter Rundschau vom 29. Juli 1980 unter der Überschrift ›Es entsteht immer mehr der Eindruck vom schlappen Staat.‹) Damals gab es heftige Kritik an diesem Klartext des Bremer Polizeipräsidenten, der Ende letzten Jahres bei Erreichung der Pensionsgrenze in den Ruhestand getreten ist.

Beginnend auf S. 171 habe ich mir eine Figur meines Kollegen Van de Wetering ausgeliehen. Aus purer Hochachtung vor seinen Romanen.

Im vorletzten Kapitel wird ein Artikel über die Vorgänge beim Rekrutengelöbnis am Weserstadion zitiert, der im ›Stadtblatt‹ erscheinen soll. Er erschien tatsächlich im ›Bremer Blatt‹ vom Juni 1980 und stammt von mir.

Jürgen Alberts

Jürgen Alberts

»In seiner Bremen-Polizei-Serie legt Jürgen Alberts den Beweis dafür vor, daß ein Polizeiroman spannend, straff und lakonisch sein kann.« Gisbert Haefs

Tod eines Sesselfurzers
05/12

Das Kameradenschwein
05/29

Wilhelm Heyne Verlag
München